KB251103

소백산맥 ⑫

서호랑이 길들이기 1

소백산맥 ⑫ 시호랑이 길들이기 1

발행일 2026년 5월 1일

지은이 이서빈
펴낸이 손형국
펴낸곳 (주)북랩

출판등록 2004. 12. 1(제2012-000051호)
주소 서울특별시 금천구 가산디지털 1로 168, 우림라이온스밸리 B동 B111호, B113~115호
홈페이지 www.book.co.kr
전화번호 (02)2026-5777 팩스 (02)3159-9637

ISBN 979-11-7598-207-9 03810 (종이책) 979-11-7598-208-6 05810 (전자책)

작가 연락처 문의 ▸ ask.book.co.kr

전용 게시판에 문의를 남기시면 저자에게 직접 전달됩니다.

이서빈 대하소설

소백산맥

12

시호랑이 길들이기 1

북랩

머리말

왜 사람은 살아야만 할까?

이 시소설은 외지고 황량한 시대를 외나무다리 건너듯 건너온 선조들과 우리의 이야기다. 선조들은 조선 5백 년이 일본에 어이없이 무너지고 대혼란을 겪으면서 그 참담하고 암울한 상실의 시대를 살아내기 위해 시시각각 밀려오는 죽음의 공포와 싸웠다. 천신만고 끝에 나라의 주권을 되찾기까지 반쪽짜리 나라에서 당해야 했던 그 많은 수모는 형언하기 어려울 정도다.

숨을 쉬는 것이 신기할 만큼 내일을 보장할 수 없던 참혹한 시대. 숨 속에도 죽음과 불안이 섞여 드나들던 시대의 이야기를 시작(詩作)의 키보다 더 높은 자료들을 모아 적어 내려갔다. 아직 세상에 태어나지 못해 역사에 묻혀 있는 말들을 시말서를 쓰듯 내 청춘의 기나긴 시간을 하얗게 지우면서 머릿속을 탈탈 털어 시적인 언어로 썼기에 시소설이라 이름 붙였다.

『소백산맥』은 일제 저항기 시체실에 몸을 숨기며 / 나라를 찾아 건국이 되고 / 공산주의 야욕인 6.25 전쟁에서 나라를 지켜 / 오늘날 경제 강국이 되기까지 살아온, / 그럼에도 불구하고 살아내야만 했던 격변기(激變期)로부터 / 세계 모든 사람이 우리나라에 살고 싶어 하는 순간까지 / 긴 여정을 그려낸 소설 같은 이야기이다.

35년 전통 '영주신문'에 연재 중 독자의 요청이 많아 총 17권 중 연재가 끝난 1~11권을 이미 출간했고, 그 후속으로 12~17권을 출판한다. 총 17권의 대하소설을 연재할 수 있도록 지면을 내어주신 '영주신문'에 깊은 감사를 드린다.

『소백산맥』은 입으로 다 말할 수 없는 삶의 이야기들을 유교 사상이 에워싸고 있는 영남의 명산 소백산 자락 영주 지방을 무대로 삼아 펼쳐내었다. 소설 속 사라져가는 우리나라의 미풍양속과 문화, 그리고 구전 이야기에 많은 관심을 가져주신 독자 여러분께 깊이 감사드리며, 『소백산맥』 대장정의 마무리에도 변함없는 관심을 부탁드린다.

2026년 4월

이서빈

목차

시호랑이 길들이기

1

뒷모습

거울에 비친 글귀
호444 층4 원양요 명품
현대판 고려장의 또 다른 이름

사유의 경쾌함과 성찰적 지성으로
감각 세계를 탐닉하던 젊음이
아직 뚜껑을 닫지 않은 관에 누워 있다

멋진 환상과 흥미로운 발상법의 문장
허리 굽혀 젊음을 줍던 힘마저 다 방전되어

지금은 현실의 문제점들에 대한
사유와 성찰만이 교직되고 있다

주제와 소재마저 구분되지 않는
헐렁한 문장

이상과 직관이 잘 결합된
꽃과 벌의 눈물처럼
영롱하고 부드럽던 살결 문장

윤기 잘잘 흐르던 감정은 물기가 제거되고
살 다 내려 뼈만 앙상한 문장엔
가혹한 서러움만 말줄임표를 찍고 있다.

젖 빨던 아기가 엄마 쳐다보듯
씨익, 웃는 난해한 상형문자

시집을 베고 자다 문장을 통째 삼켜
손톱 밑도 땀구멍도 혀도 입술도 모두
시가 되어 누워 있는

재현 불가능한 아들과 딸은 객관적 상관물이 되고
며느리는 자신의 독특한 언어와 색채감 풍부하고
회려한 무늬들을 직조해내어 일상의 평범함을
생생한 감정의 공간으로 만들어 주었다

대중 친화적인 필연성을 보여준 것이다

입술을 달싹이며 메느 메느 꼬리 잘려
토막 난 말로 며느릴 부른다

가랑가랑 숨 몰아쉰다

주위가 휘고 있다

감성적 문장이 낡아 뼈까지 구멍 숭숭 뚫렸다
단어마다 바람 소리 새어 나온다

섣부른 변신은 금물이다

각주도 없이
해석이 불가능한

우리의 모순된 삶을
비판적 문장으로 연설하고 있다

숙성된 문체로 비린 산소를 공급하는 푸른 줄
아무리 닦아도 선명해지지 않는 유리창 같은
저 4차원의 뒷모습

그 앞에 누가 있는 것일까?

적막의 두께를 뚫고
사이렌 소리가 불경스럽게 달려온다

가출

죽은 까치독사 새끼가 비쩍 말라비틀어진 몸으로 삼각형 머리를 한 개미 떼를 끌고 간다. 우주 밖으로 조금씩 천천히 운반한다. 까치독사 새끼와 개미의 머리는 삼각형이란 동류항(同類項)이다. 햇살이 독사 눈빛으로 쨍쨍 쏟아져 내린다. 낙엽들은 가을을 서두르고 가을은 주변 물기를 모두 말려버려 서걱거리기 시작한다. 떨어지는 가을을 보니 잊고 지내던 안부가 그리운 계절.

엘리엇은 4월을 잔인하다 노래했지만 12월이야말로 이 추운 겨울 그 차가운 시멘트 바닥에 앉아 삶을 구걸하며 발갛게 언 손발들에게 얼마나 잔인한 달인가! 또 달랑 홀로 남은 달력 한 장은 얼마나 외로워 몸부림치며 하루하루를 견디는가. 벌거벗은 몸으로 천형을 견딜 나무들은 얼마나 힘들게 세상을 버티겠는가. 헐벗은 나뭇가지에 발갛게 익은 넋 두어 개 걸어 두면 세상 물정 새까맣게 모르는 까치가 붉은 우주를 쪼아댈 것이다. 팔짱처럼 인정을 끼고 한 겹 두 겹 정을 포갤 것이다.

그렇게 한 해는 담쟁이 넝쿨처럼 기어오르던 거친 손마디를 드러낸 채 조용히 숨을 거둘 것이다. 무섭도록 잔인한 끝이 사라지고 아무렇지도 않게 봄이 오면 봄바람은 밭을 갈아 봄빛을 경작할 것이다. 초로록 싹싹 초로록 싹싹 불립문자(不立文字)가 돋아날 것이다. 목탁 소리가 굴러다니며 아침을 깨우고 요사채에는 푸른 염불 냄새가 시나브로 피어오를 것이다. 염불은 영원히 밤도 낮도 없이 외워대지만 결국은 공염불로 끝날 일이다. 천의 얼굴을 가진 하늘이 벌레 씹은 얼굴을 하고 있다.

아기가 먹는 젖에다 금계랍을 발라 젖을 떼듯 지구는 인간의 목숨을 늘 그렇게 강제로 금계랍을 발라서 뗀다. 까치독사 어미도 예쁜 금계랍 나무꽃 껍질을 벗겨 껍질에 묻은 독물을 젖에 발라 새끼 젖을 떼었을 것이다. 세상에 독이란 독 다 삼킨 '독'이란 말은 재산이 날아가고 명예가 파손되어 건강이 부서져 급기야 혼마저 다

엎질러질 것이다. 독한 소리를 품은 채 죽은 독들은 다 어디로 퍼졌을까?

안개처럼 스멀스멀 냇가를 거닐다 산허리를 둘둘 말거나 칡꽃이 붉게 핀 아기 돌무덤을 들락거리다 연탄가스로 변신해 밤새 방구들 틈으로 슬금슬금 들어와 잠자는 사람의 목숨에 독을 집어넣어 질식사시키기도 하던 독. 저 가파른 사막 어디쯤엔가 미세먼지를 일으키며 돌아다니다 황사로 돌변해 수많은 기관지를 병들게 하기도 하고 또 때로는 전류 속을 타고 감전사를 시키기도 한다. 독가스로 변해 테러를 일으키기도 하며 소리 없이 독이란 독 다 뿌리고 바짝 말라버린 독.

때론 바람이 되어 허파 속을 드나들어 허허 웃게도 하고 무 속으로 기어들어 무를 솜방망이로 만들기도 한다. 산소를 차단해 급기야 목숨을 파먹으며 수억광 년을 살아가는 저 독. 생명 있는 모든 것은 독을 먹고 살다 결국 또 독으로 돌아가는 것.

생각이 쪼그리고 앉아 하염없이 까치독사 시체를 바라본다. 바람 한 줄기 또 누구의 목숨줄 끊어놓고 산들산들 불어온다. 어디로 가지? 저 죽은 까치독사는 어디로 가고, 개미 떼는 어디로 가고 죽은 사람은 다 어디로 간 걸까? 지구 밖 또 다른 어느 한 동네 모여서 죽은 영혼끼리 낄낄대며 웃고 거기서 아이를 낳고 기르며 사랑을 하고 이견을 조율하고 법령을 만들고 하이힐 신고 살겠지. 거기는 빈부 차이가 없고 만인 평등이란 말들이 창궐하고 갑질도 없고 속이 훤하게 다 보이는 투명거짓말엔 수챗구멍 냄새가 빵 터지겠지.

사람은 더 많은 지구의 것을 장악하려고 하지도 않고 법률은 노약자를 위해서 만들고 무전 무죄 유전 유죄가 되겠지. 법망은 구멍이 숭숭 뚫려 있으나 마나겠지. 줄이 있는 사람도 줄이 없는 사람도 줄타기로 올라가고 내려오기를 자유자재로 하는 곳. 우주 밖 그쪽 동네는 그런 곳일 것이다. 욕심을 털어버려야겠다. 엉뚱한 생각을 멍 때리고 있는데 갑자기 전화벨이 요란하게 울린다. 숨 가쁜 예감이 불길하게 달려온다.

시호랑이가 요양원이란 곳으로 출가한 지 8개월째다. 이 위급한 시간에 지난 시간이 주마등처럼 달려온다. *에미야! 니만 믿는다. 날 절대 요양원에 보내지 말아다고. 다른 사램들이 다 보내자고 해도 니는 안 보낼 거제? 부탁한데이. 내가 믿을 사램은 니뺵에 없다. 다 못 믿어.* 시호랑이는 공포에 질린 얼굴로 애원하듯 말한다. 나는 흐르는 눈물을 닦으며 말했다. *그러믄요. 아버님 걱정 안 하시도 되니더. 절대 요양원은 안 보낼 테이까 걱정 안 하시도 되니더.* 나의 말에도 안심이 안 가는지 시호랑이는 다시 *그래 니만 믿는데이.* 하고 말한다. *걱정 마시라이까요. 집 두고 왜 요양원엘 가요!*

그때 그 기억이 모다깃비처럼 쏟아져 내려 온몸을 적시더니 기어이 눈시울에서도 눈물이 흐른다. 집에서 시어머니가 간호하고 돌볼 사람을 따로 불러도 등에 욕창이 생겨 더는 집에서 어쩔 도리가 없게 되던 날. 요양 병원에 입원하던 날이다. 차가 몇 시에 오느냐고 묻는 시어머니 말씀에 화들짝 놀란다. 발음도 시원찮은 말로 혀 짧은 말을 더듬더듬 더듬어낸다.

에미야! 날 요양원에 안 보내기로 약속했잖나. 예 아버님, 하자 *그른데 왜? 먼 차가 와?* 애원을 넘어서 원망과 처연하도록 슬픈 물기가 가득 묻어 있어 울음보가 터지기 직전의 목소리다. 나는 시호랑이 손을 잡으며 양심도 없이 애원한다. *아버님, 지 말씸 잘 들어 보시소. 덩따리에 욕창이 너무 심하고 가래가 마이 심해서 빙원에 가시서 치료하고 와야 해요. 그래서 조끔 있다가 빙원 차가 올 게씨더. 요양원이 아이고 치료하로 빙원 가시니까 걱정하지 말고 계시믄 되니더.* 안심을 시킨다.

그래 나는 다른 사램은 안 믿어도 니는 믿는다. 요양원에 가는 거 아이제? 그르믄요. 치료받고 금방 집에 오실게씨더. 딴 눔들은 하나도 못 믿어. 나는 니뺘에 믿을 사램이 없다. 야. 걱정 안 하시도 되니더. 치료하시고 좋아지믄 집으로 모시고 올 거이까 아무 걱정하지 마시고 계시믄 되니더.

잠시 후 화창한 날씨보다 더 슬픈 소리를 지르며 구급차가 도착한다. 왈칵, 눈물이 쏟아졌지만, 아버님이 눈치를 챌까 애써 참는다. 피할 수 없는 이 상황을 거짓말할 수밖에 없는 이 기막힌 일을 어찌한단 말인가. *빨리 준비 안 하고 머하노?* 시어머니께서 재촉한다. *아버님, 얼릉 옷 입고 차 타셔야제요.* 멀리서부터 소리를 지르며 달려 온 차를 뻔히 쳐다보던 시호랑이는 구급차 옆구리에 명품

요양병원 이름표가 달린 걸 보더니 갑자기 호랑이처럼 눈썹이 치켜 올라간다.

니 요양원에 안 보내기로 약속했잖나 그른데 이 차가 온 거 보이 날 요양원에 보내잖나? 울음 섞인 말을 뱉어내는 시호랑이 얼굴은 실망, 아닌 거의 절망 빛이 가득 차 누렇게 뜬다. 나는 아버님이 실망하시지 않게 최선을 다해 마음을 안정시키려고 노력했다. *아버님, 요양원 가시기 싫으시다민서요? 그래서 빙원 차 타고 가셔서 치료하고 집에 다시 올 게씨더. 잘 보시믄 요양원이 아이라 빙원이라고 써져 있제요. 그래이 검사받고 약 잘 드시고 치료 잘해서 얼릉 집에 와요. 아셨제요?*

치켜 올라간 눈썹이 꿈틀 옆으로 눕는다. 여전히 불안한 기색이 돈다. 관자놀이가 파르르 떨리더니 체념하는 건지 애원 묻은 말을 한다. *참말이라? 참말로 날 요양원에 보내는 거 아이제?* 가슴이 찢어질 듯 아프다. *그래믄요, 지가 은제 거짓뿌렁 하는 거 보셨니껴? 그래 니만 믿는데이. 그 대신 약 잘 드시고 의사 말 잘 들으시믄 금방 오실게씨더. 그래 오냐 약 잘 머꼬 말도 잘 들으마. 요양원에만 보내지 말아다고.* 애절한 눈빛이 눈에 글썽글썽하다. 마음속에 담벼락이 와르르 쏟아진다.

구급차에 오르기 위해 밖으로 나왔다. 구급차에 시어머니가 타려고 하자 *저리 비켜!* 하고 소리를 지른다, 아들이 또 타려고 하자 또 *저리 비켜!* 하고 소리를 버럭 지른다. *여게 내 곁에 에미 니가*

타라. 내 손을 잡아당긴다. 손에는 살은 다 어디로 가고 졸가리 같은 뼈만 앙상하다. 가혹한 쓸쓸함이 밀려온다. 어찌 그 많던 살을 다 훑어가고 뼈만 남겨 놓았는지. *아버님 지가 탈 거니까 걱정하지 마시소 아셨제요?* 하고 구급차에 올라 시아버지 옆에 앉는다.

구급차 안에 누운 시호랑이는 눈을 깜깜하게 감은 채 내 손을 잡고 아무 말도 없다. 미동도 없다. 바퀴는 앰블앰블 소리를 내며 속도를 질주하는 데만 열심을 가한다. 차 속에 누운 시호랑이 양쪽 눈가로 맑은 빗물이 눈꼬리를 타고 주루룩 흘러내린다. 시호랑이 손을 잡은 내 손등에 뚝뚝 도둑비처럼 떨어지던 눈물방울이 드디어 주루룩 주루룩 주룩비로 바뀌어 쏟아진다. 그놈의 하늘에 둑이 터졌는지 닦아도 닦아도 멈추지 않는 눈물에 나는 속마음을 들킬까 봐 고개를 돌린다. 그렇다고 잡은 손을 놓을 수도 없고 시호랑이를 보고 있으니 숨이 막힐 것 같다. 뛰어내리거나 되돌려 집으로 가고 싶은 마음이 물안개처럼 피어오른다.

눈물을 닦고 또 닦는 사이에 구급차는 병원에 도착한다. 여전히 시호랑이 눈에는 눈물만 소리 없이 흘러내리고 눈을 뜨지 않는다. *아버님, 빙원에 다 왔니더.* 말이 없다. *내리시야 되니더.* 대꾸도 하지 않는다. 눈을 감은 채 며느리 손만 꼭 잡고 모든 사람을 거부한다. 병원 침대로 옮겨 눕혀 드려야 하는데 손을 더 힘주어 잡는다. 내리지 않겠다는 의사표시를 무언으로 아니 손으로 말하고 있는 것이다. 꼼짝도 하지 않으시니 옮겨 눕힐 수가 없다. 모두 아무 말도 못 하고 서로의 눈치만 살피고 있다.

아버님, 말씀 잘 듣기로 했잖니껴. 약속해놓고 이건 위반이제요. 눈뜨시고 얼릉 내레서 검시받고 약 드시고 집에 가시자고요. 모두가 눈시울만 붉힌 채 아무 말도 못 하고 장승처럼 서 있다. 한쪽 손을 마저 아버님 손위에 살며시 포개고 쓰다듬는다. *아버님, 검사 얼릉 해야 집에 일찍 가시제요.* 그래도 꿈쩍도 하지 않는다. 이 숨 막히는 시간을 기다리다 못해 의사가 한마디 한다. *어서 치료하셔야지 치료 안 하시믄 큰일 나니더.* 의사의 말에 포개진 손을 잽싸게 빼더니 베고 있던 베개를 빼서 의사에게 던진다. *멀쩡한 나를 머 땜에 입원시캐! 멀쩡한 나를 왜! 왜! 왜!* 침대에 누운 채 소란을 피우자 주위에 모든 시선이 시호랑이를 향해 날아든다. 어디서 저렇게 힘이 폭발적으로 일어나는지 아무도 말릴 수 없는 순식간에 일이다.

이 기막힌 상황을 무어라고 설명해야 할지 도무지 생각이 떠오르질 않는다. 시호랑이 얼굴엔 노기와 두려움이 엉켜 누가 봐도 으르렁거리는 한 마리 호랑이다. 천하를 호령하던 시아버지를 세월은 저렇게 만들어놓고 시침을 뚝 떼고 있다. 집 앞산이 무너진 이유가 시호랑이가 소리를 질러서 무너졌다는 기개는 어디 가고 종이호랑이가 되어 저렇게 몸부림치게 만들었단 말인가! 그렇다고 다시 집으로 가면 치료가 불가능해지고 저 발버둥은 짐승의 울부짖음보다 더 애처롭게 온 우주를 까맣게 뒤덮는다. 몸부림이 조용해질수록 불안 수위는 올라가고 있다.

별도 달도 뜨지 않는 밤. 진홍빛 죄책감이 싸르륵싸르륵 온몸을 따라 피돌기를 하고 있다. 겨우 달래고 안심을 시켜 내려서 병실로 들어갔다. 주삿바늘을 꽂은 지 5분도 안 돼서 링거줄을 잡아 뽑아 버린다. 순식간에 일어난 일이라 말릴 겨를도 없다. 그러곤 베개를 집어 던진다. 이불도 바닥으로 패대기쳐 버린다. 그리고도 분이 안 풀리는지 옆에 있던 어머님 머리칼을 잡고 흔들기 시작한다. 간신히 말린다. 한 움큼의 머리카락이 시호랑이 손에 뽑힌다. 머리카락을 치켜들고도 성에 안 차는지 눈에서 불이 철철 흐른다.

시어머니를 밖으로 나가게 한 후 혼자서 시아버지 옆에 앉아 묻는다. *왜 그래요? 아버님! 얼릉 주사 맞고 약 드시고 집에 가자니까. 싫다. 약 타가주고 집에 가믄 되제. 이 침대도 이불도 다 싫다 말이다. 아버님, 이 메느라 말 못 믿니껴? 딴 사램 말은 다 못 믿어도 니 말은 믿는다. 그른데 왜 니까중 날 배신하노? 배신 안 할라꼬 이래이 아버님 지 말 잘 들어보시이소. 멀 잘 들어.* 허옇고 긴 눈썹이 다시 꿈틀거리며 증오의 눈빛으로 나를 쳐다본다. *여게서 약을 잘 드시고 주사를 맞아야 퇴원하지. 안 그래믄 요양원에 들어가야 되니더. 요양원엔 가시기 싫다민서 왜 말을 안 들어요.* 시호랑이는 화를 펄펄 끓이며 소리를 지른다.

내가 자식이 없나? 집이 없나? 돈이 없나? 왜 고려장을 당해야 된단 말이로? 금방이라도 무슨 일이라고 낼 듯 몸을 뒤튼다. 누가

그 당당하고 세상을 휘젓던 사람을 저리도 처참하도록 무너지게 했을까? 가슴이 아팠다. 아니 아프다는 말로는 표현을 다 할 수가 없다. 니이 90이 되도록 병원 한 번 안 가고 살았던 분이다. 평생 3시간밖에 안 주무시고도 그렇게 건강하게 살았던 분이다. 너무 푸르러서 눈이 부시던 저 생을 누가 저렇게 만들었단 말인가? 생각하는 사이 시호랑이는 또 소리를 지른다.

얼룽 집에 가자. 나는 고려장 당하기 싫단 말이따. 그러게요. 왜 고려장을 당하니껴? 얼룽 치료하고 나가자니까요. 자꾸 이래시믄 지도 인제 몰라요. 요양원으로 옮기든지 말든지 신경 안 쓸게씨더. 내 다 안다. 너끼리 다 짜고 그래는 거 다 안단 말이따. 아버님, 저 못 믿으시니껴? 니는 믿제만, 니가 애비도 너 시에미도 못 이게! 내가 모르나. 다 안다 말이다. 아이요. 지가 참말 치료하고 집으로 모시고 갈게씨더. 그래이 치료하시고 가이제 치료도 안 받고 자꾸 이래시믄 진짜 요양원 가시야 하니더. 가만 계시믄 약 드시고 주사 맞고 금방 집에 가실 텐데. 이래 주삿바늘 뽑고 하심 가래가 심해지시믄 요양원이 아니라 저승에 가시야 한단 말이씨더. 이대로 저승에 가실라이껴? 약 드시고 주사 맞고 집에 가실라이껴? 아버님이 선택하시이소. 지도 모르겠니더. 아버님이 주사 잘 맞고 약도 잘 잡숫고 해야 얼룽 회복해서 집에 가제. 은제까지 이래 실갱이 하다가 참말로 저승 가시고 싶니껴? 치료 잘 받고 집에 가시고 싶니껴?

반은 어린아이 달래듯 반은 협박하듯 한참을 달래자 시아버지는 울먹이며 어린아이처럼 말을 잇는다. *단산에 강수 모산에 기주 금대에 기덕이 병산에 만덕이 전부 다 요양원에 들어가서는 다시 집에 못 와보고 죽었다. 요양원은 죽어 장사 치르는 데다. 거게 한 분 가믄 죽어서야 나오는 거 내 모를 줄 아나? 나 싫다 안가! 안 간다고! 그래이까 아버님, 얼릉 치료하시자고요. 약 드시고 주사 맞고 할라꼬 빙원에 왔제 머하로 빙원에 왔니껴? 요양원에 보낼 것 같으믄 빙원에 안 오고 바로 요양원에 입원시키제요. 안 그르이껴? 아버님, 그래이 얼릉 선택하시야 되니더. 자꾸 이래시믄 저 지끔 서울 갈라니더.* 서울 간다는 며느리 말에 용수철처럼 말을 튕긴다. *아이다! 아이다! 약 먹꼬 주사 맞을란다. 서울 가지 마라. 니는 내 곁에 꼭 붙어 있어야 돼. 지발 서울 가지 마라. 내 니가 시키는 대로 말 잘 들으마.*

애원한다. 마치 어린아이가 엄마와 떨어지기 싫어하는 모습이다. 쓸쓸함이 온 몸을 휘감는다. 무엇으로도 대체할 수 없는 상황. 그러니까 인간이 돈으로 해결할 수 있는 일은 너무도 사소한 일이다. 돈을 아무리 써도 해결할 수 없는 이 기막힌 상황을 인간들은 모두 겪어야 한다. 왜 조물주는 이토록 잔인할까? 천하를 두고도 때가 되면 끌려가야만 하는 이 처절함. 시아버지는 이 죽음의 예감을 홀로 견디지 못해서 저렇게 처절하게 몸부림치는 것이다. 흙과 바람 속으로 흩어지고 말 아찔함을 견딜 자신이 없고 두려운 것이다. 그 어두운 강을 혼자 건널 두려움에 몸부림치는 것이다. 푸른 혈관이 불거지는 밤이 까맣게 흐느끼는 소리에 억장이 무너진다. 도무지 시아버지 옆에서 울지 않고는 견딜 수 없어 밖으로 뛰어나오고 만다.

시아버지가 뒤에서 소리를 지른다. *에미야 날 두고 서울 가지 마라. 그래믄 나는 혜 깨물고 죽어 뿌랠란다. 니한테까짐 버림받으믄 살아서 머하노. 제발 서울 가지 마라.* 저렇게 가엾게 꺼져가는 애원을 어찌해야 할지. 어둠을 할퀴면서 이야옹이야옹 이야야오옹 길고양이 울음이 파랗게 꼬리를 말아 올린다.

파랗던 생이 자라고 열매 맺고 떨어지는 과정이 저리도 힘들고 어려운 일인가. 짚신할아버지와 짚신할머니가 만난다는 칠월 칠석 하늘은 눈을 감은 채 아무 말도 없다. 밖에서 몇 시간을 그렇게 쓸쓸함에 대하여 허무함에 대하여 생각하다가 병실에 가니 아버님 손이 침대에 묶여 있다. 화가 머리끝까지 나서 머리에 가마뚜껑이 열릴 것 같아 소리를 질렀다. *이건 인권 침해씨더. 정신이 멀쩡한 사램을 손발을 묶어두다니. 먼 이른 일이 다 있니꺼? 미친개 같은 인간들 아니야!*

화가 활활 타올라 펄펄 뛰면서 간호사실로 뛰어가서 한바탕 난리를 피운다. *당신들 부모라도 이릏게 손발을 묶어 두겠니꺼? 우째 사램으로 이런 인권 침해를 한단 말이이꺼? 얼릉 저 손발 풀어주소.* 길길이 날뛰니 무슨 말인가를 하려던 간호사에게 수간호사인

듯한 간호사가 턱을 위로 들었다 내리자 간호사가 함께 병실로 와 손발을 풀어준다. 눈에 불이 철철 흐르던 시아버지는 손발을 풀기가 무섭게 또 주사기를 뽑고 베개를 집어 던진다. 도대체 이럴 땐 어느 것이 잘하는 일이고 어느 것이 못하는 일인지 판단이 서질 않는다. 사람의 인권이 어디까지 존중되어야 하고 어디까지가 인권이라고 말해야 할 것인가.

한바탕 난리를 친 시호랑이는 힘이 다 고갈되었는지 축 늘어져 눈도 뜨지 않고 그 꿈틀거리던 호랑이 눈썹이 멈춰서 있는 모습이 마치 다른 사람처럼 보인다. 도대체 병이 나을 기세는 보이지 않고 점점 더 나빠져만 갔다. 겨우 욕창이 꾸덕꾸덕 좋아지는 것 같지만 정신 상태는 엉망으로 망가져 버렸다. 그러다 보니 가래는 점점 심해져서 퇴원도 시킬 수 없는 지경이 되어버렸다. 순식간에 장맛비에 흙담 허물듯 허물어져 가는 시아버지를 무슨 방법으로 다시 싱싱하게 시든 모종이 물을 먹고 고개 들듯이 살려낼 수 있을까?

의사들이 야속할 만큼 상태는 급격하게 나빠졌다. 하는 수 없이 자식들이라도 보면 좀 기운 차리고 희망을 잡고 일어나실까 싶어 시누이들이 교대로 와서 얼굴을 보여주게 했지만, 시아버지의 외로움은 어느 누구도 대신해주지 못했다. 뭉치면 한 움큼도 안 될 만큼 말라 뼈만 앙상하다. 새우처럼 구부리고 누운 모습은 처연하리만큼 쓸쓸함이 돌돌 뭉쳐 있었다.

누가 저 서슬 푸른 기운을 다 거두어 갔단 말인가? 다 내린 살은 다 빠져나간 기운은 그 좋던 목청은 다 어디로 가버렸단 말인가. 어느 조물주가 그리 싱싱하게 주었다가 저리 초라하고 잔인하게 거두어 가 버린단 말인가. 시아버지는 그 길로 점점 건강이 나빠진다. 결국, 평생 살아온 집에도 다신 못 가보고 여기서 마지막을 맞아야만 한다는 생각에 억장이 무너진다. *거짓말! 거짓말!* 나를 그리도 아껴주던 시호랑이 함께 싸우고 함께 지내며 미운 정 고운 정 다 든 이 시호랑이 마지막에 아무런 도움 하나 못 주고 속수무책으로 지켜만 봐야 한다는 죄스러움에 화가 났다.

시호랑인 꼭 이성만을 찾았고 나는 늘 이상을 찾았다. 결국, 시호랑이 말대로 자식도 있고 집도 있고 돈도 있는데 고려장을 하고 말았다는 죄책감이 자신을 질질 끌고 다니며 괴롭힌다. 1주일에 한 번씩 서울에서 젓돌까지 오가며 목욕과 머리를 감겨 드리던 생각이 사이렌처럼 달려와 픽 웃는다.

머리 감기를 싫어해서 며느리가 아니면 머리도 안 감고 목욕도 안 하고 떼 쓰는 시호랑이. 시호랑이 집에 도착해서 *아버님 메느리 왔니더.* 하고 말하면 어린애처럼 환하게 웃는다. 주위가 모두 환해질 정도로 함박 웃었다. 그리고는 *날 머리 감게다고. 오래 감지 말고 퍼뜩 감게야 된데이. 그래믄요. 당근이제요. 1 분도 안 걸레고 감게 드림시더. 아버님, 머리통이 참말로 예쁘게 생겠네. 머리통이 수박 통보다 더 잘 익었네. 피부도 언나맨치 보드랍고 검버섯 한 개도 없어서 지끔도 여자 친구가 줄줄 따라오겠네. 그레이까 깨끌*

맞게 씻고 빨리 나아서 장터 다방 아가씨 보러 가시야제요.

말이 떨어지기 무섭게 웃기 시작한다. 이 하나 없는 잇몸으로 합죽합죽 웃는 모습이 꼭 하회탈같이 순수하고 환하다. 한번 웃기 시작한 웃음은 머리를 다 감길 때까지 그치지 않는다. *아버님, 그만 웃으이소. 인제 목감해야제요. 그래. 하마 다 감았나? 목물해야제. 그래요. 속옷까짐 다 벗게고 목감 시캐 드릴께요. 하나만 입혜두고 벗게라. 왜요?*

시호랑이 길들이기

2

야야, 그래도 내가 시애빈데. 아버님, 시상에 메느리가 시아버지 옷 벗게는 사램 지백에 없을걸요. 와! 피부가 장난 아니네요. 완전 꿀 피부래서 벌이 몰래 들얹다가 낙상하겠니더. 언나 피부보다도 더 좋니더. 며느리 말에 시아버지는 신이 나서 말한다. 꼭 아이가 엄마에게 시험 백 점 맞았다고 신나서 하는 말처럼 *내가 운동을 젊은 사램보다 더 해서 팔에도 근육이 이래 있다. 아버님 불끈 해 보소. 그래 봐라.* 주먹을 꽉 쥐고 팔에 힘을 주는 시호랑이가 귀엽기까지 하다.

아버님, 대단하이더. 밥 잘 잡숫고 운동도 하고 해서 또 장터 놀러 가야 제요. 장터? 아버님 이건 비밀인데 장터 단산 다방에 엄청 이쁜 아가씨가 새로 왔다니더. 울매나 이쁜 동 아버님 친구분들이 매일 눈만 뜨믄 다방에 간다니더. 아버님이 가시믄 그 아가씨는 아

버님만 좋아할 건데. 얼릉 운동하고 밥 잘 잡숫고 기운 채리시믄 그 다방 아가씨한테 팁 줄 돈 지가 드릴 테이 얼릉 기운 차리시소. 야가! 야가! 니 시어마이 들으믄 우쨀라고 그래 큰 소리로 말하노? 어머님 지끔 밭에 가고 안 계시니더. 그래? 그래믄 니 약속했대이, 팁 니가 주기로. 야, 약속했니더. 약지를 펼쳐 시아버지한테 내밀며 약속! 하자 그래 약속! 그리고 푸싯푸싯 푸시시 웃었다.

왜 웃노? 아버님이 구여워서요. 머? 시애비더러 구엽다고? 아버님도 지더러 구엽다고 하시잖니껴! 아버님이랑 친구 하기로 했잖니껴. 그른데 머가 우쨌다고 머가 잘못됐니껴? 또 1분 동안 야자 타임 하실라니껴? 싫다. 왜요? 아이잉~ 1분만 하자요오~ 이잉. 콧소리로 애교를 떤다. 아무리 꼬시도 안 한다. 왜요? 내만 손해따. 나는 본래 니가 메느리니까는 야자, 해도 되잖나. 그래믄 역할 바꾸기 놀이 하시더. 우째 하는 겐데? 지가 아버님께 반말하고 아버님이 지한테 존댓말 하기. 싫다, 그것도 내가 손해따. 살다가 보믄 손해 보기도 하고 이익 보기도 하제 우째 이익만 보고 살라고 하시니껴? 그른 손해는 보기 싫단 말이따. 그래믄 전에는 왜 야자 타임 하자고 하싰는데요? 그때는 니가 구여워서 해봤는데 양반집에서 숭측해. 혹시 아들이 들을까 무섭드라. 그래서 인제 그것도 안 할란다. 아버님 쫀쫀하기는 그래 쉬파리 무수와서 장을 못 담그겠다는 거이껴? 로망이든 맴이 실망 절망 낙망이씨더. 또 있다. 머가 또 있니껴? 노인회 회장이 날 보고 메느리 바보라고 놀랜다. 그래믄 야자 타임 한다고 노인정에 가서 말씀하싰니껴? 말하다 보이 그래됐다. 그래믄 노인정에 소문 다 내놓고 일방적인 계약 파괴하시믄 지만 이상한 메느리가 되제 파괴는 파토씨더. 그래믄 안 된단 말이라. 안 되제요. 계약 파괴하믄 위약금 내셔야 되니더. 위약금 지가 원하는 대로 내노소. 날 보고 맨날 독재라 하디이 니가 더 독재따. 아니, 아버님 지는 민주주의제요. 합의 주의자고요. 니 입장에 유리하게 하잖나. 에이! 먼, 인간은 본래 자기 이기적이지 않으믄 우에 사니껴? 자기가 있어야 남도 있고 아버님도 있고 그릏제. 아버님도 좋다고 해 놓구선. 인제 와서 쌩까시네. 쌩이 머로? 머길래 까먹는다고 하노? 그른 게 있니더. 아버님 모르시도 되니더. 그래 그게 먼동 이름은 몰래도 되믄 안 문제만 암튼 인제 야자 타임인가 먼가 안 한다. 알았니더.

시아버지 말 사이로 말도 없이 샤워기를 대고 물을 머리끝에서 주루룩 내리쏟는다. 야가! 말도 없이 깜짝 놀랬잖나. 그래믄 목감시캐는데 물 뿌래요! 하고 뿌래야 되니껴? 전에는 물 뿌리니더. 목에 물 뿌리니더. 등에 물 뿌리니더. 일일이 말 하민서 뿌랬잖나. 그건 그때고 지끔은 지끔이고 솥뚜껑 운전수 맴이제요. 에이고! 하늘보다 맴이 넓은 아 가 왜 또 삐지노? 내 맴 가주고 내 맴대로 삐지는데 왜요? 꼭 지 맴대로 다 해야 웃어. 니가 늘 웃어서 이쁘다 했디이 인제 보이 니 맴대로 식구들이 다 맞차 줘서 늘 웃었구나. 당근이제요. 당근은 먹는 건데 왜 그 말에 당근이 나오노? 당연하

다구요. 나는 또 멍는 당근이라고. 다른 사램도 맞차 주믄 다 좋아한다. 그래믄 다방 아가씨 맞차 주시던가. 야가! 또 왜 다방 아가씨 얘기는 하노. 니 시에미 들으믄 우쨀라고. 그래이까 잘 하시라고요. 안 그래믄 확, 어머님한테 다 일러 버릴게씨더. 알았따 알았따 야자 타임 다시 하마. 얼른 말을 카멜레온처럼 바꾼다. 나는 다시 *어유, 우리 아버님 목감 시캐 놓으이까 넘 잘생기싰네. 온 밤이 다 훤해서 깜깜한 밤에도 불이 필요 없겠니더. 참말로? 너 시어마이는 한 분도 잘생겼다 소리 안 하드라. 안 그래도 아버님 시상인데 그른 소리 하믄 더 기가 사니까 안하제요. 그릏제? 그래서 안 하는 거제? 내 대강은 알고 있었따. 목감 끝!*

웃고 떠드는 틈을 타서 재빨리 목욕을 시킨다. 그렇지 않으면 안 씻겠다고 응석과 투정을 부리는 시아버지를 달래기가 좀처럼 쉽지 않기에 일단 웃겨놓고 시작하는 게 버릇이 되어버린 것이다. *아버님, 아래 속옷도 벗기고 씻게 드랠까요? 안 보고 눈감고 씻게 드랠께요. 싫다. 안 본다고 하고선 다 보믄 내만 손해제. 알았니더. 지 안 볼 테이까 얼릉 씻고 나오시이소.* 일주일에 한 번씩 몇 년을 오가던 세월. 이제 다른 동네로 동네 주소도 모르는 곳으로 이식하려 하고 있다니 문득, 삶은 하루살이란 생각이 든다. 어쩜 저렇게 지독한 호랑이가 있나 싶었는데 이 빠진 호랑이가 되다니.

요양원에 오기 전 일이다. 몸보신이라도 해드려야지 생각하며 큰맘 먹고 쇠꼬리 하나를 통째 샀던 적이 있다. 쇠꼬리를 고아 몸보신을 해드리려고 거실에 내려놓으니 쇠꼬리를 보자마자 위로 눈썹을 치켜세우던 시호랑이, 아주 못마땅한 투로 *이게 뭐로?* 하고 묻는다. *쇠꼬리요.* 말이 끝나기 무섭게 상자째로 덜렁 들어 마당에다 패대기친다. 호랑이 눈썹이 또 치켜 올라간다. *이른 걸 왜 내한테 물어보지도 않고 사 왔노. 미친 것들 아이라. 아버님, 고아 드릴라고요. 소는 목심이 없다디? 왜 멀쩡하게 눈 뜨고 사는 짐승을 잡아 와.*

보다 못한 시어머니가 시아버지의 말을 가르마 타듯 *이거 당신 먹으라…* 시어머니 말에 느닷없이 요강단지가 휘익 날아온다. 시어머니 머리 위에 폭포처럼 오줌을 쏟아놓고 요강단지가 땅바닥에 데굴데굴 구른다. 소변 누는 것도 귀찮아하셔서 요강을 거실에 들여놓고 썼다. 요강에 담겼던 오줌이 튀어 온 거실을 다 적시고 시어머니 머리와 옷이 다 젖어 너무 어이가 없으면 말도 안 나온다는 말을 처음으로 실감한다. 오줌 묻은 머리를 움켜잡고 오줌을 줄줄 흘리며 마당으로 나가는 시어머니 머리를 이번엔 지팡이가 꽝꽝 때린다.

아버님, 대체 왜 그래시니껴? 니는 제삼자다. 니는 저짝으로 비켜! 시아버지의 말과 동시에 지팡이를 빼앗아 버린다. 시아버지는 분을 못 삭여 식식거린다. 시어머니는 밖으로 뛰쳐나와 처마 밑에 쪼그리고 앉는다. 잠시 후 다시 바깥까지 뛰어나와 싸리 빗자루를 들더니 마구 휘젓는다. 닥치는 대로 시어머닐 두들긴다. 나는 보다

못해 빗자루를 빼앗아 든다. *아버님도 한 분 맞아 보소.* 싸리비로 시호랑이를 때린다. *야가! 야가! 시애비를 때레네. 신문에 날 일이 따.* 눈을 부릅뜬다. 눈썹이 금방이라도 하늘을 찌를 듯이 치켜 올라간다. *아버님 아프이껴? 안 아프이껴? 한 개도 안 아프다 왜. 그래믄 요강단지 던제 볼까요? 오줌이 아버님 머리에 묻어도 냄새 안 나는동요? 니가 왜? 요강단지를 던제노? 아버님은 어머님 먼 잘못 있다고 왜? 어머님한테 화풀이 하시니껴? 쇠꼬리 사 온 건 전데 왜 어머님한테 요강을 던제니껴? 그 쇠꼬리 너 어마이 머라고 사 왔제 내 머라고 사 온게 아인 거 내 다 안다. 그래도 참을라꼬 했디이만 말대꾸를 하이 그릏잖나. 니도 들었제, 내한테 말대꾸하는 거. 야, 들었니더. 그른데 아버님은 성격이 죽 끓듯 빈덕스러운데 어머님이 우째 맞추니껴? 야가! 야가! 내 성질이 울매나 좋다고 죽 끓듯 한다이 말 겉지도 않은 소리 하지 마라. 아버님 성질이 좋다고요? 지나가던 새가 웃겠네. 개에 뿔이 돋고 돌에 피 흐르는 말씀 하지 마소, 아버님. 어머님이 말 안하믄 말 안 한다고 성화 부래고 말 하믄 말대꾸라 그래고. 어느 장단에 맞추라는 말이이껴? 내가 니한테 안 그래믄 됐제, 니가 왜 대신 난리를 치노? 쇠꼬리 지가 사 왔으이까요. 저 꼬리 뒷밭에 갔다 내뿌래까요? 맴대로 해라. 내뿌래든 말든.*

나는 바닥에 흩어진 쇠꼬리를 주섬주섬 줍는다. 그리곤 텃밭에 다 집어 던진다. 시호랑이 눈썹이 칼날보다 푸른 날을 세워 번뜩인다. 못 본 체하며 방으로 들어와 덜렁 눕는다. 어디부터 어떻게 해석해야 할까? 말을 나누다가 보면 세월이 너무 빨리 흘러 어느덧 죽음이 가까워져 오고 있음을 견딜 수 없어 하시는 게 보인다. 누구도 해결할 수 없는 일이지만 받아들이기도 너무 억울하다는 생각을 하시는 이야기를 몇 번 들었다.

이놈의 시월을 돈으로 살 수 있으믄 울매나 좋겠노! 하면서 푸념이라기보다 인간의 죽음을 받아들일 수 없어 하시는 게 눈에 보인다. 얼마나 억울하시면 돈을 주고 시간을 살 수 있다는 좋겠다는 말씀을 하실까? *돈을 주고 살 수 있다믄 전답을 다 팔아서라도 시간을 사고 싶다*고 말씀하시는 걸 들었다. 이제 더더욱 받아들이기 힘든 것이다.

그 인정하지 못하는 자신의 늙음이 이렇게 상대에 대한 화풀이로 일어나는 것이다. 누군들 시간 흐름을 받아들일까만 유난히 시아버지는 나이 들어가는 걸 받아들이기 힘들어하는 것 같다. 혹시 치매? 아니야. 전에도 못마땅하면 집어던지고 어머닐 때리고 소리 지르고 이게 일상인데 요즘 뭔가 또 심기 불편한 모양이다. 그래도 그렇지. 이건 아니지 않은가! 어머니가 나이를 먹게 한 것도 아닌데, 나이 듦의 화풀이를 아내에게 하다니 참으로 기가 차고 코가 차고 허파가 뒤집힐 일이다.

인간은 원래 저리도 삶에 대한 애착이 강할까? 나도 나이가 들면 저렇게 될까? 그건 장담하지 못하지만, 그렇다고 하더라도 나무에 둘린 나이테처럼 온몸에 감긴 나이테를 무슨 수로 지운단 말인가? 마음 같아선 시호랑이 말대로 돈 주고 나이테를 벗겨낼 수 있다면 벗겨내고 싶은 심정이다. 답답한 마음에 벌떡 일어나 밖으로 나간다.

걷다 보니 어느새 소공원 정자에 도착한다. 정자에 앉아 앞산을 보다 정자 옆 5백 년 넘은 보호수가 우두커니 서서 홀로 삶을 견디고 있었다. 그 정자 아래서 시호랑이는 말했었다. *참말로 시상에서 우리 메느리가 최고써더. 음식이나 소지는 누구나 잘할 수 있제만 야는 급수가 다르이더.* 엄지손가락을 바짝 세우며 다른 사람들에게 며느리 자랑을 하고 매일 나가서 풀을 뽑고 먼지를 닦으며 자식처럼 가꾸던 정자. 그 정자에서 며느리가 가끔 책 읽고 누워서 논다는 이유로 그렇게 살뜰하게 가꾸던 생각이 났다.

나무를 보자 울컥 몸속서 붉은 피가 솟아 목구멍으로 넘어옴을 느낀다. 끝없는 이야기를 아침마다 전화로 해주던 시호랑이다. *전화 요금 마이 올라간다. 내 간단하게 말하고 끊으마.* 말은 간단히, 간단히 외치면서도 얘기를 꺼내시면 요금도 잊어버리는 그런 시호랑이였다. 어쩌면 좋단 말인가. 천하를 휘두르던 기세가 이제 늙어버려 며느리가 목욕을 시키고 마음대로 거동하지 못하는 것에 대한 화풀이? 아니면 억울함?

한참을 턱 괴고 멍하니 앉아 생각해 보니 그럴 수도 있을 것 같다. 천지를 들었다 놓았다 하면서 살던 몸이 이제 아무것도 할 수 없으니 어쩌면 쇠꼬리 같은 거로 동정 받는다는 게 싫고 화가 날 수도 있을 것 같다. 거기까지 생각하니 조금은 이해될 듯도 하다. 찐한 마음이 밑바닥서부터 위로 향기처럼 퍼져 오른다.

다시 시호랑이가 궁금해 집으로 발길을 돌린다. 그래 내가 너무 했다. 뼈를 주워서 푹 고아 몸을 좀 보해 드려야지. 각진 마음을 둥글게 깎으며 집으로 온다. 집에 오니 꼬리가 없어졌다. *어머님, 꼬리 어딨어요? 내사 몰따.* 시어머니는 한마디로 말을 잘랐다. 두리번거리다 툇마루에 올라앉아 있는 꼬리를 본다.

이걸 도대체 누가 주워 왔을까? *아버님, 꼬리 누가 주 왔니껴? 내가 주 왔다. 왜? 내뿌래라고 마당 바닥에 패대기칠 때는 은제고 왜 주 왔니껴? 아까와서, 내가 내뿌래라 한다고 진짜로 밭에 내다 버리는 아가 어데 있노? 아깝그로. 참말로 밭에다 내뿌래는 니는 내보다 더 나쁘다. 내가 성낸다고 더 성내는 니가 더 나빠. 그래도 니는 믿었는데. 니까지 인제 날 무시하나? 누가 아버님을 무시하니껴? 장터 올라가믄 다방 아가씨들도 내가 누구보다 팁을 마이 주는데도 팁만 알가먹고는 아양은 딴 사램한테 가서 떤다. 늙으이 인제 아무짝에서 씰모가 없어졌다. 그것도 속사 죽겠는데, 니까짐 날 무시하믄 칵! 죽어뿌래이제 살믄 머하노. 아버님 은제 죽을라니껴? 왜? 알아야 미리 장례 준비하제요. 지끔 칵! 죽어뿌랜다고 했으이 장례비 준비해야 되잖니껴? 걱정 말그라, 내 방 빼다지에 보믄 내 죽으믄 장례 치를 돈 통장에 준비해둔 거 내가 니한테 몇*

번이나 보이 줬는데 젊은 아가 벌써 잊어뿌랬나? 니는 내 죽기를 기다래나? 그럴 리가요, 알고 싶어서요. 내가 은제 죽을지 우예 아노, 저승사자가 데리로 오믄 오늘 밤이래도 따라가야제. 아버님 저승사자가 데리로 오믄 장례 비용 통장 주고 달래서 돌래 보내믄 되잖니껴? 저승사자가 뇌물을 받는다냐? 그건 모르제만 받을지도 모르잖니껴. 니는 우째 그래 웃기노? 참말로 웃긴다. 아버님 우스우믄 웃으시믄 되제요. 웃는데 돈 드는 것도 아인데.

시호랑이는 어이가 없는지 고개를 젖히고 목젖이 보이도록 웃는다. 그렇다. 시호랑이는 당신이 돌아가시면 장례 비용 하라고 통장에 돈을 넣어두고 내가 시골에 올 때마다 보여 주셨다. 죽음을 준비하면서도 저렇게 받아들이지 못하는 건 무엇이란 말인가? 도대체 무엇이 잘못인지 실타래처럼 뒤엉킨 머릿속이 정리가 안 된다. 꼬깃꼬깃 구겨진 반날을 펼치고 나니 밤이 온다.

구겨진 반날을 펼치느라 반날을 다 보냈다. 천 년 전에도 만 년 전에도 이렇게 살다가 하루살이로 흔적도 없이 사라지고 또 태어나고를 반복하고 있었을까? 그게 마지막 싸움이었다.

시호랑이의 출가를 보기 위해 아들 며느리 딸 사위 손자 한 사람도 빠짐없이 다 모인다. 아들 며느리 딸 사위의 지인들이나 먼 친지 생전에 한 번도 본 적 없는 얼굴들이 모여든다. 사진틀에 들어앉아 근엄한 표정으로 말없이 산 사람을 지켜보는 저 주인공. 수많은 꽃이 출가를 축하하러 모여든다. 꽃잎들 히죽히죽 예의 없이 일

제히 이빨을 드러내고 웃는다. 주인공은 저 많은 꽃에 달린 이름표를 하나도 알지 못한다. 누군가 출가하면 앞다투어 이름표 달고 달려오는 화환들. 죽음을 가장 축하해야 한다는 듯이 앞다투어 달려온다. 너도나도 축하한다고 주식회사 법무사 동문회 이름표를 단 화환들이 줄줄이 서서 죽음을 축하하는 건지 고인을 배웅하는 건지 알 수 없는 표정으로 서 있다.

정작 고인의 동문이나 지인들의 꽃은 없다. 돈의 액수만큼 3단 2단 1단 이름표를 달고 저승에도 3단 2단 1단 단수가 높을수록 좋은 곳에 갈 수 있는 걸까? 빼곡하게 줄지어 달려오는 화환들 자리가 다 차면 리본만 싹둑싹둑 자른 다음 꽃은 돌려 보낸다. 출가자가 남긴 후손이 빵빵할수록 꽃들은 앞다투어 달려온다. 꽃들의 편애가 하얗다. 향내는 슬금슬금 밖으로 기어 나와 돌아다닌다.

검은 상복들은 버선도 고무신도 신지 않고 양말에 구두를 신고 있다. 걷어차이고 짓밟히는 신발들은 검은 입을 벌리고 이리저리 나뒹굴며 주인을 기다린다. 용케도 주인을 잘 찾아내는 신발들의 충성은 늘 삐딱하게 닳아 없어진다. 영안실에서 시호랑이의 몸을 알코올 솜으로 닦고 곱게 단장한다. 30년 전에 사놓은 안동삼베는 주인을 기다리느라 아직도 빳빳한 그대로다. 한 겹 두 겹 속옷을 입고 생쌀 몇 수저 입에 물고 노잣돈 다섯 냥 주머니 넣고 꼬까 버선 신고 그 서슬 푸르던 성격 끈으로 다 묶는다. 한마디 말도 없이 옷을 입고 버선 신고 아무 소리도 안 지르고 몸을 묶는 저 신통!

관에 눕히고 덜컥, 뚜껑을 닫는다. 주소도 없는 곳이라 살아 있는 사람이 모셔다 드려야만 하는 곳. 문구가 세상을 까맣게 태운다.

붉은 파열음이 간 쓸개 배알 숨소리 고민 기침 하품 딸꾹질과 말까지 관 속에 넣고 못을 쾅쾅 박는다. 심장에 못 박히는 소리가 울려 퍼진다. 화장터 하늘 스크린에 이름이 천천히 지나갔다 다시 나타나며 우주를 향해 이름을 수송 중이다. 영혼이 하늘로 모두 수송이 끝났다. 만지면 와삭 부서져 버릴 것 같은 뼈 몇 조각이 청빈의 빛으로 나온다. 뼛조각들이 자손을 부른다.

살 다 내린 뼈는 자손들을 멀뚱멀뚱 하얗게 쳐다보고 누워있다. 자손들 눈길이 모두 훑어나가자 분쇄기로 들어가 버리더니 한 줌의 재로 나온다. 재가 눈 속으로 들어온다. *재가 되어! 재가 되어!* 이 말이 자꾸만 머릿속을 맴돈다. 한 줌의 재가 허무의 뚜껑을 열고 나와 답답하다 소리를 지르며 두 눈을 부릅뜰 것 같다.

한 줌의 재가 온 가족을 데리고 영원히 살 시아버지의 집을 향해 달린다. 저승에서 이승으로 오는 가출이나 이승에서 저승으로 가는 출가나 모두 한통속으로 영원한 유토피아를 찾아 나서는 일. 이승에서 저승으로 옮기는 발자국 위로 흰빛 슬픔을 부려놓는 구름. 유골처럼 부서져 사방에 뿌려지는 흰빛 영혼 사이로 삶의 비듬이 떨어져 가루가루 흩날린다.

저승으로 가는 도로에 바람은 공정한 양으로 불어오고 잎 축 늘어진 버드나무에 앉아 윙윙 울고 있는 초겨울 달빛. 차 속에서 덜

컹덜컹 자유를 찾아 가출을 꿈꾸고 있는 영혼. 어둠이 밀려온다. 캄캄함, 눈을 뜨고도 캄캄하다. 대낮인데도 캄캄하다. 90년의 삶은 어디로 이주해서 파랗게 웃고 있을까?

금방이라도 *에미야!* 하고 부를 것 같아 자꾸만 주위를 살핀다. 새 정토는 아무도 들여다보지 못한 채 철컥, 문이 닫혀버리고 끝내 *에미야!* 하고 부르는 소리는 다시 듣지 못했다.

시호랑이의 가출이 끌고 다닌 3일이 고스란히 박제되어 초침의 밥이 되었다. 시호랑이 길들이기가 마감되는 시린 밤. 영화 같은 3일을 주머니에 넣고 집으로 와서 시호랑이와의 의리를 소설로 쓰리라 마음먹자 눈앞에 물안개가 스멀스멀 피어오른다. 열여덟 스물여덟 서른여덟 마흔여덟 쉰여덟 예순여덟 일흔여덟이 여덟이란 도랑을 여덟 번째 건너느라 팔팔하던 힘 다 소진한 몸.

봇도랑 물에 몸을 씻는 달처럼 환하게 앞을 비추더니 여든여덟은 만 90을 넘기지 못하고 영원히 지구 밖으로 가출하고 만다. 시간을 건너던 육체들이 함께 탈출해 우주를 떠났다. 가출한 것이다. 시호랑이와 함께했던 팔팔한 시간을 타이핑하기 시작한다. 손가락은 타자를 치고 혼은 시호랑이를 따라가는 밤. 시호랑이와 함께했던 날들이 걸어오더니 시호랑이 목소리가 타닥타닥 생각의 자판 위로 떨어진다.

시아버지가 구급차를 타고 가면서 고요를 걷어내며 울음 섞인 한마디를 뱉어내던 생각이 자꾸만 떠오른다. *에미야! 니가 우리 집*

에 메느리로 시집와서 내가 참말로 니 덕에 행복하게 살았다. 니가 우리 집 안 복디였다. 그리고는 두 손을 힘주어 꽉 잡았었다. 눈물이 흘러 구급차를 적시는 상황에 유언 같은 말을 남겼다. 나는 그때 너무 철이 없었다.

아버님 무슨 유언 같은 말씀을 하시니껴? 빙원에 가서 치료받고 다시 집에 와서 우리 또 행복하게 살믄 되제요. 아이 아이 아이다. 인제는 다 틀렸어. 내가 안다, 인제 나는 다시는 집에 못 와보고 죽는다. 그래이 내가 죽으믄 날 집에 데루고 와서 내가 농사짓던 밭도 구경시캐고, 내 방도 구경시캐고 그래고 장례 치뤄다고. 내가 죽어 갈 곳은 니하고 같이 가 봤으이 안심이다만…. 거기까지 말하고는 목이 메어 더 이상 말을 잇지 못했었다.

그때가 또 밀물처럼 밀려와 마음을 괴롭혔다. 그때그때 달라지는 감정을 가진 것이 인간이다. 그 절박했던 순간과 욕창과 가래소리가 번갈아 감정에 실려 다녀간다. 분주했던 행복했던 서로 기싸움을 하던 일들이 모두 파해서 돌아가고 없다. 어디로 돌아갔는지 아는 이는 아무도 없다. 만물의 영장이 아니라 만물의 기형이라고 하는 것이 더욱 옳다는 생각이 든다. 모든 씨앗은 자연에서 오는 것이다. 다정한 소리는 모두 세상을 속이기 위한 것이었다.

다정한 말들을 쏟아놓고 간 시아버지는 어느 곳에 정착해서 다시 살 것인지. 지난 시간이 내 허기를 둥둥 띄우고 사라진 시아버지의 육체와 영혼은 해변의 모래와 맨발 사이 어디쯤 붙어서 다니는지 물과 물 주름 사이 어디서 헤엄을 치는지 바람과 바람 소리 어디쯤에서 휘파람을 불고 있는지 어느 피서지에서 여름을 두고 오듯 이 세상에서 피서가 끝나고 여름을 두고 어디론가 가버렸다. 이제 해수욕장이나 피서지는 황량하고 쓸쓸한만 서성이며 그 자리를 지키고 있을 것이다.

그 여름도 떠나고 시간도 떠나고 피서지도 떠났다. 다시는 만나지 못할 시간이 모든 것을 쓰나미처럼 쓸어가 버렸다. 주소 하나도 남기지 않았다. 가는 곳 그쪽이 여름인지 겨울인지도 알려 주지 않았다. 겉과 속의 모양이 보이지 않아 이쪽도 저쪽도 믿을 수 없다. 겨울에 꽁꽁 얼려 두었던 봄도 바람의 입김에 녹아내려 꽁꽁 싸맸던 끈을 풀고 겨울 울타리를 넘어간다. 겨울 동안 겨울잠을 자듯 저승 어딘가로 가서 겨울잠을 자고 다시 봄으로 환생했으면 좋겠다.

시아버지께 편지를 써도 이제는 수취 불명이 되어 돌아올 것이다. 내가 이승에 남아 할 수 있는 일이란 그저 하롱거리는 봄꽃 날개에 취해 살다 시간을 몽땅 도둑맞고 저승행 기차에 기차표도 없이 무임승차하게 될 것이다.

혹, 저승 가는 기차를 놓쳐서 이승에 남을 수 있다면 얼마나 좋을까? 가끔 존재가 무엇인지 몰라 헤맬 때 나를 환하게 해주던 시아버지의 주소를 몰라 엎질러진 달 비린내를 맡으며 그림자를 흔들고 있는 나무 아래에 별빛을 깔고 앉는다. 숨을 곳이 없다. 시절은 하루가 다르게 낡아가고 채색도 바래가고 세상의 불일치를 이해하지 못해 가장 어두운 골목의 담벼락에 기대 상봉 못할 지난 시간의 소문을 기다리고 있다. 날이 새면 다시 실종으로 사라진 시간을 안타까워하겠지. 망가진 시간이 쉴 새 없이 물방울로 아롱진다. 후드득, 빗방울이 이 세상으로 건너오고 있다.

이제 마취에서 풀릴 시간이다. 고통도 깨끗이 씻어버려야지. 생은 술에 취해 비틀거리며 만취해서 살아가는 것이다. 모두 자신들이 정신 차리고 발을 번을 곳을 찾아 두리번거리며 살아가는 것이다. 술에 취하지 않고는 계절과 계절 사람과 사람 꽃과 꽃 사이를 건널 수 없다. 겨울이 되면 선풍기에는 찬바람이 악착같이 들러붙어 산다. 그렇게 살다 제철을 만나면 선풍기 날개를 타고 날아다니며 자신의 꿈을 펼친다.

그러나 그 꿈 역시 한철이다. 겨울이 되면 다시 선풍기 속으로 동면을 위해 칩거해야 한다. 꽃들도 겨우내 나무 품속에 숨는다. 그러다 봄의 입김이 닿으면 주저하지 않고 삐죽삐죽 달려 나와 꽃을 피운다. 그러나 사람은 한번 떠나면 다시는 달려 나올 수 없다. 예외도 비상사태도 없다. 누가 저승이란 나라를 신대륙처럼 발견할 과학자는 없을까?

숙명의 숙명적인 결혼

달녀의 고명딸 숙명은 계절의 대하 친구와 결혼한다. 계절은 자신의 아이와 아내의 소식을 알 수 없어 막막하다. 역사 기록도 하고 가족도 찾아야 하고 할 일이 태산 같지만, 어느 거 하나 손에 잡히지 않아 흐르는 시간을 꺾어 병에 꽂아두고 싶었다. 그냥 혼란스럽게 지나간 시간이 쌘비구름 같아 미칠 것 같다. 나라를 찾았는데도 일본이 떠나간 자리마다 어지럽게 새겨진 발자국이 계절을 혼란으로 끌고 갔다. 검은색으로 바른 창호지 같아 밖이 내다보이지 않는다. 결혼할 나이가 넘은 동생도 걱정되었다.

가진 것도 없고 그렇다고 많이 배우지도 못한 동생이다. 다행인지 불행인지 동생과 결혼하겠다고 동생을 달라는 친구들이 많았지만, 썩 내키지 않아 답을 피하고 있었다. 그러던 중 대학 친구이면서 같은 고장에 사는 친구가 동생을 평생 고생시키지 않을 테니 결혼을 허락해 달라고 끊임없이 졸랐다. 그렇지만 마음이 내키지 않아 대답하지 않았다. 동생의 성격이 꼭 남자처럼 덜렁거리는 데다가 친구 부모님 역시 까다롭기로 영주에서 두 번째라면 서러울 정도였기에 아예 거절했다.

숙명에게 물어봐도 결혼을 하지 않겠다는 말만 할 뿐 도무지 누구에게도 마음을 두지 않았다. 그러면서 친구들과 오토바이를 타고 돌아다니고 여행을 다니고 도무지 감당하기 어려운 행동만 하고 다녔다. 부모님이 계실 때는 신경 쓰지 않았지만, 지금은 자신이 부모님을 대행해야 할 위치라 여간 신경이 쓰이는 것이 아니었다. 계절은 어느 날 동생에게 말했다.

숙명아! 인제 정신 쫌 채릴 때도 안 됐나? 우째 그래 니는 철이 안 드노? 오빠, 내가 철들믄 우리나라 철광회사 다 망한다. 그래고 4계절 철을 전부 아는 오빠하고 숙명이 하고 똑같나? 이름부터가 나는 숙명이고 오빠는 계절을 잘 아는 계절 아이라? 내 신경 쓰지 말고 오빠나 얼릉 언니도 찾고 조카도 찾아온나. 나는 조카 키우민서 살아도 괜찮다. 엄마 고생하는 거 보이 결혼할 생각 한 알갱이도 없다. 오빠도 봤잖나? 엄마가 울매나 고생하다가 돌아가싰는동. 나는 그래 살기 싫다. 이제 시대가 변했다. 지끔은 그래도 사램들이 글도 배우고 깨우쳤으이 그래 혹독하게 시집살이시키는 시대는 지냈다. 그래이 엄마는 잊어뿌래고 맘에 드는 사램 있으믄 내한테 말해라. 인제 니도 시집을 가야제. 그래야 나도 짐을 덜제. 아부지도 안 계시는데 내가 우째 니를 그냥 보고만 있노.

오빠의 말에 숙명은 아무 말도 하지 않고 방을 나갔다. 계절의 집에는 시도 때도 없이 계절의 친구들이 드나들었다. 모두 대학을 졸업한 사람들이지만 시절이 시절이니만큼 직장도 없이 모두 빈둥거리고 노는 사람들이었다. 그렇게 나라가 비틀거리고 사람도 비틀거리는 비틀 시대였다. 그래도 남녀의 사랑은 싹트고 있었다. 계절의 친구이면서 젖돌에 사는 이진화는 숙명을 어릴 때부터 눈여

겨보았다. 그리고 쾌활한 성격이 너무 귀엽고 예뻤다. 늘 보면서 결혼을 했으면 좋겠다는 생각을 하고 살았지만, 계절의 친구들과 몰려다니며 노는 것을 보며 자기가 헛꿈을 꾼다는 생각에 단념하려 했다.

하지만 아무리 세월이 지나도 도저히 단념되지 않았다. 그리고 그 집안에서 자신의 집 같은 곳에 딸을 줄 것 같지 않아 계절이 아버지가 살아계실 때는 말도 못 꺼냈다. 그러나 아버지가 돌아가신 후에도 친구인 계절이에게도 말 한마디 꺼내지 못했었다. 당사자인 숙명은 얼음덩이같이 차가운 성격이라 거절당할까 두려워서 말을 못 꺼내고 끙끙 앓고 있었다. 계절이 야학을 할 때 몇 번인가 기회가 있었지만, 번번이 놓치고 말았었다. 그리고 계절이 제주도로 떠난 다음 남자들이 계절의 집에 드나들지 않아서 안심했었다. 그래도 늘 지켜보았다. 집에서 결혼 이야기를 거론할 때도 진화의 아버지는 진화의 의사도 묻지 않고 숙명을 며느리로 삼고 싶다고 진화 아버지는 말했다.

시호랑이 길들이기

3

첫 번째 위기

그 집안 어른들이 살아 계시믄 우리 가문하고 혼인은 택도 없는 혼인 이제만 인제 다 돌아가싰으이 한 분 잘 해봐라, 인연은 알 수 없는 벱이다. 요새 숙명이 만한 색시도 드물다. 아버지의 말씀에 용기를 얻어 숙명에게 자주 아무 감정 없는 이야기도 하고 책도 빌려주며 사이를 좁혀나갔다. 그렇게 세월은 흘렀고 제주에서 계절이 돌아왔다. 계절에게 넌지시 *숙명이 시집 안 보내나?* 하고 묻자 계절은 *몰따 시집갈 생각도 안 하고 엄마맨치 살기 싫다고 시집 안 간단다.* 라고 했다. 진화는 계절을 핑계로 자주 숙명의 집에 드나들며 숙명을 만났다.

그러던 어느 날 막걸리를 한 잔씩 한 날이다. *니 왜 시집 안 가*

노? 하고 진화가 묻자 숙명은 *그냥 시집가서 구질구질 청승 떨고 시집 눈치나 보민서 내 인생을 저당 잡히기 싫애서 안가. 지금이 좋아. 누가 머라고 하지도 않고 눈치 볼 일도 없고.* 라고 했다. *숙명아! 니 내한테 시집 온나. 그래믄 내 니 손에 물도 안 묻히고 살게 해주마. 우리 아부지도 니를 억시기 좋아하신다. 우리 집에 시집오믄 사랑받고 살 게다. 그래고 나도 니를 어릴 때부터 봐 왔으이 니 고생 안 씨게고 잘해줄 자신 있다. 니가 원하믄 뭐든 다 해줄 자신 있다. 니가 하기 싫은 거는 안 해도 된다. 그래이 니 내한테 시집 온나.* 직접적인 청혼에 숙명은 *오빠 술 취했네. 어서 술이나 먹어.* 술에 취해서 하는 말로 취급해 버렸다. 그러나 끊임없이 같은 말을 하고 또 하고 친구인 계절이 힘도 빌렸다.

이진화 아버지는 계절이 체면을 살리기 위해 중간에 중매를 넣어 달라고 부탁을 했다. 그런데 그게 하필이면 숙명을 며느리로 삼기 위해 온갖 방법을 연구하고 있는 이 선생이었다. 이 선생은 이진화 아버지의 말에 아무 대답도 하지 않았다. 도리어 이 선생이 속으로 마음을 더욱 급하게 만드는 계기가 되었다. 한 달이 지나도 두 달이 지나도 이 선생은 이진화 아버지한테 아무런 기별이 없었다. 결국 기다리는 수밖에 없었고 이진화 본인이 직접 숙명에게 청혼했다.

친구인 계절이 역시 *둘이 알아서 하지 왜 내한테 묻노?* 라는 말로 탐탁지 않아 했지만, 숙명은 이진화의 자상하고 곰살맞은 성격과 집요하게 청혼을 하며 자유롭게 하고 싶은 것 다 해준다는 그 달콤한 말을 믿고 결혼하기로 결심했다.

숙명은 오빠 친구들과 그렇게 놀면서도 남자들이 결혼하기 전에 하는 한결같은 복사 언어 *달도 별도 다 따 준다*는 말을 믿었다. 이진화는 그렇게 어렵게 구애에 성공하고 숙명과 결혼하게 되었다. 결혼식이 끝나고 시집에서 3일 동안 머물렀다. 이틀만 지나면 서울로 올라가야 하기에 시골 공기를 조금이라도 더 마시기 위해 즐겁게 보내던 어느 날 시아버지가 불렀다.

아가 내방에 쫌 와 본나. 숙명은 *예.* 하고 시아버지 방으로 달려갔다. *니 여게 앉아봐라, 그래고 여게다가 우리나라 지도를 그레봐라.* 한다. *아버님 지도는 왜요? 글쎄 한 분 그레 봐.* 시아버지가 내민 공책장에 지도를 그려 보이자 *잘 그렜다. 그래믄 인제 너 집 식구들 이름을 전부 한문으로 써봐라.* 한다. 숙명은 자신 있게 휙휙 써 보였다. *니 제법이따, 인제 마지막으로 세계 지도를 그레 보그라.* 칭찬까지는 좋았다. 그러나 다시 세계 지도를 그려보라는 말에 숙명은 속에서 화가 치밀었다, *참아야 하느니라! 참아야 하느니라!* 입을 씰룩거리며 어금니를 깨물며 참다가 조금을 더 못 참고 기어이 *아버님 세계 지도 못 그레믄 이혼해야 되니껴?* 하고 말이 입술을 열고 톡 튀어나왔다. 시아버지는 아무 말 없이 며느리를 쳐다본다. 숙명은 땡비처럼 쏘아붙인다.

세계 지도 못 그렌다고 이혼하라 하믄 이혼할라니더. 우리나라

지도, 세계 지도, 한문으로 이름 쓰기 이른 거 신부 조건에 하나도 안 맞니더. 진화 오빠보고 한 분 그레라 해보소. 그리는가? 그리고는 마루로 뛰어나가 *오빠 이리 쫌 와봐.* 한다. 놀란 진화가 *왜? 먼 일 있어?* 하자 숙명이 남편의 팔을 잡아끈다. *오빠 여게 앉아서 우리나라 지도 그레 봐. 지도는 왜? 글쎄 그레 봐.* 진화는 지도를 잘 그렸다. *그다음 세계 지도 그레 봐.* 진화는 숙명이 시키는 대로 아무 말 없이 세계 지도를 그린다. *다음 가족 이름 전부 다 한문으로 써봐.* 한문으로 가족 이름을 모두 쓴다. 시아버지는 아무 말 없이 바라보고 있다. *아버님 오빠는 다 잘하고 지는 못 하이 이혼할라니더.* 하고는 문을 닫고 나온다. 시아버지는 어이가 없어 *허허~ 그것 참,* 하고 헛웃음을 웃는다.

진화는 *아부지 먼 일이시이껴? 왜 그래시니껴?* 하자 *지끔 본대로다. 우리나라 지도 그레고 세계 지도 그레고 한문으로 가족 이름 쓰라 했다고 저래 소갈머리를 피우고 저랜다. 아부지가 잘못했니더. 머야 이눔이! 아부지 잘 생각해보소. 숙명이는 고등핵교백에 안 나와서 안 그래도 내한테 주눅 든다고 싫다고 결혼 안 하겠다고 하는 걸 간신히 달래서 한 거 아부지도 아시민서 왜 그래시니껴? 결혼할 때 절대로 대핵 말 안 꺼내겠다고 맹세했는데 아부지는 왜 그래 긁어 부스름을 만드시니껴? 머야 이눔이 긁어 부스럼? 야! 맞니더. 긁어 부스름요. 그거 못한다고 이혼할 것도 아인데 울매나 자존심 상했을니껴? 이누무 새끼 당장 나가라!*

아버지의 말에 진화는 문을 닫고 밖으로 나왔다. 숙명은 아무렇지도 않게 마루에 누워서 책을 보고 있었다. 진화는 어이가 없어 아무 말도 못 했다. *와장창!* 소리가 나도록 귀의 문을 발로 걷어차는 화난 소리가 귀 안으로 들어온다. 뒤이어 나오는 시호랑이, 숙명은 또 무슨 소리를 하시려나 조용히 살폈다. 시집오기 전부터 시아버지 성격은 너무나 잘 알고 있었다. 겁이 나야 하는 상황에 웃음이 주책없이 나왔지만, 숙명은 손으로 웃음을 입속으로 집어넣고 손가락으로 입을 꿰매고 있는데 *니 지금 웃나? 이른! 이른! 버르장머리 없이 웃다이, 시집온 지 메칠이나 됐다고 시애비를 가주고 노노? 내가 무게로 재나 길이로 재나 뭘로도 이 선생을 못 따라간다고 했다민서. 그래 뭐가 그래 니한테 헤꿉하고 짧은 동 말해봐라!*

숙명은 더더욱 손가락을 꼭 눌렀다. 자꾸만 웃음이 튀어나오려 했다. 시호랑이는 *왜 아무 말도 안 하노? 입 닫고 있지 말고 말 좀 해봐라. 뒷구멍에서 호박씨 까지 말고. 어데 양반가에서 자란 니가 그래 뒤로 호박씨를 까고 댕그노?* 시호랑이의 말에 목구멍에서 시시비비를 따지고 싶은 마음이 살차게 밀고 올라오지만, 손으로 꾹꾹 눌러 집어넣는다. 너무 눌러서 말이 손가락 사이로 비집고 *찌찌하게!* 하고 나와버렸다. 얼른 말대답을 꿀꺽 소리가 나도록 삼킨다. 바른말이 말대답이란 걸 실천해서 이 위기를 모면해 봐야 한다고 생각한다.

이 정답이 적중하기만을 마음속으로 빈다. 그렇게 듣기 싫던 할머니와 엄마의 말이 적어도 이 순간이라도 모면하게 해주면 좋겠는데. 짜증 내는 손녀와 딸을 위해 귓구멍으로 누리비 퍼붓듯이 퍼부은 말이 이럴 때가 있으리란 걸 아신 걸까? 암튼 그런 건 중요하지 않다.

이 순간 시아버지께 말대답하지 않기 위해서 혀를 물고 있는 것이 중요하다. 그리고 *찌찌하게!* 라고 입술에서 새어 나온 말을 시아버지가 못 들었기를 기도하는 중이다. 호랑이 눈썹처럼 꿈틀거리는 눈썹을 보니 자꾸만 웃음이 나와서 얼른 술좌석에서 발단된 사건을 생각했다.

오빠 친구들이 결혼했다고 축하해주는 자리에 이 선생 댁 아들 정현이 오빠가 함께 왔다. 이 선생 집안과 정현은 자신을 좋아했지만, 선생들은 찌찌하다고 쳐다도 안 봤었다. 그러다 내가 정현의 친구 진화 오빠와 결혼을 하자 계절이 오빠에게 찾아와 멱살잡이 했다고 들었다. 그래도 억울한지 그날 축하하는 자리에 와서 술을 진탕 마시고 취해 나와 결혼하지 못한 데 대한 화풀이를 했다.

내가 진화 그 새끼보다 내가 못한 게 머 있노? 말해 보그라. 니 그까짓 진화 새끼가 나보다 머가 난지 말해보란 말이따. 그래고 집안도 우리 아부지는 핵교 선상님이고 니 시아부지는 유림에 드나들긴 하제만 성질이 울매나 벨난지 알기나 하나? 니 시아부지 성질에 울매 못 살고 시집에서 도망 올 꺼다. 그래이 일찌감치 파혼하

고 내한테 온나. 하고 혼자 계속 술 취한 말을 하기에 마음을 진정시켜 주기 위해서 한마디 거들었었다. *그래 그 말은 맞다. 오빠, 우리 시아버지는 맨발 벗고 따라가도 오빠네 아부지는 이 선상님 못 따라가는 거는 맞다. 그룷제만, 이거는 알아야 한다. 범도 지 새끼는 안 잡아먹는 벱이다. 그래이 오빠 고만해라.* 고 말했었다.

그 말을 어디서 듣고 자존심이 상한 것이 분명하다. 너무 귀여워해주는 시아버지께 좀 심했다는 생각이 들어서 아무 말 없이 고개만 숙이고 있다. 고개를 숙인 건 잘못해서가 아니라 터져 나오는 웃음을 막기 위함임을 시아버지가 몰라 주기만을 빌었다. *암말 안 하는 거 보이 잘몬한 거 알기는 아나 보구나. 그래 알믄 됐다. 담부텀 말조심하고 오늘은 니 말대로 내가 쪼매 쩨쩨해진 거 같다. 이 선상 댁에서 전부텀 니를 메느리로 점찍어 놓았다민서 으스대는 걸 봐서 내가 신경이 사무르와 졌었나 보다. 친구 간에는 그른 게 있다. 그룷제만 쩨쩨하기로 말하믄 선상질 하는 사램보다 더 쩨쩨한 사램은 없다. 내가 니한테 쩨쩨하게 한 게 머 있노 말해 보그라. 그래고 쩨쩨하다고 그래 시애비 면전에 대고 직접 쩨쩨하다고 말하믄 되나? 양반 가문에서 시집 왔다고 오냐 오냐 해 주이 야가 갈수록 태산이로. 니 설마 금방 시집와서 시애비를 깔보나?*

여기까지 듣고는 숙명의 인내심이 바닥을 드러냈다. *그래믄 그 쩨쩨하다는 말을 아버님한테 직접 하는 게 낫제 남한테 쩨쩨하다는 말까지 우째 하니껴? 그래고 그래 따진다믄 친구 간에 아버님*

이 승리했네요. 지가 아버님 메느리가 됐으이 아버님이 승리자제요. 또 왜 지한테 유리한 건 빼고 아버님 기분 상한 거만 말씀하시니껴? 멀 유리한 걸 뺐다는 말이로? 정현이 오빠가 아버님이 울매나 벨란지 아냐고 해서 범도 지 새끼는 안 잡아먹는다고 아버님 편을 들었는데 왜 쩨쩨하게 그 말은 빼고 나쁜 말만 하시니껴? 지 이뻐한다는 말씀도 전부 뺑프리씨더. 하고는 곁눈질로 시아버지 눈치를 살핀다.

시아버지는 고개를 뒤로 젖혀 조금 있더니 입맛을 쩍쩍 다시고 입을 연다. *다 지내간 일인 걸 말하믄 머하노. 내가 쩨쩨한 게 맞다. 내 살다가 메느리한테 쩨쩨하다는 말까지 듣기는 첨이따. 아버님 지 말고는 아버님께 그른 말 할 사램이 어데 있니껴? 영주시에서 제일 벨나다고 소문난 아버님인데.* 시아버지는 어이가 없다는 표정을 하면서도 말은 부드럽게 나왔다.

그래 맞다 맞아. 니가 아이믄 누가 내한테 감히 그른 말을 하겠노. 고맙다. 그래고 오늘 일은 다 털고 우리 잘살아 보자. 나도 니가 미와서 그른 게 아이고 순간적으로 부애가 나서 쩨쩨했다. 그롷다고 시애비한테 쩨쩨하게라고 말하는 메느리가 어데 있노? 양반 집 가문에서 시집온 니가 양반 맞기는 참말 맞나? 시아버지의 말랑말랑한 인절미 같은 말에 *엄마가 지한테 돌연변이라고 했니더.* 하고 말하자 시호랑이는 *그래 허허~ 그래믄 너 양반 집안에서 돌연변이가 났구나.* 하면서 웃었다. 1차가 무사히 통과되는 순간

이다. 바른말이 말대답이 증명된 첫 번째다. 어쨌거나 한숨 돌리는 순간이다.

시아버지도 아무 일 없었던 것처럼 마음에 분노 먼지를 훌훌 털어버렸는지 *아가야 나 물 한 잔만 다고.* 한다. 나는 *야호!* 하고 두 손을 벌리고 승리의 기쁨을 맛보며 즐거워했다. 그리고 부엌으로 나가 물 한 잔을 가지고 들어온다. 시호랑이는 목이 마른지 단숨에 한 대접을 다 마신다. 나는 또 한 마디 붙인다. *아버님 세상에 물 한 잔도 공짜가 없다는 거 아시니껴? 아하, 아버님은 유림에 드나드시니까 진짜로 잘 아시겠네요.* 나의 말에 시아버지는 사레가 들렸는지 갑자기 푸우 하고 입안의 물을 품으며 기침을 한다. *니 지끔 머라 그랬노? 세상에 물 한 모금도 공짜가 없다 그랬제요. 지끔 없으믄 외상으로 해도 되니더, 아버님.*

시아버지는 기가 막혀서 나를 빤히 쳐다본다. 나는 *아버님 지 얼굴에 머 묻었니껴?* 한다. 시아버지는 목소리를 낮춰 *아가야 니는 우째 니 하고 싶은 말을 그래 다하노?* 한다. *아버님 그래믄 조물주가 입을 만들 때는 말을 하라고 만들었제 안 그래믄 벙어리로 만들었겠제요. 그래이 속으로 꿍하고 말도 안 하고 있는 것보다 솔직하게 말하고 소통하민서 사는 게 가족 아이껴? 지는 친정에서 자랄 때 할매도 아부지도 엄마도 서로 말을 안 해서 사는 게 감옥 같앴니더. 그래서 결혼 안 할라고 했디이만 오빠가 니 하고 싶은 대로 다 하고 살아도 된다고 해서 결혼했니더. 옛말에 시아버지 사*

랑은 메느리라고 했는데 아버님은 지가 밉니꺼? 한다. 시아버지는 나를 쳐다본다. 귀엽다는 뜻인지 어이없다는 뜻인지 아리아리 아리송한 표정을 짓더니 그래 알았다. 외상이따. 외상으로는 소도 잡아먹는다고 하이 외상이따. 그른데 그래믄 물 한 그릇에 울매란 말이로? 하고 묻는다.

나는 금방 헤헤 웃으며 아버님 그건 엿 장사 맘대로요. 그릏제만 다다익선(多多益善)이란 말 아시잖니꺼 아버님! 말을 던져놓고 물대접을 가지고 밖으로 나왔다. 시호랑이는 혼자 중얼거렸다. 참 맹랑하고 구엽단 말이야. 당당하기도 하고 양반 가문에서 자라 다르기는 다르구먼, 당최 구김살이 없는데도 밉지가 않으이 이것도 팔자려니 해야제. 내 노년에 심심하지는 않겠구먼! 그렇게 3일을 시집살이하면서 나, 숙명은 엄마 달녀처럼 살지 않기 위해 첫 번째 관문을 무사히 잘 넘겼다.

커트라인 없는 착각

숙명은 결혼 후 무엇이든 해 보겠다는 생각을 했다. 어느 토요일 저녁에 남편과 함께 라면을 사 왔다. 숙명은 오빠, 라멘 내가 끓일게. 내가 요리사 아이라, 내가 맛있게 끓이 올테이 기다려. 하고 라면을 끓였다. 시골에서 온 반찬이 많기에 물과 라면을 같이 넣고 푹푹 끓였다. 보글보글 잘도 끓는 라면을 쟁반에 냄비째 들고 들어왔다. 남편은 라면을 한 젓가락 떠서 입에 넣더니 표정이 일그러졌다. 숙명은 맛있어서 감탄하는 것 같아 기분이 좋았다. 그 와중에 남편은 이렇게 말했다.

세상에 이롷게 맛있는 라멘을 첨 먹어보네. 참말로 라멘이 우째 이래 맛있노. 하면서 잘도 먹었다. 숙명도 맛있게 따라 먹었다. 그런데 죽인지 라면인지 모르겠지만 남편이 맛있다고 하니 라면 종류가 이런 라면인 줄 알고 한 공기 먹었다. 그리고 저녁에 선물로 들어온 양주 한 병을 다 먹고 잤다.

이튿날 남편은 또 라면이 먹고 싶다고 했다. 숙명은 또 *오빠 내가 끓여올게.* 하고 일어서니 남편이 기겁하며 말린다. *아니 아니, 공주님은 편히 쉬시지. 이 노예가 끓여 올께이 앉아서 책이나 보고 계시이소.* 하고는 비꼬는 말인지 진심인지 모를 묘한 말을 남기고 일어서서 라면을 끓이러 간다. 숙명은 그렇게 자신에게 잘해주는 남편이 고마웠다. 그래 역시 결혼은 나에게 목매는 사람하고 해야 해. 그래야 아내를 라면 하나도 못 끓이게 하고 자신이 끓이러 가지. 하고 생각하면서 엎드려서 두 다리를 세워 흔들며 책을 보고 과자를 먹으며 기다렸다.

얼마 후 라면을 끓여왔다. 상을 펼쳐놓고 한 그릇 떠 주는 라면이 어제와 너무나 달랐다. 쫄깃쫄깃 환상적인 맛이 났다. *오빠, 이거 라멘 이름이 머야? 먼 라멘이 이롷게 맛있어?* 라고 물었다. 남편은 아무렇지도 않게 *어제 우리가 사 온 거.* 한다. *그른데 왜 어제는 이 맛이 아니었지?* 했다. *아 어제 그게 라멘이냐? 꿀꿀이죽이제.* 한다. 숙명은 발끈하며 *그른데 어제는 맛있다고 다 먹었잖아? 끓여온 성의를 봐서 먹어준 거제 나는 세상에서 라멘으로 죽을 끓이는 재주를 가진 여자는 생전 첨 봤다.* 한다. 숙명은 젓가락을 집어 던진다.

진화는 얼른 옆으로 와서 달랜다. *아니 아니 공주님 그냥 재밌으라고 해 본 소리씨더. 어제 내가 한 그릇 다 먹었잖아. 맛이 없으믄 먹었겠어? 지끔 심심해서 장난 한번 쳐 본 거야. 숙명이는 토라질 때가 구엽거든.* 하고 진화는 얼른 사건이 더 진화하기 전에 수습하며 젓가락으로 라면을 후후 불어 숙명에게 먹인다. 숙명은 금세 헤헤 웃으며 라면을 받아먹는다. 숙명은 어떻게 장난을 쳐서 골탕을 먹이지? 고민하다가 기발한 생각을 해냈다. 사인펜으로 *예쁜 애인 구함*을 써서 서랍에 숨겨 두었다. 아침에 출근하는 남편의 등 뒤에 몰래 먼지 털어주는 척하며 *예쁜 애인 구함*을 붙였다.

아무것도 모르는 진화는 출근해서 신바람 나게 일하는데 직원들이 킥킥거리며 웃어댔다. 처음에는 자신을 보고 웃는 것이 아니라고 생각했는데 계속해서 웃었다. 일하다가 웃고 화장실을 다녀오는데도 웃었다. 화장실 거울을 봐도 아무것도 묻지 않았다. 그렇게 종일 영문 모를 웃음을 분명 자신을 보고 웃는데도 눈치채지 못하고 퇴근 시간이 되었다. 옆자리에 함께 일하는 여직원이 말했다. *아니 결혼한 지 얼마나 됐다고 예쁜 애인 구한다는 광고를 내고 그래요?* 한다. *먼 말인지 좀 알아듣게 해야 되잖니껴. 알아듣게 쫌 말해주소.* 하자 여직원은 등 뒤에 붙은 종이를 뜯어서 진화에게 내민다. *좀 적당히 하시지요?* 하고는 나가버린다. 도대체 누가 이런 짓을 했는지 감이 오지 않았다.

진화는 이 꼬리표가 언제부터인지 도무지 감이 오지 않아 화가 났다. 창피하고 부끄러웠다. 그렇게 퇴근을 하고 집에 와서도 기분이 풀리지 않았다. 숙명은 종일 남편 등에 붙인 꼬리표 생각을 하면서 즐겁게 웃었다. 저녁이 기다려졌다. 기분이 안 좋은 걸 보니 안심이 되었다. 망신스러웠음에 숙명은 혼자 킥킥거리고 웃었다. *너 왜 웃어? 오빠가 일찍 퇴근하이 좋아서 웃제. 그게 다야? 응 그래믄 머가 또 있어? 그래믄 됐어.* 그렇게 말을 하는데 웃음이 나와서 화장실로 가서 수돗물을 틀어놓고 한참을 웃다가 나왔다.

알가 먹다

외삼촌은 엄마도 없고 아무것도 할 줄 모르는 조카딸이 결혼하자 불안 줄을 놓지 못한다. 온갖 반찬을 해서 머리에 이고 짊어지고 주일마다 외숙모와 함께 서울을 오간다. 신혼집인데도 청소도 제대로 안 하고 놀러만 쏘아 다니는 조카를 본 외삼촌 진옥은 도저히 안 되겠는지 어느 날 통장 하나를 내민다. 머리가 하얗게 백발이 되어 금방이라도 쓰러질 것처럼 야윈 외삼촌이 왜 그렇게 자신한테 잘하는지 숙명은 그럴수록 엄마 생각에 가슴이 아려왔다.

내가 넣든 보험을 깨 가주고 왔다.

이걸로 이 서방 출근하고 나거든 파출부 불러서 집안 소지도 씨게고 여게저게 소지도 깨끌맞게 하고 있그라. 남정네들이라 맴이 은제 변할 동 모른다. 결혼 전에야 이래도 좋고 저래도 좋고 머든지 다해 줄 것맨치 그래싸도 결혼하고 나믄 무다이 달라지는 게 남자다.

그래이 이 돈 이 서방 몰래 잘 감차 두고 파출부를

써서 은제든지 집안 깨끌맞게 해 놓고 살아. 남자들은 여자 하기 나름이다. 보험 만기 되믄 타서 줄라고 했디이만 암만 생각해도 맴이 안 놓이서 보험을 깨 가주고 왔다. 너 엄마가 살아 있으믄 잘 해주겠제만 니를 누가 보살피겠노. 인제 우리도 살아야 울매나 더 살겠노. 사는 동안이래도 너 위삼촌은 니한테 잘해주고 싶나 보드라. 니 엄마 고상만 하다가 죽었다고 맨날 가슴을 동여매고 산다. 그래이 니한테라도 이래 해줘야 맴이 편하단다. 그래이 암말 말고 두고 찬도 떨어지믄 파출부 불러서 씨게고 해라. 니 위삼촌이 니 엄마 도와준다고 핑생 모은 돈이따. 많지는 않제만 그래도 한핑생 모은 돈이니 그래 알고 받아라.

외숙모는 주룩비 같은 말을 주룩주룩 늘어놓고 통장과 도장을 내민다. 통장에는 5백만 원이란 거액이 선명하게 찍혀서 두 눈을 까맣게 뜨고 나를 올려다보고 있다. 그렇게 거액을 받아 통장을 화장대 위에 올려놓자 외숙모는 *또 저래 덜렁거리민서 통장을 아무 데나 둔다. 이 서방 눈에 띄지 않게 감춰두고 깨시리 쫌 살아라.* 하고 잔소리를 소금 뿌리듯 하얗게 뿌린다. *알았어요. 외숙모 알았다고 다른 데 치울 테이까 걱정하지 마소. 참말로 말은 찰떡매로 잘한다. 그래놓고 또 잊어뿌래고 있다가 이 서방한테 들키제. 안 들캐고 치울 테이까 걱정하지 마시라니까요. 지가 다 알아서 한다고요.* 그렇게 못 믿는 외삼촌과 외숙모 말을 자르고 조카가 자른 말을 받아들고 외삼촌과 외숙모는 시골로 내려가신다.

저녁이 되어 남편이 퇴근한다. 외삼촌이 다녀가셨냐면서 시골에서 해온 음식을 맛있게 먹는다. 차비라도 좀 드렸냐고 묻지만 그런 건 생각도 못 했다는 말에 어이없어한다. 이튿날 그 이튿날 사흘이 지난 어느 일요일이다. 남편은 출근을 안 하니 둘 다 늦잠을 자고 일어난다. 평소와 다름없이 화장실에 앉아서 책을 읽다가 나온다. 그런데 남편이 어느새 문갑 서랍에 있는 통장을 꺼내 들고 있다.

이게 머야? 하고 묻는다. *머가? 이 통장이 머냐고? 왜 나무 통장은 보고 그래? 그래믄 보이는데 안 봐? 그래도 안 봐이제. 그래믄 안 본 걸로 해. 봤는데 우째 안 본 걸로 해. 오빠하고 아무 상관없*

는 돈이야. 그래믄 먼데 알고나 있자. 위삼촌이 파출부 불러서 소지하고 빨래하고 찬 만들어놓고 머라고 보험 해약해서 주신 거야. 그래이 넘볼 생각 하지 마. 누가 넘본대. 넘본다고 준대? 그래믄 이릏게 하자. 이 시간부터 내가 소지하고 빨래하고 반찬하고 평생 할테이까 그 통장 내한테 맡게라. 싫어, 안 맡게. 니가 가지고 있으믄 분맹 1년도 안 돼서 다 쓰고 말 거 뻔해서 그래. 위삼촌이 쓰라고 주신 거잖아. 쓰거나 구워 먹거나 삶아 먹거나 오빠가 왜 간섭하노. 내가 다 알아서 한다이까. 오빠 말을 멀로 믿노? 숙명의 똑부러지는 말에 진화는 머리를 굴린다. 그리고는 *그래믄 내가 각서 하나 써줄게. 각서가 법적으로 효능이 있나? 그래믄 법적으로도 효능이 있제. 만약에 중간에 빨래도 소지도 아무 꺼도 안 하믄 바로 내게 전액 모두 반납하는 걸로 그래 써 줄 수 있나?* 알았어. *원하는 대로 써줄게. 내 지끔 바로 쓸게.*

숙명은 속으로 쾌재를 불렀다. 남편이 평생 청소하고 빨래하고 반찬하고 다 한다고 하니 가뜩이나 집안일이라면 손끝도 까딱하기 싫어하던 판에 이게 웬 횡재인가 싶을 정도였다. 거기다가 각서까지 써 준다니 이제 하기 싫은 일은 안 해도 된다는 해방감에 신바람이 났다. 진화는 얼른 가서 각서를 써서 숙명 앞에 내밀었다. 숙명은 신이 나서 각서를 들여다본다.

각서

나 이진화는
아내 대신 빨래 소지 반찬까지
전부 다 책임지고 할 것을 서약한다.

만약 위의 사항을 지키지 않을 시에는
언제든지 통장을 돌려줄 것을 약속한다.

위에 약속을 어길 시는
어떤 일이라도 아내가 시키는 대로
평생 하면서 살 것을 서약한다.

이진화 書

이렇게 통장은 아무런 장애도 없이 각서 한 장에 5백만 원짜리 통장을 통째 팔아치우고 만다. 에서가 동생 야곱에게 팥죽 한 그릇에 장자권을 팔아넘기듯. 그렇게 3년간은 그 약속이 너무나 정확하게 지켜진다. 남편을 부려먹는 재미도 쏠쏠하다. 남편은 여자

보다 더 깨끗하고 치밀하게 하는 살림 솜씨가 보통이 아니다.

첫아이가 태어나자 남편은 더 신이 나서 모든 일을 솔선수범해 시 휘파람을 불면서 하기 시작한다. 둘째 아이가 태어나고부터 조금씩 손길이 바빠질 때까지 변심 않고 한다. 작은아이가 세 살이 되자 그때부터는 아이와 노는 것 외에는 청소도 빨래도 반찬도 하지 않는다. 괘씸한 마음에 각서를 찾기 시작한다.

그런데 각서가 아무리 찾아도 없다. 벌써 몇 년이 흘러 각서는 어디에 처박혀 썩고 있는지 눈에 띄지를 않는다. 각서 이야기를 해 보았지만 철두철미한 남편은 그 각서가 공소시효가 지나서 있어도 효력이 없다면서 의기양양하다. 1주일을 온 집안을 뒤져 각서를 찾았다. 각서를 찾아보자 그때야 각서에 날짜를 적지 않음이 보였다. 갑자기 사기를 당했다는 생각이 났다. 남편한테 따졌다.

사기꾼이야! 사기꾼! 소리 지르자 *나는 사기를 친 일이 없어.* 하고 당당했다. *사기꾼이 아니믄 그럼 그 돈 전부 내놔!* 하고 소리를 질렀다. 남편은 너무도 태평스럽게 *없어!* 한다. *나무 돈 통째로 빼앗고 각서도 가짜로 쓰고 그게 사기꾼이 아니믄 뭐야?* 하고 소리를 질렀다. 남편은 조용조용 말한다. *알았어. 갚아주믄 될 거 아니야. 내 지끔은 없으이 평생 벌어서 갚아 줄게. 이자까지 갚아주믄 될 거 아니야.*

시호랑이 길들이기

4

그래고 사기꾼이란 고의로 사기를 쳤을 때 사기꾼이제 나는 고의성이 없었어. 그래고 내가 몇 년 동안 회사 댕게 와서 빨래하고 소지하고 밥하고 아들까지 품팔이해서 번 거야. 나머지는 평생 벌어서 갚는데 왜 사기라 하노? 하고 오히려 큰소리를 친다. 어리석은 지난날을 붙잡고 후회해도 소용없다. 장자권은 이미 넘어간 뒤다. 그래서 마음을 바꾸기로 했다.

남편이 출근한 뒤에 일주일에 3일씩 파출부를 부른다. 출근 후에 부르니 남편은 감쪽같이 속았다. 보기 좋게 속고 있는 남편은 *우리 말팔량이 인제사 철이 드는가 보네. 철들믄 망령 난다는데, 망령도 안 나고 우째 이레 신통방통하게 집안 소지를 잘하노.* 하며 빈정거린다. 내가 속으로 쾌재를 부르는 줄 모르고.

그러던 어느 날 시골에서 온 참기름이 있어 내 일처럼 일을 잘해

주는 파출부 아주머니께 *아주머니 잠시만 기다리고 계시이소. 시골서 온 참기름 한 빙 드릴 테이 가주고 가소.* 하고 참기름을 꺼내러 주방에 갔다가 오니 아직 퇴근 시간도 안 되었는데 남편이 문을 열고 들어선다. 남편은 아주머니를 보고는 *아주머니는 누구이껴?* 하고 묻는다. *이 집 사장님이신가 보네요. 지는 사장님 댁 일하러 오는 사람인데 사모님께서 잠깐 기다리라고 해서 기다리는 중입니다.* 아주머니는 남편이 신발을 벗고 거실로 들어오자 기름병을 받아들고 급하게 죄라도 지은 사람처럼 *사모님 가보겠습니다. 잘 먹겠습니다. 모레 뵙겠습니다.* 하고는 부리나케 현관문을 열고 *쾅!* 소리가 나도록 닫고 가버린다.

상황을 알아차린 남편은 바로 공격이 들어온다. *그래믄 그릏제 당신이 이래 깨끌맞게 집안을 치울 리가 없제. 그래서 멀 우째라고. 약속을 어긴 건 오빠제 내가 아이잖아. 누가 머랬어? 그릏제만 앞으로는 내가 소지할 테이 사램 부르지 마. 나는 다른 사램이 우리 집에 드나드는 거 싫어. 다른 사램 손이 우리 집에 닿는 거 싫다고. 그래이 지발 인제 부르지 마.* 나는 속으로 쾌재를 불렀다. 그리고 남편에게 말했다.

그래 오빠가 나한테 약속 안 지키는 거나 내가 오빠한테 말 안 하고 아주머니 부르는 거나 마찬가지잖아. 나는 이 시상에 노예로 살기 위해 태어나지 않았고 오빠 아내로 살기 위해 소지하고 빨래하고 밥하고 살라고 태어나지도 않았어. 나는 절대로 우리 엄마맨

치 안 살아. 나한테 아무꺼도 기대하지 마. 나는 나 숙명을 운명으로 바꾸며 살 거니까. 앞으로 난 아무꺼도 안 해. 그래믄 머 할 꺼야. 그냥 내가 하고 싶은 거 하민서 살 꺼야. 결혼하기 전에 오빠도 약속했잖아. 하고 싶은 거 다 하고 살도록 해준다고, 설마 그 각서도 날짜 지냈다고 하지는 않겠제. 남편은 어이가 없는지 *알았다. 내가 졌다. 이 정도인지는 몰랐다.* 했다.

그날 이후 남편은 집이 더럽다고 투덜거리거나 인상만 달라져도 번개처럼 달려들어 설거지하고 청소를 한다. 지저분하다는 눈치만 줘도 *가만 건드리지 마! 내가 퇴근하고 반짝반짝 윤이 나게 해주께. 아줌마 부르지 말고 가만 둬 알았제!* 하고 출근했고 칼퇴근을 해서 청소했다. 외숙모와 외삼촌이 반찬을 해가지고 오셨다가 이 이야기를 듣고는 그럴 줄 알았다며 또 외삼촌은 장타래를 늘인다. 그 말속에는 꼭 엄마가 빙의되어서 말하는 것 같은 착각이 들 정도였다.

위숙모 말을 귀똥으로도 안 듣고 지 맴대로 하다가 꼬시다 꼬시해. 니는 우째 니 에미를 하나도 안 닮고 너 친가 쪽만 쏙 빼닮았노. 너 에미 반의반만 닮아도 야무지게 살겐데, 너 에미가 저승에서도 어데 니 하는 행동 보고 눈을 펀히 감겠나. 몇 리나 더 늘어날지 모를 핀잔을 새끼줄에 두릅 엮듯이 줄줄이 엮어 던지기에 바쁘다. 끝없이 엮어댈 말 두름을 자르며 내가 말했다.

위삼촌 그래믄 우째라고요, 엄마가 날 이래 나 놓고 시집도 가기

전에 죽은 게 잘못이제 지가 잘못은 아니잖니껴? 엄마가 이래 어리석고 덤벙덤벙거리게 나 주싮으니 우째니껴? 천성을 우째 뜯어 고치니껴. 엄마가 꼼꼼하고 치밀하게 엄마 반의반만 닮게 나 줬으믄 울매나 좋을니껴? 그랬으믄 지도 좋을씨더. 에구 말이나 몬 하믄 밉지나 않제. 은제 철이 들라는 동 쯧쯧. 지 에미는 말도 잘 안 하고 그래 시집살이를 하디이만, 그래 니라도 그래 당당하이 보기는 좋다만 시어른들 앞에서는 조심해라. 한 동네서 괜히 저승에 간 에미 애비 잘못 갈챘다고 욕 안 먹게 살란 말이따.

외삼촌은 어이가 없는지, 체념하는지, 나오고 있는 오줌 줄기를 끊듯 말을 끊어버린다. 숙명은 속으로 엄마처럼 꼼꼼하고 착하고 순종하는 성격으로 태어나지 않은 것이 너무나 다행스럽다는 생각이 들었다. 그렇게 태어났으면 어쩔 뻔했는가?

엄마도 이렇게 늘 얼금얼금 살아가는 딸을 늘 물가에 세워둔 어린아이로만 생각하기보다 딸이라도 자유롭고 행복하게 사는 걸 즐겁게 생각할 것 같은 생각이 든다. 엄마의 인생은 오직 할머니와 가족들의 노예로만 가득 채우다가 갔으니까. 딸이라도 그렇게 살지 말라고 하늘나라에서 기도해줄 거라는 생각이 든다. 그렇다고 하더라도 딸의 장래를 걱정하는 엄마의 정은 엄마 젖을 빨아 먹는 어린아이 같을 것이다.

딸의 인생밭 이랑에는 하늘을 한가로이 날아다니는 종달새 같은 꿈이 푸르게 자라기를 바랄 것이다. 자신의 뼛속에는 늘 바람이 들어 숭숭 뚫리더라도 딸의 뼛속에는 늘 푸른 싹이 파릇파릇 자라길 바랄 것이다.

곁에 없는 엄마가 왜 이리도 그리운지 숙명은 울컥, 가슴에서 자꾸만 뜨거움이 솟구쳐올라 사무치게 엄마가 보고 싶었다. 어디선가 엄마의 말이 우레비처럼 쏟아져 내릴 것 같은 환청이 자꾸 들린다. 잊으려고 발버둥 쳐도 굴뚝에 하얀 연기처럼 귀를 까맣게 거슬리며 하늘로 날아오르는 그리움. 엄마 말은 아이 둘을 낳고 난 뒤에도 겨울 문풍지 흔들며 들어오는 찬바람처럼 귀를 열고 날아 들어온다.

엄마가 어느 아득한 세계로 운반되어 갔는지 알 수 없는데 보고 싶은 마음은 걷잡을 수 없는 슬픔이 되어 강물처럼 출렁인다. 잊자고 잊어버리자고 아무리 애를 써도 잊을 만하면 외삼촌과 외숙모가 와서 다시 엄마 싹을 파릇파릇 돋게 한다. 이렇게는 도저히 안 되겠다. 숙명은 작심하고 외삼촌에게 말한다.

위삼촌 인제 그만 지한테 이래 잘하지 마소. 위삼촌을 보믄 엄마 생각이 나서 미쳐버릴 것 같니더. 그래이 엄마 쫌 잊고 살게 위삼촌이 도와주소. 엄마하고 위삼촌은 너무 닮아서 위삼촌이 댕게 가고 나믄 지가 가심이 터질 것 같니더. 지가 잊어뿌래고 살 때쯤 되믄 위삼촌 집에 댕기로 갈게이 그래 해주소. 외삼촌은 연로한 모습이 더 초라하게 보일 정도로 아무 말도 하지 않고 시골로 내려갔다. 그리고 다시는 오지 않았다.

매주 기다렸지만 몇 달이 지나도 오지 않았다. 쓸쓸함이 눈처럼 내려앉은 뒷모습을 보이며 가던 외삼촌에게 죄스러움이 밀려온다. 그러나 어쩌랴! 잊어야지, 외삼촌도 잊고 엄마도 잊어야지. 숙명은 독하게 마음먹고 잊기로 했다. 이직도 조카의 가슴에 엄마의 죽음이 생생하게 살아있는지 몰랐던 외삼촌은 자신이 동생을 잊지 못해 숙명을 보러 오는 것과 같이 숙명 역시 그립고 보고 싶을 거란 생각이 들었다.

그래 나도 잊고 숙명도 잊고 이제 달녀를 놓아주어야겠다고 마음먹으며 집으로 간 그날, 밤을 하얗게 새웠다. 숙명은 외삼촌에게 그렇게 말해 보내놓고 자신도 어찌해야 할지 몰랐다. 아이들이 아파도 엄마가 보고 싶고 자신이 살아가면서 좋은 일이 있어도 나쁜 일이 있어도 엄마는 불쑥불쑥 다녀갔다. 인간이 무엇인지? 숙명은 이 푸른 나이에 허무함이 몰려와 우울증이 올 것 같았다. 그러나 두 아이 재롱이 하롱하롱 피어나기에 우울증까지 걸릴 시간은 허락지 않아 그나마 견디고 있었다.

인생을 꿰매는 시어머니

결혼한 지 3년이 지난 겨울이었다. 겨울에 남편과 함께 시댁에 다녀오기로 했다. 어딘가로 떠난다는 건 늘 설레는 일이다. 시댁을 가기 전에 친구들과 만나서 수다를 떨었다. 친구들은 *나는 시집에*

가는 것이 너무 싫던데 너는 뭐하러 시집에 가 놀러나 가지? 맞아 나는 '시'자 들어간 건 시금치도 먹기 싫어. 남편이랑 애들 데리고 놀러나 가지 추운데 시집에는 뭣 하러 가니? 각자 자기 생각대로 떠들어대는 친구들이 이해되질 않았다. 얼마나 좋은 인연이고 새로운 인연을 새로 가족이란 이름으로 만났는데 그런 인연이 소중한지 모르고 투덜거리는 친구들이 싫었다.

나는 친구들이 도무지 이해되지 않았다. 긍정보다는 부정으로 생각하는 것 같아 친구들이 이상하다는 생각이 들었다. '시'가 들어간 시금치도 먹기 싫다면 자신에게 문제가 있지 않나 싶었다. 모든 문제는 나로부터 시작하니까? 이야기 들어보니 다들 며느리한테 잘해주는 편인데 왜 그리 싫어할까? 결혼이란 당사자도 중요하지만, 가족들이 새로 생긴다는 건 좋은 일이란 생각이 들었다. 친구와 수다를 떨고 온 날 도무지 이해가 가지 않아 시 한 수를 지었다.

식탁에 둘러앉아

옛 친구 셋이 수다 한 상 차렸다.

이야기를 사과껍질처럼 돌려 깎는다.

흘러내리는 추억들 구불구불 쟁반에 쌓이고
접시에 담긴 말들
아삭아삭 사과 맛이 난다.

새콤달콤 이야기 당도가 올라간다.
쓴말 쓰레기통에 버려지고
입에 붙는 말만 포크로 찍어 서로에게 권한다.

수다가 몸집을 불리자
제 입맛과 다르다고 투덜대는 여자들

깔끔한 성격과 결혼한 친구는 결벽증에
낭만과 결혼한 친구는 과소비에
일편단심과 결혼한 친구는
그 질긴 고집에 못 살겠단다.

여자들, 식탁에 둘러앉아
접시에 펼쳐놓은 말 자꾸 맛보는 여자들

과식으로 배가 부르다.
어느새 바닥에 깔고 앉은 하루도 지루해지고

먹다 남은 과일 누렇게 변했다.

배고픈 집들,
아내 엄마 며느리를 찾기 시작한다.

이튿날, 시골로 출발하기 전 날씨가 너무나 화창해 겨울이란 게 실감 나지 않았다. 눈들도 화르르화르르 날아내리며 춤을 추고 있었다. 시집에 도착하니 시어머니는 맛있는 상을 차려 놓고 밖에 나와서 서성이며 기다리고 계셨다. 추운데 밖에서 기다리시다 *춥제? 추운데 오느라고 고상 많앴다. 얼릉 디가서 밥먹자.* 하고 손자들 손을 잡고 방으로 들어갔다. 시어머니 뒤를 따라 방에 들어가니 온갖 산해진미가 다 차려져 있었다. 맛있게 먹고 구름을 덮고 자고 일어났다.

시골 바람은 하얗게 차가웠다. 밤새 눈보라가 몰아쳤는지 온 밭이 밀가루를 뿌려놓은 듯 하얗게 변해 있었다. 새들이 뽀르르 폴폴, 뽀르르르 폴폴, 날아내려 꽁지를 까딱거리며 눈밭에 고운 그림을 그리고 있었다. 눈밭을 보니 생각의 밀도가 하얗게 탈색되는 느낌이 들었다. 마음조차 하얗게 탈색되었다. 바람 소리도 윙윙 하얗게 울어 젖혔다.

문명이 아무리 인간의 조건을 나아지게 한다지만 이 순백색의

자연 조건을 흉내 낼 수 없다는 생각이 든다. 하루의 풍요로움을 아침에 모두 맛보는 것 같았다. 혹시 에덴동산에서 아담과 이브가 쫓겨나던 날, 그들도 순백의 풍경을 보다가 쫓겨났을지도 모른다. 종교와 과학이 아무리 기적을 일으키고 새로운 문화를 창조한다고 해도 이 자연의 이치를 이기지는 못하지. 이 눈 위에서 맑은 새의 눈을 들여다보는 것이 기적이고, 새가 눈밭에 그리는 발자국으로 새로운 문화를 창조하는 풍경보다 더 큰 기적이 일어날 수는 없을 것이다.

고요한 아침에 횡재했다는 생각을 하며 쪼그리고 앉아 있다. 처마 끝에 옥수수 열 송이가 주판알처럼 열을 잘 맞춰 옹기종기 몸을 맞대고 대롱거리고 있다. 머리채를 꺼들려 거꾸로 매달려서도 무엇이 좋아 가지런히 웃고 있는 옥수수가 탐이 나는지 새들이 처마 끝에 날아들었다가 다시 날아가 뜰앞 나무에 앉았다 다시 날아오고 그렇게 주위를 기분 좋은 시간으로 변화시키고 있었다.

어느새 시어머니는 아침밥을 다 지어놓고 무언가를 꿰매고 있었다. 손을 호호 불어가며 송곳을 달궈서 꿰매고 있었다. *어머님 머하세요?* 하고 묻자 *방티가 금이 가서 물이 샌다. 그래서 꾸매서 쓸라고 꾸매는데 바늘이 잘 안 디간다. 그래 송곳을 불에 달가서 꾸매는 중이다.* 옆에 쪼그리고 앉아서 송곳을 달궈서 고무통을 뚫은 다음 바늘에 튼튼한 끈으로 촘촘하게 꿰맨 모습을 본다. 그 모습은 마치 지네가 꿈틀거리며 기어가는 듯했다. 지네가 금방이라도 밭으로 꿈틀거리며 기어갈 것 같아 참으로 신기했다.

추운데 왜 쭈그래고 앉아 있노? 감기 들라 얼릉 방에 디가라. 어머님은 고개도 안 들고 꿰매면서 말했다. *와! 어머님 장인이시네. 장인은 머얼 그냥 내뻐래기 아까와서 꾸매 봤다.*

그렇게 꿰매서 툇마루에 내놓고 있는데 시호랑이가 헛기침을 하면서 나왔다. 어느새 마당을 한 바퀴 돌았는지 머리에 하얗게 눈가루를 얹고 있었다. 옷에 묻은 눈을 툭툭 털다가 마루에 내놓은 붉은 고무통을 보더니 *이게 머로?* 하고 묻는다. 나는 신이 나서 말한다. *아버님 이거 쫌 보소. 어머님 솜씨가 예술이씨더, 이거는 고무방티를 꾸맨 게 아이고 지네를 수 놓은 한 폭의 그림 같니더. 금방이라도 지네가 꿈틀꿈틀 기서 밭으로 기어갈 것 같니더. 예술 중에 최고씨더.* 하고 신이 나서 말한다.

시아버지는 고무통을 보더니 눈썹이 꿈틀한다. 꿈틀거리는 눈썹과 장단을 맞추며 갑자기 말 폭풍이 불어닥친다. *씰데없이 왜 저래 사램이 맹한 동 몰래, 궁상 맞그러. 참말로 청승도 팔자쎄. 그 방티가 꾸맨다고 물이 안 새나? 갖다 내뻐래라!* 하고 소리를 지른다. *아버님 이거 쫌 보고 말씸하시라니까요. 됐다, 참 니도 똑같다, 니 시에미는 그릏다 치고 니는 젊은 아가 왜 그래 머리가 안 돌아가노! 그게 꾸맨다고 물이 안 새나?* 하고는 돌아선다. *아버님 물이 새나 안 새나 물을 부어볼 테이 잠깐 기다래 보소.* 하자 시아버지는 다시 돌아서서 말 바람을 던진다.

씨잘데기 없는 소리 그만하고 아침이나 얼릉 먹자. 씰데없는 고무방티는 내다버래고. 발은 앞을 향하고 고개만 돌려서 화를 낸다. *알았니더.* 나는 더는 말해봐야 소용없음을 알았다. 시어머니가 아침상을 차리는 사이 그 큰 고무통을 낑낑거리면서 눈밭 위로 끌고 가서 밭 한가운데 버려놓고 내려왔다. 그렇게 낭만적이고 아름답게 보이던 눈밭이 지뢰밭으로 보였다. 끙끙 억지로 끌고 가서 버리고 아침을 먹는다.

깜깜한 시간이다. 시아버지는 평소와 다름없이 식사한다. 다른 때와 달리 나는 한마디도 않고 밥을 먹었다. 먼저 식사를 끝낸 시아버지는 밖으로 나간다. 눈이 덮여서 할 일이 있는 것도 아닌데 방으로 안 들어가고 밖으로 나간다. 무언가 켕기는 게 있으면 하시는 행동이다. 밖으로 따라 나가 본다. 아니나 다를까. *고무방티 우쨌노? 왜요? 니가 물 새나 안 새나 보자믄서? 아버님이 내뻐래라고 해서 저 밭에 가져다가 내뻐랬니더. 야가! 야가! 내뻐래라 그랜다고 참말로 내뻐래나? 그래믄 내뻐래라는데 안 내뻐래믄 아버님 소리에 지붕 내래 앉으라고요? 아버님 말씀을 잘 들어야 집안에 평화가 오이 말을 들어야제요. 저거 끌고 밭에 올라가느라 죽을 뻔했니더. 니 지끔 시애비한테 반항하나? 아버님 반항이라이요, 먼 말도 안 되는 소리하시니껴? 친정에서 배울 때 시부모 말은 좁쌀로 메주를 쑤라고 해도 그대로 쑤라고 배와서 그걸 실천했을 뿐이씨더. 무덤에 있는 엄마 아부지 욕 안 메길라고요.* 시아버지 긴 눈썹이 다시 꿈틀꿈틀거린다. 곁눈으로 쳐다보니 화가 머리끝까지 치밀어 올라 있었다.

에미야, 니 대체 왜 내한테 그래노? 불만이 머로? 니 해달라는 대로 내 안 해준 게 없는데 내한테 왜 그래노 말이따. 멀요? 고무방티를 왜 밭에다 내뿌랬노, 비비 노끈매로 꼬지 말고 바로 말해봐라. 싫니더. 바른말 하믄 또 양반 집에서 그래 배왔냐고 그래실꺼잖니껴? 아이다, 안 그랠 테이 말해봐라. 그래믄 알았니더. 아버님 잘 들어보소. 말씸 드릴 테이. 오냐, 말해봐라. 어머님이 새빅에 일나서 손이 시려워 호호 불민서 송곳을 달궈 저래 꾸매느라 손까지 찔레서 피가 났는데 멀 잘못했다고 내뿌래라고 말씸하시니껴? 그거는 인격 모독이씨더. 양반, 양반, 그래 따지민서 아버님은 어머님 턱걸이도 못하니더. 그래고 물을 부어보고 새믄 버리믄 되고 안 새믄 돈 번 건데, 그래 어머님을 무시하는 이유가 머이껴? 인물로 보나 인격으로 보나 아버님은 어머님보다 낫다 생각드는 게 없니더. 내가 너 어마이보다 못하다이 먼 소리로? 다 못하재요. 더 낫다고 말씸하실라믄 이래 행동하시믄 안 되니더. 유림에는 머 하로 드나드시니껴? 유림에 드나들민서 더 배우시고 난 척 하실라믄 어머님이 잘못하신다고 해도 이해하고 싸안아야제, 무시하민서 잘난 척 배운 척 무시하믄 그거는 배움이 아니라 독이제요, 유림을 드나드는 아버님이 해서는 안 된다고 생각하니더, 한 마디로 쪽 팔리니더. 머 쪽팔린다고? 니 우째 그래 쌍스룬 말을 하노? 양반가에

딸이? 아무리 친정이 양반이믄 머 하니껴? 시집오믄 시집 가풍을 따라야 하제요. 그래믄 우리 집이 그래 쌍스룬 집안이란 말이라? 쌍보다 더한 쌍쌍이제요. 야가 지끔 머라 하노? 잘 생각해보소. 지는 친구들한테 우리 시아버지 대단하다고 자랑했던 거 부끄릅니더. 참말로 니 친구들한테 날 자랑했나? 자랑했었는데 인제는 안 할라니더. 야야 사램이 살다 보믄 실수도 하제, 그릏다고 고래 호비 파내는 말로 시애비 속을 긁는 니는 내보다 난 게 머 있노? 지야 감히 아버님보다 난 게 없제요. 그릏지만 어머님은 아버님이 잘 쓰시는 말로 급이 다른 분이씨더.

부엌문을 ***쾅!*** 닫고 방으로 들어와 버린다. 방에서 누워 책을 보다가 잠이 들었다. 일어나보니 벌써 10시가 되었다. 밖에는 여전히 눈이 하얗게 흩날리고 있었다. 아버님과 내 싸움이 진행 중이듯 눈도 아직 내리고 있었다. 마음도 그렇고 밭에 나가 눈싸움이라도 하고 싶지만, 아버님과 부딪치는 게 싫어서 그냥 누워있다. 화장실이 가고 싶어 더는 못 누워 있을 때야 일어나 밖으로 나갔다.

그 추운데 아버님은 아직도 밖에 툇마루에 앉아 있었다. 내가 나가자 빤히 쳐다본다. ***에미야! 저 고무방티 다시 가주고 와 본나, 물 새나 안 새나 물 부 보자. 싫니더!*** 단호하게 한 마디 던지고 다시 방으로 들어온다.

창을 통해 밖을 보니 시아버지는 밭으로 올라간다. 눈이 꽤 많이 쌓여 푹푹 무릎까지 덮이는데 올라가더니 고무통을 끌고 내려온다. 웃음이 나왔다. 나도 모르게 큰 소리로 웃으며 얼굴은 옆으로 숨기고 눈만 창밖으로 내밀고 쳐다본다. 영화 한 장면을 찍는다는 착각이 들었다. 손이 시린지 고무통이 커서 힘에 부치는지 오른손으로 끌다가 왼손으로 끌다가 손을 번갈아 가면서 고무통을 끌고 내려온다. 거의 다 내려왔기에 얼굴을 더욱 뒤로 숨기고 밖을 본다. 끌고 온 통을 마당에 놓고 물을 뜨러 가는지 부엌으로 들어간다. 나도 부엌으로 나갔다. 모르는 척 밖으로 나간다. 시아버지는 바가지에 물을 떠가지고 나온다.

툇마루에 걸터앉아 있는 나를 보더니 *물 한분 부 보자, 새나 안 새나? 아버님 궁상맞그로 머하로 물을 부어 보니껴? 아버님 부자니까 내뿌래고 새로 한 개 사믄 될 것을 청승도 팔자씨더.* 시아버지가 시어머니께 한 말을 그대로 시아버지한테 한다. *야가! 머 궁상? 청승이 팔자? 아버님이 어머님한테 그래싰잖니껴? 그릏다고 시애비한테 그래 말하는 메느리가 어데 있노? 버르장머리 없이. 그래믄 버르장머리 있고 교양있고 잘난 사램은 메느리 앞에서 자기 사랑하는 아내를 그래 막대하고 구박하고 함부로 말해도 된다고 유림에서는 그래 갈채니껴? 지는 유림에 한 분도 안 가봐서 배우고 싶어서 그래니더.* 물을 고무통에 부어 놓고 있던 시아버지는 툇마루로 와서 내 옆에 앉는다.

에미야! 내가 잘못했다. 나는 니가 메느리라는 생각을 못 하고 너 시어마이한테 너무 심하게 한 것 같다. 내가 조심했어이 되는데

해 놓고 보이 너무했다. 똑똑하고 젊은 니가 이 시애비를 한분 용서해다고, 담부터는 절대로 내 니 앞에서 너 시어마이 무시하지 않으마, 참말로 약속할 수 있니꺼? 그래믄 시애비가 되서 우째 메느리한테 기짓뿌렁을 하겠노. 다시는 안 그래마. 생각해 보이 니 말이 그른 거 하나도 없다. 참말로 그래 생각하시니껴? 그래 참말이따. 그래믄 어머님한테 메느리 앞에서 그래 망신 줘서 미안하다고 사과하시이소. 그릏다고 그래까지 해이 되나, 담부터 안 그래믄 되제. 사램은 잘못은 누구나 할 수 있제만, 잘못한 걸 모르는 것도 문제제만 알민서 사과를 안 하믄 더 큰 문제라고 생각 하니더. 아버님이 가장이신데 나라로 말하믄 왕이 정치를 잘못하믄 국민이 고달픈 거는 당연하고 나라가 망하니더. 어머님이 어진 분이라 그릏제 울매나 화가 나고 속상할니껴? 메느리 앞에서 아무 잘못도 없이 남핀한테 망신을 당했으이. 어머님인들 새로 사믄 좋은 거 몰래서 그래 손이 얼어 가민서 꾸맸다고 생각하시니껴? 모두 한 푼이라도 아끼서 우리 자식들한테 머라도 더해 주실라고 그래시는 거제, 그른 어머님을 칭찬은 못 해줄망정 메느리 앞에서 망신 주고 모욕을 주다이, 지는 아버님이 어머님이 꾸매 놓은 고무방티를 보고 그 추운데 그걸 새빅부터 꾸매고 그래오, 내가 꾸매게 그냥 두제, 이릏게 순두부매로 부드릅게 말씸하시길 기대했니더. 그른데 지가 생각한 거 하고는 하늘과 땅 차이가 나이 아버님 하나 때문에 유림에 드나드는 사램들 인식이 지한테는 완전히 바낐니더. 한

문도 마이 아시고 경우가 똑부러지시고 메느리한테도 잘하시고 그래서 대단하시고 훌륭하시다고 자랑하고 댕겠는데 이래 실망에 절망까지 하게 만드시니껴? 에미야 미안하다, 내 그래믄 니 시어마이한테 미안하다고 말하믄 되나? 야, 그래믄 훌륭한 분이시제요. 누구나 잘못은 하제만 그걸 뉘우치믄 더 훌륭한 사람이제요. 어머님께 잘못했다고 말씸하시믄 아버님은 정말 훌륭하신 거 맞니더. 오냐 알았다. 내 너 시어마이한테 잘못했다고 비마. 나는 손뼉을 짝짝 친다. 아버님 보세요. 물이 한 방울도 안 새고 그대로 담게 있니더. 그릏네, 나는 꾸매도 물이 샐 줄 알았디이만 얼릉 가서 니 시어마이 데리고 나온나. 야.

방으로 들어가니 어머님은 무언가를 또 꿰매고 있다. 어머님 고무방티에 물을 부었는데 한 방울도 안 새니더. 그래믄 머 하노. 너 시아바이가 내뿌래라 그래 역정을 내는데. 아니 아니 어머님, 아버님이 고무방티 눈밭에서 끙끙거리시면서 끌고 와서 직접 물을 부었어요. 그랬는데 한 방울도 안 새니까 어머님 모시고 나오라고 했어요. 참말이라? 그름요, 얼릉 나와보세요. 나는 시어머니 팔을 잡고 밖으로 나왔다.

여보, 물이 안 새네, 고생했네! 꾸매느라고, 거기까지만 말하고 말 줄기를 끊었다. 나는 아버님 옆구리를 툭툭 쳤다. 나를 쳐다본다. 말은 입속에 가두고 입 모양으로 말했다. 미안하네! 내가 잘못했어. 다시는 안 그랠 테이 용서해주게. 시아버지는 내 입 모양을 보고 헛기침을 흠흠 두어 번 하더니 목청을 가다듬는지 말이 목에 걸려 안 나오는지 또 흐흠흐흠 하면서 나를 올려다보았다. 내가 입 모양으로 *빨리하세요.* 히지 그제서야 시아버지는 *미안하네! 내가 잘못했어. 다시는 안 그랠 테이 용서해주게.* 하고 입속에 있는 말을 꺼냈다. 시어머니는 못 들은 척했다. 나는 두 사람 틈새로 끼어들었다. *어머님, 아버님이 미안하다고 용서해 달라고 하시잖니껴?* 한다. 시어머니는 짤막하게 한마디 한다. *앞으로 하는 거 봐서.* 그리고는 방으로 들어가 버린다.

시아버지는 *에미야, 봤제 너 시어마이는 잘하는 거라? 내가 니 앞에서 사과했는데 대답이 앞으로 하는 거 봐서라고 하는데 니 시어마이한테는 니는 왜 그래 너그럽노? 아버님, 아버님하고 어머님하고 누가 더 그릇이 크이껴? 야가! 그걸 말이라고 묻나! 당연히 내가 백배는 크제, 참말로 아버님이 백배 크다고 생각하시니껴? 생각이 아이고 참말로 내가 크다. 너 시어머이 하고 살라믄 내가 크지 않고는 못 산다. 지가 보기에는 그 반대 같니더. 어머님이 아버님보다 그릇이 천 배는 큰 거 같니더. 니 지끔 머라 하노? 멀로 봐서 너 시어마이가 그릇이 커? 오늘 사건만 해도 아버님이 그래 메느리 앞에서 망신을 줘도 어머님은 메느리 앞에서 아버님 망신 주는 말씸을 한마디도 안 했으이 어머님이 더 크시제요. 그래고 지끔도 그래요. 사과했으믄 받아들이고 안 받아들이고는 어머님 맴이제. 왜 강요를 하니껴? 그릇이 큰 사람은 넉넉해서 어머님이 먼 말*

을 하든지 다 받아 담을 수 있어야제요. 상처가 깊을수록 옹이가 크이더. 어머님 맴에 상처 너무 주지 마이소, 어머님이 울매나 참고 또 참으시는지 아버님은 모르시니더. 참기는 멀 참아?

시호랑이 길들이기

5

그만둘라니더. 왜 멍석 피노이 말을 안 하고 그만둔다고 빼노? 아버님은 아버님 입에 딱 맞는 달달한 말이 아니믄 역정부터 내시잖니껴? 괜히 말했다가 또 양반가에 딸이 우째고 하시믄 미에 있는 부모님만 욕 메기는데 머하로 사서 욕 메기니껴. 안 하믄 중간은 갈 껜데요. 알았다. 역정 안 낼 테이 말해보그라. 참말로 약속했니더? 그래. 그래믄 말씸드릴께요. 아버님 잘 생각해 보시이소, 아버님이 장남도 아이고 할아버지께서 주신 재산도 큰아부지가 다 팔아가고 부모님 거들떠보지도 않는데 어머님은 아무 내색 안 하시고 아버님 부모님을 다 모시민서도 불평불만 한 마디 안 하시잖니껴?

부모는 당연히 모시야제, 먼 불평불만? 그래이 아버님은 엄청 이기적이씨더. 이기적? 야! 이기적요, 아버님 부모님이제 어머님 부모

님이 아니잖니껴? 그른데 왜 어머님이 아버님 부모님을 당연히 모시야 되니껴? 아버님은 어머님께 돈수백배(頓首百拜)해야 되니더. 만약 아버님 딸들이 시집가서 더도 말도 덜도 말고 어머님처럼 살믄 아버님은 우째실라니껴? 요새 누가 그래 사노? 거 보세요. 요새 누가 어머님매로 사니껴? 너하고는 세대가 다르잖나? 아버님 지금 현재 같은 세대를 살고 있는데 먼 세대가 다르다고 말씀하시니껴? 말도 안 되니더. 말 나온 길에 한 마디 더 하까요?

전번에 큰어머님께서 쇠고기 및 근 사서 할머니 뵈러 왔을 때 지는 화가 나서 죽을 뻔했니더. 왜 먼 일이 있었나? 있었제요, 너 어마이는 암말도 안 하든데. 그래이 절해야 된다고요. 먼일인데 말해본나. 아버님 말씀드릴 테이 냉정하게 판단해 보시야 되니더. 이 상황은 아버님 딸이 시집가서 똑같이 당하고 살믄 우뜰까? 이른 맴을 먼저 맴속에 저장하고 들으시야 되니더. 오냐 그래마.

글쎄 일 년에 한두 번 명절에 쇠고기 두어 근 사 왔다고 할매가 어머님 앞에서 그래 역시 니뺏에 없다. 니 동서는 니가 안 사 오믄 쇠고깃국 한 분 안 끓에준다. 니 겉은 메느리가 없제, 하시민서 좋아서 어쩔 줄 몰래 하싰니더. 할매는 우째 그른 말을 매일 삼시 세끼 밥 얻어먹는 메느리 앞에서 할 수 있니껴? 명절에 쇠고기 두 근은 남도 사다 줄 수 있니더, 손에 쥐고 있는 복도 모르고 머? 큰메느리뺏에 없다고 말씀 하실 때 어머님 속이 우땠을니껴? 지 같으믄 그릏게 좋으시믄 큰메느리 집에 가서 사시라고 했을 낀데 어머님은 아무 말씀도 안 하싰니더. 너 어마이가 본래 심성이 고와서 그릏다.

그래서 심성 고운 어머님 대신 지가 할매한테 말씀드랬니더. 니가? 야, 지가요. 머리고? 할매, 삼시 세끼 밥해주고 빨래 해주고 굼불 때주는 메느리 앞에서 명절에 달랑 쇠고기 두 근 사 온 메느리를 그래 치케세우믄 어머님이 성격이 좋으시서 그릏제 지 같으믄 할매보고 큰메느리하고 사라고 할게씨더. 한 분 잘 생각해보소 할매요, 했제요. 그래이 어마이가 머라드노? 할매가 지는 이뻐하시잖니껴, 그랬디이만 그래 우리 이뿌이 말이 맞다, 내 인제는 안 그래마, 쇠고기 사 가주고 온 게 고마워서 그랬다. 돈도 비싼데, 그래고 날 용돈도 쪼매 주는 게 고맙잖나? 하시길래 지가 말했제요. 할매요, 지 말 잘 들어보소, 어머님 하루 세끼 밥하고 반찬 하는 거 품값 하루만 해도 할매 쇠고깃국 충분하게 끓에 드리니더. 그래고 그 용돈 열 배는 되니더. 그른데 일 년에 두 분 사 오는 쇠고기하고 용돈 및 푼에 눈이 어두우시믄 어머님 기분이 우뜰니껴? 지 같으믄 할매가 그른 말하믄 밥에다 침이래도 뱉을 거 같니더. 침을? 야, 침요, 매일 세 끼 밥상 채리는 게 울매나 힘든지 아시니껴? 한 끼 밥상 채리는 품값도 안 되니더 그까짓 쇠고기 두 근하고 눈꼽만도 못한 용돈은요. 그랬니더. 그래이 어마이가 머라 그래도? 지 손을 잡으시민서 내가 잘못했다. 맞다, 너 시어마이가 날 큰메느리집에 가 사라고 하믄 우째노? 나는 큰메느리하고는 하루도 살기 싫다. 작은메느리 하고도 못 산다. 니 시어마이가 젤 좋아. 니가 너 시어마이 잘 달래다고, 하시길래 알았니더, 할매요, 이분에는 지가 말해 드릴 테이 지 없을 때 만약 작은메느리나 큰메느리가 먹을 것 쫌 사 왔다고 어머님 앞에서 그래 말씸하시지 마소. 그래믄 머라 그래노? 쇠고기 사 온 큰어머님이나 작은어머니한테는 이래 말씸하소. 쇠고기 고맙다. 돈도 없는데 머얼 이래 올 때마다 쇠고기를 사오노. 그냥 빈손으로 와도 된다. 용돈도 고맙다 너 쓰제 나는 너 동서가 밥해주제 빨래해주제 굼불 때주제 쓸 때가 없다. 그래이 모처럼 왔으이 맨날 내 때문에 골몰해 빠자 사는 너 동서 쫌 쉬그러 니가 밥해서 밥상 채레 온나. 니 동서가 하루 세끼 맨날 밥하고 빨래하고 소지하느라고 골몰하다. 너가 왔을 때 집안 소지도 쫌 해주고 너 동서 도와주고 시어머니 모시느라 고상 많다고 말하라고 시키소.

모처럼 온 메느리들한테 우째 그래노? 그래믄 모처럼 온 메느리들은 그 말씸도 못할 만큼 귀하고 매일 밥상 채리는 메느리는 노예란 말이이껴? 지 말씸 잘 들어야 할매가 대우받고 살고 또 아버님도 마음이 펀하고 집안이 펀하이더. 저래 명절에만 오는 메느리는 이름만 메느리제 남이씨더, 아이, 남만도 못하제요, 명절에 큰어머니 작은어머니 오시믄 그 가족들까지 밥 다 해 먹이느라 어머님은 허리가 뿌러지도록 일해야 하니더. 할매는 아무 생각 없이 아들 손자들이 오이 반갑기만 하겠제만 어머님 허리 뿌러지는 소리는 안 들리제요. 어머님이 안 계시믄 할매가 그 많은 식구 밥 해

먹이고 다 할 자신 있니껴? 그랬디이만 할매가, 맞다, 내가 왜 그 생각을 못 했노, 내가 먼 수로 저 많은 아들 밥을 명절 때마다 해 먹이노 못한다. 거 보소 할매도 못하시는 걸 어머님은 명절 때마다 허리가 뿌러지도록 하잖니껴? 그래이 어머님이 할매한테는 보물단지씨더. 나머지는 할매한테 그래 잘하고 할매를 모실 사램 없다는 거 할매도 아시잖니껴? 그래 니 말이 맞다. 쟈들 하고는 내가 하루도 같이 못 산다. 인제 다시는 안 그래마, 큰메느리나 작은메느리는 니 시어마이하고 달라서 내한테 그래 잘 안 해줄 사램들이다. 인제 내가 잘하마. 알았다. 했니더. 그래 그 말은 할매한테 잘했다. 아버님은 어머님을 너무 당연하게 해야 한다고 생각하는 게 문제씨더. 남들도 다 그릏게 산다. 아버님 왜 인생을 남들이 그래 산다고 똑같이 사시니껴? 그래믄 우째 사노? 다 그래 살다 죽는 게제. 아니, 인생은 자신이 주인공으로 살아야 되니더. 아버님이 소중한 만큼 어머님도 소중하게 생각하시야 하제요.

아버님 진정한 사대부는 남을 존중하고 아끼고 사랑을 건너는 다리를 놓아주어야 되니더. 우뜬 나라든지 여자를 무시하는 나라는 결국 다 망하고 마니더. 신라가 천 년이나 번창했던 이유도 여자 왕이 셋이나 있어서 가능했니더. 내 혼자 달라지믄 내만 바보되고 이 고장에서는 빙신 같은 눔이라고 놀림받는다. 시끄릅다. 펄쩍 뛴다. 아버님, 시상을 위대하게 바꾸는 건 한 사램의 힘으로 바뀌는 거씨더. 옳은 일은 누군가가 앞장 서야제. 내가 왜 앞장을 서노? 그른 소리 하지 마라. 너 어마이 듣는 데는 특히 하지 마라. 여자들 기가 펄펄 살믄 집안 망한다. 아버님 퇴계 이황을 우째 생각하시니껴? 그른 양반이야 훌륭하제. 너 조상 아이라. 그 할배는 아내가 충격을 받아 약간 모자랬니더. 그른데 남들이 머라 하든 당신이 아내로 맞이해서 제사상 채래 놓으믄 음식을 먼저 다 집어 먹어도, 종가 어른들한테 조상들도 메느리가 음식 먼저 멍는다고 나무래지는 않을게씨더. 하고 아내 편을 들자 종가에서도 모두 퇴계 할배를 훌륭한 인격자라고 했제 그래 아버님맨치 비겁하게 기 산다 머 어쨌다 핑계 대지 않았니더. 내가 비겁한 게 머 있노? 비겁하지 않으믄 어머님한테 따뜻하게 해주시야지. 왜 함부로 대하시니껴? 메느리인 지가 배우고 지가 진화 오빠한테 똑같이 그래믄 아버님 기분이 우뜰 꺼 같니껴? 야가 점점, 그래 알았다. 내 노력해보마, 고만해라. 이야기는 거기서 뚝 잘라졌다. 아버님 이제 시대가 빈했고, 삶도 빈해야 되니더. 내가 울매나 현대식인 동 니 잘 알민서 왜 또 그래노? 아버님 지끔 시대는 자유를 갈망하는 시대제 억압에 눌래 사는 시대가 아인 거 아시잖니껴? 누가 자유를 안 주나? 어머님은 시댁이란 종교에 갇혀 사니더. 스스로 좋아서 믿는 종교가 아닌 어쩌지 못해 믿는 종교 같은 거 말이써더. 누가 우리 집으로 시집오라고 떠밀었다나? 본인도 좋으이 와서 살제. 그래 말씸하시믄 직무유기죄 특수절도죄 괘씸죄 무관심 죄에 해당하니더. 야가 지끔 먼 말을 하노? 내가 먼 죄를 지었다고 죄인을 만드노? 아버님 잘 들어 보실라이껴? 어머님을 아끼고 사랑해 줘야 되는데 아버님은 어머님에게 사랑은커녕 소리만 지르시니 직무유기요, 이미님이 호적까지 피 가주고 오게 했으이 특수절도죄요, 괘씸죄는 이미님이 아비님 가족들을 위해 저리도 애쓰는데 그건 몰라주고 자꾸 어머님 마음속에 내가 이래 시집에 열심히 하는데 우째 저래 말을 하는지 화를 나게 하니 괘씸죄요, 아버님 부모님을 장남도 아인데 혼자 모두 맡아 하게 하민서도 고마움도 모를 정도로 무관심하이 무관심죄 아이껴?

시호랑이는 무슨 생각을 하는지 나를 빤히 쳐다본다. 왜요? 지가 틀린 말 했니껴? 그래 듣고 보이 니 말이 맞는 것 같기도 하다. 맞는 것 같은 게 아이라 맞니더. 아버님 집에 시집와서 저래 열심히 이 집 가문을 위해 사는데 남편이란 사램이 그래 말씸하시믄 우째니껴? 알았다, 그른데 니는 어데서 듣도 보도 못한 죄를 다 아노? 아버님 이래 봬도 지는 모르는 거 빼놓고 다 아니더. 머라고? 모르는 거 빼놓고 다 안다고요. 야야! 누구든지 모르는 거 빼고 다 알제 니만 그르나, 니 참말로 재밌는 아다. 아버님 자유 반대말이 먼지 아시니껴? 자유 반대말은 압박이제 그것도 모를까 봐 묻나? 야, 자유 반대말은 구속(拘束) 억압(抑壓) 속박(束縛) 강제(強制) 통제(統制) 이런 거제요. 자유라는 것은 어떤 것에 메이지 않고 하나의 사태를 다양한 관점에서 볼 수 있는 정신인데 아버님은 아버님이란 틀에 어머님을 흑백 논리로 재단하는 사고방식을 가지고 있니더. 아버님 눈에 맞으믄 무조건 잘하는 거고 아버님 눈에 안 맞으믄 잘못된 것이 되는 틀 말이씨더. 권력이나 종교맨치 말이씨더. 집안이 편안하고 발전할라믄 그른 틀 말고 사랑으로 모든 걸 감싸야 하니더.

그래야 절망적이거나 불안한 맴이 들 때 구원해줄 유일한 해결책이 되어서 다시 맴을 추스리는 원동력이 되제요. 사램은 자신의 존재감을 느끼는 때는 사랑을 받을 때 아이껴? 그를 때 아무리 힘든 일이 생게도 이겨낼 수 있는 게 인간의 본성이라고 생각하니더. 상대가 나를 알아주고 존중해 주믄 아무리 힘든 일도 이겨내고 삶의 보람과 의미를 찾제만, 아무리 가벼운 일도 자꾸 억압하고 통제하고 속박하고 구속하고 강제성을 띠믄 빗자루 들고 마당 쓸다가도 누가 마당을 쓸라고 하믄 쓸기 싫어지는 것과 같니더. 아버님의 끊임없는 잔소리와 간섭은 어머님을 질식하게 하고 큰 고통을 주는 거씨더. 그른 일이 계속되믄 우울증 강박증 신경증으로 무기력해 질 수도 있니더. 그래이 아버님은 어머님을 독자적인 한 인격으로 대우해 주시야 되니더. 제 말씸을 기분 나쁘게 듣지 말고 냉철함과 이성으로 한 분 생각해보소. 지가 시집와 보이 어머님 상태가 심각하이더. 머가 심각해? 어머님은 입을 다물고 말씸을 안 하시잖니껴? 그래 그거는 맞다. 내가 머를 아무리 물어도 대답을 잘 안 해. 그래고 내하고 말을 안 섞을라고 한다. 맞제요? 어머님이 시집올 때부터 그릏지는 안 했잖니껴? 그때부터 그랬으믄 좇아

냈제 내가 사나. 살다 보이 점점 말수가 줄고 인제는 여간해서는 말을 안 한다. 아버님은 왜 어머님이 입을 닫아걸었는지 생각해 보셨니껴? 아이 힌 분도 생각해본 일 없다. 거 보세요. 아버님에 대한 증오가 맴속에 쌓이서 그릏니더. 어머님도 감정도 있고 생각도 있고 누구보다도 지혜가 있는 분이래서 자식들 위해 자신을 희생한다는 맴으로 그냥 견디고 있는 것이제 함께 익어갈 생각은 없니더. 다시 말해 아버님과 말 섞고 싶지 않단 말이씨더. 아버님이 계속 성격을 못 고치시믄 히틀러나 스탈린, 마오쩌둥 김일성보다 더한 독재자씨더. 야가! 야가! 그릏다고 내가 먼 독재를 했다고 그래 숭악한 사램들보다 더하다 그래노? 아버님 잘 생각해보소. 아버님이 가정을 경영하시는 게 크게 보믄 정치하는 히틀러나 스탈린, 마오쩌둥 김일성하고 다를 게 머 있니껴? 자유를 다 박탈하고 가족이야 상처 입고 입을 다물거나 말거나 비탄에 빠뜨리고 있는데. 내가 먼 비탄에 빠뜨래? 아버님 지끔 아버님은 어머님만 말씸 안 한다고 하싰는데, 큰아버님 작은아버님도 모두 아버님 무서워하고, 아버님 자식들도 모두 아버님하고 말 안 트고 살잖니껴, 아버님만 나타나믄 다 피하잖니껴? 아버님은 그래시겠제요. 오직 가정만 위해 살았고 가족을 위해 농사일하고 먹이 살렸다고. 그릏제만 그건 다른 아부지들도 다 하는게씨더. 계속 그래 단절이 이어지믄 결국 신념이 파산하게 되니더. 자식들도 비합리적이고 파괴적인 성향이 되고 만다고요. 아껴 주시야지 영주 지방은 사대부 사상을 못 내뿌래고 여자를 아주 무시하고 비하하는 경향이 많은데 그거는 바보들의 행진이씨더. 너 집안은 사대부가 아이라?

중간에 아무 말도 하지 않고 조용히 듣고 있던 시아버지는 말없이 방으로 들어간다. 이튿날 아침에 식사를 한 숟가락 뜨고는 수저를 놓는다. 아침 식사 후 쑥차 한 잔을 타서 시아버지 방으로 간다. 왜 안죽도 할 말이 있나? 하고 쳐다본다. 아이요, 그냥 아버님하고 향기 좋은 차 한 잔 마시민서 놀라고요. 아! 그래 앉아라. 아버님 메느리가 미워 죽겠제요? 아이다, 내가 지금까지 헛살았다는 생각이 든다. 나는 한 분도 가족이 날 우째 생각하는지 생각해본 적이 없다. 내 기분대로 살았다.

그래고 아들이 날 피하는 게 괘씸했고 섭섭했고 너 어마이 말 문 닫은 것도 심각하게 생각 안 하고 살았고 너 어마이가 어머이 아부지 모시는 것도 당연하게 생각했다. 다른 집들도 다 그래 모시고 사이 그르려니 하고 생각했다. 그른데 독재라는 니 말 듣고 보이 속도 상하고 니가 괘씸하기도 하고 어젯밤에 밤새도록 잠을 못 잤다.

그른데 아직에 일나 밭에 한 바쿠 돌민서 생각해도 이해를 해야 되나 우째야 되나 아무 생각이 안 나서 노인회 회장네 집에 가서 회장 하고 잠깐 니가 한 말을 말해봤다.

그른데 노인회 회장이 다 듣고 나디이만 니 말이 전부 바르다고 하드라. 아무리 그래도 내가 그래 독재로 사는 줄은 몰랬다고 너 어마이한테 사과하고 잘해주라 그래드라. 안 그래믄 패가망신(敗

家亡身) 당한다고. 친하이 진심으로 말해준다민서 당장 고체야 한다 그래드라. 그래서요? 그래서는 머 그래서? 누가 자기 독재 땜에 패가망신(敗家亡身) 당하는 거 비레겠노.

그래 인제부텀 니 말대로 해 볼라 한다. 잘 될지 모르겠제만 우째노, 집안이 망한다는데. 내 하나 망하는 거야 까짓 아무꺼도 아이제만 안죽 어머이도 살아 기시는데 그래믄 되나? 아 들 보기도 그릏고. 역시 아버님은 최고씨더. 영주 고을에서 우리 아버님 따라 올 인격자는 없을게씨더. 지가 시집 하나는 잘 왔제요. 우뜬 시아버지가 메느리 말 듣고 자기 성격을 고칠 생각을 하니껴. 아버님이 훌륭하시니까 그래 맴을 먹제요. 시상에서 제일 멋진 우리 아버님 화이팅! 하고는 시아버지와 두 손을 세워놓고 손뼉을 마주친다. 시아버지는 겸연쩍은지 *쑥차 맛이 좋다 쑥차 한 잔 더 다고.* 한다. 일어서서 콧노래를 부르며 쑥차를 가지러 간다.

밖에는 햇빛이 곱게 쏟아지고 여기저기서 새소리가 날아들었다. 시아버지의 쑥차 맛이 좋다는 말이 온 숲으로 퍼져나가고 있었다. 땅 밑에서는 두더지가 굴 입구에서 귀를 쫑긋 세우고 있었다. 쥐라고 다 같은 쥐가 아니다. 머리가 좋은 박쥐는 하늘을 날고, 다리가 예쁜 다람쥐는 나무 위를 오르내리고 여기저기 돌아다니는 잡쥐, 들판이나 산에 사는 야생 들쥐, 산에서 사는 멧산쥐, 고산쥐, 산쥐, 실험용 생쥐, 습지나 하천 주변서 물을 좋아하는 물쥐, 잣이나 소나무를 지키며 사는 청설쥐, 어두운 땅속만 죽어라 파고 햇빛을 못 보는 둔재 두더지, 뾰족한 코쥐, 나무쥐, 날다람쥐, 하늘다람쥐, 그렇쥐까지 시아버지는 고양이 앞에 쥐가 되었다는 생각을 하며 찻물을 끓인다. 찻물 끓는 소리가 여름 소낙비처럼 시원하게 들린다.

세뱃돈

네 번째 맞이하는 설이다. 사람의 가슴에 와 닿지 못하고 나뒹구는 글자처럼 허공에 흩날리는 눈꽃들이 향기롭다. 둘째 며느리가 그 집 가문에 호적을 옮겨오면서 시호랑이는 근심 반 탕기 기쁨 반 탕기로 명절을 기다리고 있다. 만나면 반갑고 가면 더 반갑고 헤어지면 궁금하고 만나면 더 궁금한 일이 많아지는 요즘이다.

도대체 며느리가 귀엽고 이쁘기도 하다가 밉고 보기도 싫다가 종잡을 수가 없어 명절이 돌아오면 그렇게 사춘기 소년처럼 마음이 갈팡질팡한다. 또 무슨 말로 옭아맬지 두렵기도 하고 은근히 즐기기도 하는 시호랑이는 아침부터 며느리를 기다린다. 똥 마려운 강아지처럼 들락날락 시계만 쳐다본다. 저녁 무렵이 되자 드디어 눈에 넣어도 안 아픈 손자를 안고 며느리가 온다. 자식보다 손자가 훨씬 더 귀엽고 이쁜 이유를 자신도 알 수가 없다.

촌수로 따지면 당연하게 아들이 더 가까운데 그 아들의 아들이 더 귀엽고 사랑스러우니 내리사랑이라서일까? 자신이 비정상적인 생각을 하는 걸까? 며느리 보기 전에는 크게 기다릴 일도 즐거울 일도 없던 그저 무덤덤한 날이고 무덤덤한 명절이던 것이 며느리가 들어오고는 특별하게 며느리가 자신에게 해주는 것도 없는데도 괜스레 며느리가 기다려지고 며느리 목소리가 듣고 싶고 자신의 아들딸들이 엄두도 못 낼 말들을 마구 해대는 데도 밉다가도 귀엽다. 더군다나 손자를 본 후부터는 며느리도 며느리지만 손자가 눈에 어른거려 명절이 더 기다려지는 건지도 모를 일이다.

전에는 명절이 다가오는 게 번거롭고 귀찮았지만, 며느리가 들어오고부터는 명절이 기다려지는 일임에는 틀림없는 사실이다. 그렇게 손가락을 꼽으며 올 날을 기다리던 며느리와 손자가 온다. 뛰어나가 반기고 싶은 맘을 억누르며 애써 태연한 척 위엄을 피운다. 시끌벅적 어수선한 것도 잠시 시호랑이는 이런저런 이야기꽃 좀 피우고 싶건만 잠이 많은 며느린 저녁 수저를 놓기 바쁘게 아이를 데리고 방으로 들어가 버린다.

쓸쓸쓸, 아쉬운 맘이 알을 슬고 있다. *애가 졸리는가 봐요. 아버님 어머님 하얀 꿈 꾸시고 내일 아직에 볼께요.* 손주 핑계를 대며 들어가 버린다. 시호랑이는 아쉬움을 뒤로하고 입맛을 다시며 방으로 들어와 애먼 티브이 채널만 이리저리 돌리다 잠이 든다.

다음 날 아침 모두 모여 세배를 한다. 모두 한복을 곱게 차려입고 세배를 하기 위해 가로수처럼 줄을 서 있는 모습에 흐뭇해진다. *새해는 너 전부 건강하고 세뱃돈 10만 원씩백에 몬 넜다.* 봉투를 하나씩 나누어준다. 모두 고맙다고 좋아하며 받는다. 그런데 둘째 며느리는 봉투를 도로 내놓는다. 시호랑이는 기특하다고 생각하며 *에미야! 세뱃돈이까느로 받그라.* 봉투를 주지만 다시 얌전히 밀어 사양한다. 시호랑이는 내심 신통방통도 해라 생각한다. 그 가상한 마음만 받고 봉투는 다시 주려고 조용히 며느리를 찾아갔다.

아버님, 저 안 받을거씨더. 왜? 딴 아들은 다 받는데 니만 안 받노? 글지 말고 받그라. 봉투를 다시 내민다. *아버님! 지 세배가 10만 원 값어치뱎에 안돼요? 지 친구들은 30만 원 50만 원 받는다고 자랑이 수양버들보다 늘어지는데 지는 아무 말도 몬 하고 꿀 먹은 버버리가 됐니더. 그래서 아예 안 받고 도로 드렸다고 액수 이야기는 안 할라니더. 지 친구들 사이에선 시아버님께 사랑받는 척도가 세뱃돈이나 용돈으로 시집 잘 가고 몬 가고 수위가 올랐다 내렸다 한다고요. 아버님 자랑은 지가 제일 수위가 높은데….*

어이가 없는지 시호랑이 잠시 멈칫한다. 또 무슨 말이 나올까 두렵던 것이 드디어 현실로 다가온다. 시호랑이는 잠시 생각을 해 본다. 그래 그럴 수 있다. 친구들 사이에는 시집이 어쩌고저쩌고 보리밭에 종달새처럼 지저귈 때가 아닌가. 그래, 다른데 덜 쓰고라도 더 주고 싶은 맘이 마구 솟구침을 억누르지 못하고 입술은 말을 뱉어버리고 만다.

그래. 까짓거. 그래믄 니 수윈가 수의인가 높에 주마. 그 대신에 딴 아들한테는 비밀이때. 얼른 일어서 서랍장으로 가더니 서랍장

을 연다. 서랍 속에서 돈을 더 꺼내 넣은 봉투를 들고나온다. 시호랑이는 돈을 더 넣는 순간에도 내가 괜히 또 이러나. 체면이 있지 주겠다고 해놓고 기분이다. 생각이 시소를 탄다. 시소는 무거운 쪽으로 기울기 마련이다.

시아버지 자랑으로 며느리가 수위를 높였다는데 그래 망설이지 말고 주자. 그래 에미 기분에 햇살이 나면 주위에 내 아들이나 내 손자나 하다못해 우리 전체한테 햇살 냄새가 뽀송뽀송하게 기분이 좋지만 반대로 에미 기분에 비라도 내리는 날에는 내 아들이나 내 손자나 우리 전체한테 젖어서 너덜거리는 기분이 전달될 일 아닌가. 내 돈이 있어도 이렇게 모두에게 기분 좋은 일에 돈을 쓰는 것이 값어치 있지 않을까? 어차피 내가 죽으면 다 저들이 차지할 돈인데 기분이다. 기분 살리는 데 돈을 주자고 생각하니 시호랑이도 기분이 좋아진다.

시호랑이는 50만 원을 넣어 다시 들고 며느리에게로 온다. *아나 여게 있다.* 봉투를 위엄 있게 그러나 기분 좋게 내민다. *역시 아버님밖에 없다이까요. 아버님 최고 멋져요. 친구 시아버지들 중에 아버님이 일등이씨더.* 시아버지란 것도 잊고 목에 두 손을 감고 매달리는 며느리는 꼭 막내딸 같은 모습이다. 매달리는 며느리가 이뻐서 흐뭇해진다. 돈 뺏기고도 행복해하는 시호랑이. 며느리 팔딱거리며 뛰어오르며 목소리가 커진다. *쉿! 쉬!* 시호랑이는 입에다 검지를 가로닫이로 갔다 세운다. *얼릉 나가 일 봐라.* 시호랑이는 부모님 몰래 무슨 잘못을 저지르는 아이처럼 조심스럽게 말한다. 쥐도 새도 모르게 횡재를 한 며느리는 루돌프랄라 루들프랄라 뛰다가 금방이라도 하늘을 날아갈 듯 파르르 팔딱 파르르 팔딱 파르르 날아다닌다.

저 새가 왜 날아다니는지 영문을 모르는 식구들 틈을 타서 다 알면서 모른 척 지켜보는 시호랑이도 덩달아 왔다 갔다 한다. 틈과 틈 사이는 이렇게 메워지며 찬바람은 맨발로 밖에서만 서성이고 있다. 겨울 해가 포근하게 온 누리를 감싸고 시호랑이 눈치만 보던 식구들은 고개를 갸우뚱거리며 시호랑이와 며느리를 조심스럽게 쳐다본다.

시어머니는 유리잔을 깰 것 같은 생각에 *에미야! 오늘은 초하룻날이까 니 시아부지 건드래지 말그래이.* 조심 한 국자를 며느리에게 떠먹이며 *간이 맞나 보그라.* 며느리를 얼른 부엌으로 끌어당긴다. 불안불안 초조초조 올 한해는 큰 소리 나지 않고 집안이 좀 조용히 넘어가고 싶은 시어머니의 간절함이 봄기운처럼 퍼지는 하루다.

그렇게 봄은 여름에게 밀려나고 여름은 가을에게 밀려나고 가을은 겨울에게 밀려난 다음 해 설은 약속을 어기지 않고 돌아온다. 시호랑이는 빳빳한 돈으로 며느리에게 줄 설 돈을 따로 챙겨놓는다. 세배가 끝나고 주면서도 흐뭇한 돈 봉투를 들고 주춤주춤 세심함을 봉투에 묻힌다. 혹 바뀌지 않도록 봉투 겉에다가 동그라미 하나를 그려놓는다. 세배가 끝나고 시아버지는 또 조심스레 부른다.

절대로 딴 아들한테 소문내지 말그래이. 알았니더. 아버님 그른

데 각서 한 장 써 주시믄 안 되니껴? 각서라이 각서가 머로? 사램은 수시로 빈하니더. 시간이 지나믄 안 빈하는 게 아무꺼도 없니디. 그래이 아버님 시간이 흘러 지가 미와지믄 설돈 깎으실 거잖니껴. 똑같은 일을 헤도 아버님이 지를 이쁘게 보실 때는 머든동 다 이쁘제만 지가 미와지믄 이뻐지게 보이던 것들이 숭이 되어 꼴도 보기 싫어지고 오히려 버르장머리 없게까지 보일 수 있단 말이제요. 그때를 위해서 이 각서에 도장을 찍어 놔야 지도 맴이 놓이제요. 그래이 각서를 써 주시야 하니더. 우리나라는 증거 재판이기 때문에 말은 필요 없잖니껴. 아버님 오리발 내미시믄 지가 지니까. 여게 싸인 부탁합니데이. 우리 멋쟁이 아버님. 애교 묻은 말을 마치고 미리 준비해둔 각서를 내민다.

각서

한 번 정한 세뱃돈 (50만 원)은

절대 내리지 않는다.

단,

물가 상승률에 따라 올라갈 수는 있다.

시아버지가 메느리에게◎

그른데 에미야! 각서가 다 니한테 유리하고 내한테는 불리하게 돼 있다. 아버님은 권한이 없어요. 갑에게 권한이 무거우믄 갑질을 하제만 을에게는 권한이 아무리 무거와도 갑을 내쫒을 수는 없는 일이씨더. 아! 그래. 니 말 듣고 보이 그릏구나. 그래믄 내가 갑이고 니가 을이란 말이제. 당연한 말씀, 아버님이 이 집안에 최고 어른이시니까 갑인 건 당연하제요. 내 참 살다가 세뱃돈 주는데 각서 써 달래는 사램은 생전 첨이따. 니 왜 그래 웃게노? 너 집안에서는 이래 각서도 쓰고 이래나? 아버님 지는 이 집에 시집 왔으이 이 집 가풍이 훌륭하게 이끌믄 됐제. 아무 상관없는 친정은 왜 자꾸 들메기시니껴? 전부 다 고인이 되싰는데. 그래, 내가 미처 그 생각을 못했따. 미안하다. 니 아픈 데를 건드레서. 안 그래도 부모가 보고 싶을 낀데 내가 생각이 짧았다. 그래도 니는 우리 집안에 시집 왔으이 친정 부모님 안 기신다고 기 죽기 마라. 내가 사돈 대신 니한테 잘해주마. 누구나 다 죽제 핑생 살 수야 있나. 그래 까짓거 도장 찍어주마. 그 대신 다른 아들이나 너 어마이한테는 비밀 지켜줘야 된데이. 아버님 하는 거 봐서요. 내가 멀 이만하믄 니한테는 내 맴껏 해주는데 멀 하는 거 봐? 지한테는 최고 제만 어머님한테 잘해 주시야지요. 어머님한테 잘해 주시서 건강히시야 이 집이 건강하다는 걸 아버님 아시야 되니더. 알았다. 내 노력해보마. 알았어요. 까짓것 기분이다. 비밀!

이렇게 각서는 써지고 시호랑이는 또 다른 올가미에 발목을 들이밀고 만다. 토끼 옥노*처럼 발버둥 치면 칠수록 목이 조이도록 며느리가 쳐놓은 옥노에 시아버지는 성큼 걸리고 말았다. 바람이 치맛지락을 펄럭이기 시작했다.

* 올무의 방언

시호랑이 길들이기

6

알록달록 주의보

행복의 넓이와 길이를 늘려나가고 싶다. 알록달록 곱게 단장한 행복. 이 세상에서 가장 아름다운 단어· 모두가 가지고 싶어 하는 단어는 행복인 것이다. 그 행복은 나뭇가지에도 펄럭이고 책갈피에서도 자라나고 휘청거리는 밤거리에도 따스한 말속에도 밤중 대나무 숲에 조용히 내려앉는 달빛에도 보물찾기처럼 여기저기 숨어 있다. 그것을 찾아낼 때마다 그야말로 보물을 찾은 듯 반짝인다.

맑게 웃는 순수한 아기의 웃음은 어디에 꺾꽂이해도 잘 살아남는 번식력이 강한 식물이다. 행복이 이렇게 잘 자라다니 참 좋은 일이야. 여기저기 심어 행복 넝쿨이 온 우주를 덮으면 좋겠다. 손에 들고도 찾지 못하고 먼 곳으로 남의 집으로만 행복을 찾아다니는 것은 눈뜬장님이다. 행복은 절대 그런 사람에겐 가지 않는다. 깊고 파란 하늘을 쳐다보니 행복이 끝없이 펼쳐져 있다.

온 가슴으로 행복을 적시다 마당에 있는 복동이가 컹! 컹! 빈 하늘을 물어뜯는 소리에 얼른 행복을 덮었다. 거기에도 행복이 컹컹 쏟아지고 있다. 행복의 '행' 자도 모르고 노예처럼 살다간 엄마가 또 하늘 문을 빼꼼 연다. 사색에서 화들짝 깨어나 정신을 가다듬고 거실로 들어간다.

시호랑이가 사랑방에서 신문을 탐독하며 시간을 태우고 있다. *아버님, 머 할 거 없니껴? 없다.* 눈도 떼지 않고 글줄을 읽어나가는 시호랑이를 보면서 생각한다. 이 시골에 살면서도 저리 신문을 매일 탐독해 보시니 너무 많이 아셔서 시어머니를 답답하게 생각하는 거야. 그래도 세상 돌아가는 걸 아시니 대화가 잘 돼서 다행이야. 혼자 생각을 길게 늘이며 밖으로 나온다. 갑자기 잊었다는 듯 등 뒤에 길게 말을 던진다.

에미야! 할 일이 있다. 단산장터 올라가야 하는데 다려 논 와이사쓰가 없다. 와이사쓰 쫌 다려다고. 야. 하고 방으로 들어가 장롱 문을 열고 와이셔츠를 다리려고 보니 낡고 누렇게 변해서 도저히 입을 수 없다. *아버님, 이거 몬 입겠니더. 왜? 여태 입고 댕겠다. 니 시어마이가 안 사주는데 우쨰노. 야.* 대답을 짧게 하고 목이 닿는 부분이 낡아 너덜거리는 와이셔츠를 보며 생각을 굴린다.

그리 멋을 내시는 분이 어찌 와이셔츠는 이리 무던하게 입으실까? 멋, 멋을 안다는 건 자신에게도 기분이 좋지만 남을 위한 배려다. 멋을 한껏 부린 사람을 보면 보는 사람도 기분 좋지 않은가. 시각이란 녀석은 더러운 것을 보면 인상을 찡그리게 되고 신 것을 보면 눈을 절로 감고 아름다운 것을 보면 마음도 활짝 핀다. 맑은 물을 보면 손을 담그거나 마시고 싶어지는 기운을 몸속으로 옮겨놓는 묘한 놈이다. 다림질하려던 와이셔츠를 그대로 옷걸이에 입혀놓고 방을 나와 시장으로 향한다.

영주 시내 기독교 병원 옆에 붙은 영주 재래시장엔 없는 것 빼고는 다 있다. 싱싱한 푸성귀부터 서울에서는 볼 수 없는 온갖 것들, 어릴 때 엄마가 연화동을 지나 큰 산에 가서 머리가 눌리도록 이고 왔던 향기 풀풀 나는 나물. 엄마가 얼마나 힘든지는 모르고 마냥 맛있게만 먹던 나물이다. 잔대싹 수리취 큰 산에서만 나는 유리대까지 옹기종기 모여 있다. 유리대의 특이한 향은 소백산이 아니면 맡을 수 없는 특이한 산나물이다. 그 나물들 위로 엄마 생각이 또 다녀가 눈물이 피잉 돈다.

얼마나 힘들게 살았을까? 얼마나 삶이 버거웠을까? 그때는 정말 몰랐다. 시집와서 아이 낳고 살아보니 이제야 엄마의 고된 시집살이가 생각나는데 엄마 힘들어서 어떻게 살았느냐고 물어보고 싶은데 엄마는 야속하게도 훌쩍 떠나 버렸다. 무엇이 그리도 급했는지, 엄마의 죽음에 대한 의심을 캐려고 그리도 뛰어다녔건만 알아낸 건 아무것도 없다. 그저 외삼촌의 말이 심장에 남는다.

니 어메는 너 집안에서 죽였다! 화살이 심장에 관통했고 엄마는 태어나면서부터 고생줄을 잡고 태어났다는 말을 듣고 방황만 하고 살았다. 아무리 방황을 해도 엄마에게는 겨자씨만큼의 도움도 주지 못했다. 참혹한 절규 같은 시간을 견딜 수 있었던 건 혼자 남아서 술로 세월을 보내는 아버지에 대한 연민인지 미움인지 그런 어정쩡한 생각 때문이었는지도 모른다. 그저 오빠 친구들과 오토바이를 타고 죽을 만큼 속도를 내며 달리고 달리고 또 달리며 엄마의 부재를 견뎌내고 있었다.

아무도 어떻게 살아야 한다고 말해주지 않았고 아무도 어머니의 부재에 대해 위로해 주는 사람도 없었다. 오롯이 혼자 힘으로 풍진 세상과 싸우며 살아야 했다. 아니 살아내야만 했다. 너무 슬픈 과거가 태풍처럼 밀려와 얼른 과거를 부러뜨린다.

초점 없는 눈으로 장을 돌다가 와이셔츠가게로 들어선다. 100 크기 와이셔츠를 고른다. 색깔별로 봉숭아색 노란색 주홍색 물색 나무색 황금색 흑색 일곱 가지 색을 고른다. *이거 다 사실라니껴?* 가게주인이 놀란 표정을 만든다. *야, 이거 전부 다 싸주소.* 하자 주인은 믿어지지 않는지 다시 한번 확인한다. *집에 먼 좋은 일 있으시이껴? 한꺼분에 이래 여러 개 사시는 거 보이요.* 너스레를 떠는 옷가게 주인에게 *야.* 짧은 말 한마디 던져주고 가게를 나온다.

거리엔 활기가 출렁인다. 소비도시인 영주는 풍기인삼 영주한우 영주사과 풍기인견 영주고구마 부석태 등 땅이 기름지고 산이 높아

무엇이든 심으면 당도도 높고 품질이 좋아 유명한 먹거리가 전국에서 가장 많이 줄지어 생산되는 곳이다. 비포장도로를 덜컹거리며 먼지를 일으키며 달려와 정류장에 멈춘 버스에 올라 창밖을 본다.

어릴 때 먼지를 펄펄 뱉어내며 달리던 시골길이 30년이 지난 지금도 먼지를 일으키지 않는 것 빼고는 산도들도 가로수로 심어진 무궁화도 사과나무 복숭아나무 뒷산도 모두 그대로다. 차창을 지나가는 풍경들은 어느 화가가 그린 그림보다 멋진 그림이라 생각하다 내릴 곳을 놓칠 뻔했다. 정신을 차리고 내린다.

시호랑이가 또 무어라 할지 생각하며 피식 웃는다. 버스에서 내려 집으로 걸어가는 길에 동네 사람들이 아는 척하며 반가움의 인사말을 건넨다. 참 정겨운 곳이라 느끼며 경치 좋은 언덕에 있는 2층 회색 집을 향해 부지런히 걸음을 옮긴다. 집에 오자 복동이란 놈이 몸을 발라당 뒤집고 덩치에 안 맞게 침을 질질 흘리며 애교를 부린다. *알았어!*

복동이는 집에서 기르는 족보 있는 맹견(盲犬)이다. 아주 똑똑해 밥을 주려고 하면 그릇을 물고 오고 악수하자면 앞발을 내밀어 악수하고 운동 가자면 목걸이를 물고 오는 영리한 개다. 복동이를 쓰다듬어 주고 거실에 들어온다. 아무 말도 하지 않고 집을 비운 사이 어디를 갔는지 찾았나 보다.

어데를 갔다 이래 오래 있다 오노? 영주 장요. 아버님 잠깐만 면회요. 왜 또? 일단 들어와 보시라니까요. 오냐. 알았다. 방으로 들

어온 시호랑이 눈썹을 꿈틀거리며 옷 봉투에 눈길을 던진다. *이게 뭐로? 와이사쓰요. 한 분 입어보시이소 맞는지? 그른데 머가 이래 많노. 맞니 한 분 입어보시라아깐요.* 주홍색이 맘에 드는지 주홍색 단추를 풀고 입어본다. *치수는 딱 맞다. 그른데 이게 다 뭐로. 멀 이래 마이 샀노. 니 지정신이라. 야가 정신이 나갔구만. 이게 대체 뭐로? 색색이? 아무꺼나 하나만 있으믄 된다. 잠깐만요 아버님! 저 정신 안 나가고 멀쩡하이까 잘 들어보고 말씀하시이소.*

흑색은 상갓집에 가실 때 있어야제요. 그래고 물색은 기본으로 있어야 하잖니껴. 그래 맞다. 그래믄 물색하고 흑색만 두고 낭거지는 가주가라. 잠깐만요. 또 멀? 지 얘기 쪼매만 더 들어 보시라이까. 봉숭아색은 한 주일 봉숭아맨치 좋은 일만 생게고 액이 물래가라고 월요일에 입으시고, 참고로 봉숭아색은 야리야리하고 예쁜 여자들이 좋아하니더. 주홍색은 화끈한 일 마이 생기라고 화요일에 입으시고, 참고로 신경질적인 여자들이 좋아하니더. 물색은 수수하게 물 흐르듯이 하루 지내가라고 수요일에 입으시고, 참고로 물색은 하늘하늘하고 가냘픈 여자들이 좋아하니더. 나무색은 나무 일에 목소리 높이지 마시라고 목요일에 입으시고, 참고로 나무색은 고고하고 파란 여자들이 좋아하니더. 황금색은 종일 좋은 일 황금맨치 생기라고 금요일에 입으시고, 참고로 황금색은 살이 많고 욕심이 많은 여자가 좋아하니더. 흑색은 토닥토닥 힘겨운 일 잠재우고 낮달맞이꽃맨치 환한 날 되시라고 토요일에 입으시고, 참

고로 흑색은 맴이 순결하지 못하고 시커멓고 욕심 많은 여자들이 좋아하니더. 그래이 잘 기억해 두섰다가 이래 요일에 맞차서 입으시라고요.

그래 입으믄 참말로 요일마다 그른 일이 생기나? 그러믄요. 그래이까 꼭 그래 입고 댕기시라고요. 누가 촌에서 그래 바까 입고 댕기노? 남들이 욕 안 할라? 남들 때문에 은제 아버님 하실 일 안 하신 적 있다고 새삼스릅기는. 그래 따지믄 이 촌에서 매일 넥타이 매고 댕기는 사램은 누가 있어요? 하기사 영주서 내 만큼 멋 부래는 사램은 없제. 가끔 멋 부리는 사램 있기는 하제만 암만 부래도 티도 안 난다. 어차피 가끔 있는 사램 중 하나라믄 이래 완벽하게 멋을 부래야제.

아버님 그래고 다방에 그 아버님 이쁘다는 마담 말이씨더. 왜 또 그 마담 애긴 뜬금없이 꺼내노. 아버님이 그래셨잖니껴. 예뻐서 커피 맛이 난다고. 그것 뿐이껴? 커피값보다 팁을 더 마이 주신다는 소리 들었니더. 얼굴에 어이없다는 표정으로 분장을 한다. 누구한테? 그걸 왜 알으캐드래야 하는데요? 야가 참말로 모르는 게 없네. 니 무서와서 어데 단산장터 올라가겠나. 지가 언제 몬 가시게 했다고 그래시니껴? 구데기 무서와 장 몬 담그실 아버님이 아이시믄서. 그래이까 젊고 이쁜 마담이 맨날 누리끼끼한 와이사쓰 입고 오는 늙은 사램을 좋아하겠니껴? 맨날맨날 말끔하게 갈아입고 댕기는 멋쟁이를 좋아하겠니껴? 그렇게 누리끼끼한 와이사쓰 입고

가시믄 주변 까짐 다 누리끼끼 하게 늙는다고요. 그래도 문장깨나 읊고 지방 유지라고 어깨에 뽕을 잔뜩 부풀리고 댕기시는 분이 여자 하나에 주눅 들고 겁낼 분 이이지만 여자가 주눅 들믄 아버님 곁에 가지도 않니더. 단산다방에 새 마담 오믄 기중 먼저 단골 삼으시는 게 아버님. 팁 제일 마이 주는 분도 아버님인 거 다 알고 있니더.

시호랑이 표정 위로 난감한 자막 한 줄 지나가더니 고드름처럼 싸늘하고 뾰족한 말을 툭 부러트린다. *시끄룹다. 야가 점점 저 어마이 들으믄 우쨀라고. 그래이까 제 말 안 들으시믄 그냥 확, 다 일러뿌래는 수가 있니더.* 뒤통수에서 정수리로 날뛰며 쏟아내는 며느리 말에 기가 막힌 시호랑이는 당신의 일거수일투족 치부를 들킨 것 같아 체면이 서지 않는 듯 말소리가 밤바다에 물고기 튀어 오르듯 펄쩍 튀어 오른다.

야가! 야가, 시애비한테 니는 우째 그래 할 말 몬 할 말 다하노? 친정에서 할머니와 어머니 아버지 사이에 흐르던 침묵이 너무 싫었던 숙명은 소통이 행복의 조건이라고 믿는다. 엄마처럼 그래 참고만 살지 않겠다고 다짐한 숙명은 자신의 성격대로 시아버지한테 할 말을 다 한다. 바른말이 말대답이라는 말은 벌써 먼 나라 이야기가 되어 떠나버린 것이다.

그래믄, 자식이 부모한테 몬 하믄 누구한테 하니껴? 그거사 그릏제만…. 알았다. 입으마 그래믄 됐제. 다시 마담 말 꺼내지 마라.

알았제. 아무리 그래도 시애비한테 할 말이 있고 몬 할 말이 있제. 그릏제만 없는 말 바느질하는 건 아니잖니껴. 그래도 도리라는 게 있제. 우째 그래 하고 싶은 말 다 하고 사노. 그게 때로 솔직해 좋을 때도 있제만 때로는 상대방이 기분 나쁘거나 입장 곤란한 말은 안 해야 될 때가 있는 거다.

그릏제만 속으로 꽁하고 속에 능구렁이가 사는 동 여우가 사는 동 모르게 말 안 하고 사는 것보다 낫다고 아버님도 솔직해서 좋다고 늘 그래 놓구선 이럴 땐 이래고 입장 곤란하믄 저래고 그래 부엉이 방구 끼는 말씸을 하시믄 어느 장단에 맞춰 춤을 추라고 그래시니껴? 머? 부엉이 방구 끼는 소리는 또 머로? 똥 꼬랑내 나는 말씸하신다고요. 시애비 말에 참말로 몬 하는 말이 없네! 야가. 그래믄 다른 말로 바까 드림씨더. 대추낭구 베락 맞는 소리로요. 대추낭구 베락 맞는 소리는 또 머로? 모르시믄 통과. 야가 참말로 점점 갈수록 태산이구만. 사램은 정도라는 게 있고 경우라는 게 있는 법이제. 그래믄 정도 따지시고 경우 따지시는 아버님은 경우도 정도도 하나도 없잖니껴. 야가 시방 머라 하노? 내가 멀 우쨌다고. 어머님한테 경우도 정도도 없이 소리 지르고 화내고 하시잖니껴. 또 왜 어마이 얘기는 하노. 니한테 안 그래믄 되잖나. 아버님, 옛날 같으믄 아버님은 어머님이랑 결혼도 몬 할 가문인데 아버님이 운이 좋아 결혼하시 놓고 그래믄 안 되시제요. 그래 그건 맞다. 내가 장개 들라고 처가에 갔디이만 글쎄 머슴이 다섯 밍이나 따라

붙드라. 그른데 왜 그래 큰소리만 치고 그래시니껴? 할매 할배 다 모시고 사시민서 고상하시는데 고맙다고 절해도 모자랄 판에 왜 그래 무시하고 소리 지르고 이비님 인격만 고매하고 어머님은 인격도 없는지 아시니껴? 지기 보기엔 어머님은 도통하신 분이씨더. 아버님이 화내시고 소리 지를 때마다 울매나 하찮고 우습게 보이겠니껴. 귀가 먼 것도 아이고 자근자근 좋은 말로 해도 다 알아듣고 잘할 텐데 완전 독재야 독재. 지구상에서 제일가는 독재씨더.

따발총처럼 쏘아대는 며느리 말에 혼이 나간 듯 멍하니 아무 말도 하지 않고 쳐다보던 시호랑인 체념을 하듯 고만해라. 그래믄 내가 멀 우째 해야 되노? 민주적으로 인격적인 대우를 해 드래라고요. 우째믄 민주적이고 인격적이란 말이로? 그때그때 알래 드릴께요. 오냐 알았다. 나는 니가 무습다. 내가 스탈린보다 더 독재라민서 그 독재가 무서워하는 사램은 조선 하늘 아래 니뺑에 없으이 니가 더 무순 사램이다. 아니 지는 정의로운 아버님 메느리 정의의 사자씨더. 그래, 정의롭기는 하제.

아킬레스건을 너무 심하게 건드렸나 싶어 와이셔츠 단추를 풀어서 다림질을 시작한다. 멍하니 바라보던 시호랑이는 혼잣말인지 며느리 들으란 말인지 후줄근하게 젖은 말을 한다. 나 참! 머라고 하싰어요? 아이다. 아무 말도 안 했다. 그른데 너 어마이한테는 머라 그랠래? 그건 지가 알아서 하니더. 다방 마담 만나라고 사드렸다는 말 안 할 테이까 걱정 안 하시도 되니더. 야가 시애비를 가지고 노나? 아니 무슨? 감히요. 아버님이 지한테 놀래주시는 거제요. 그래 내 잘못이다. 알았다. 구엽다 구엽다 해놨디이…. 이거 여게 옷걸이에 쭈욱 걸어놨으이 요일요일 다르게 입고 댕기시믄 되니더. 요일 바꾸믄 안 되나? 안 되니더. 순서를 바꾸믄 운도 바까지고 기분도 달라지고 꽝! 이 된다고요. 꼭 순서대로 입으시믄 멋쟁이라 소리 듣고 영주에서 기중 멋쟁이 되실 거씨더. 다방 마담 식당 주인 다 아버님 좋아할 게씨더. 야가! 야가! 참 아버님 여게 옷걸이에다 펜으로 표시해 놓으시소. 아이다, 옷걸이에 표시했다가 너 시어머이가 심술이 나서 바까뿌래믄 헛일이다. 내가 치부책에 색깔별로 요일 표시해 놓고 입고 댕그마. 그래 일주일 내 좋은 일이 생기믄 지한테…. 알았다 먼 말인동 내 좋은 일 생기믄 니한테 용돈 주마, 그래믄 됐제? 우와 역시 우리 아버님은 따따봉이야! 그게 먼 말이로? 세계 최고 멋진 분이라고요. 그래? 눈썹이 꿈틀 송충이가 기어갈 준비를 하듯이 털을 세운다.

그러나 입가에는 연녹색 웃음이 어느새 푸르르 솟아난다. 모두 다려놓고 시아버지랑 말씨름하다 보니 어느덧 저녁이 온다. 저녁이 되자 시어머니가 외출에서 돌아온다. 어머님 인제 오시네요? 그래, 집에 있었나? 아이요. 영주 장에 가서 아버님 와이사쓰 사 왔니더. 다 떨어져서 두고 입으시라고 여러 개 사다 놨니더. 하나만 사제 돈 없애고 머 하로 여러 개 사노? 두고 입으시믄 되제요. 옆에 있던 시호랑이 한마디 거든다.

아 글쎄 필요 없다고 갔다 물리래도 말을 안 듣네. 사 왔으믄 그냥 입제 일부로 가서 사왔으이 그냥 입으소. 시호랑이 눈썹이 꿈틀 치켜 올라가며 아내의 얼굴을 힐끗 쳐다본다. 속으로 찔리기는 하나 보네 생각하며 밖으로 나온다.

하늘을 보니 지상에 있는 꽃물들이 어느새 하늘에 올라가 온 하늘이 붉은 꽃물로 출렁이고 있다. 저 붉은 꽃물도 출렁이고 출렁이며 새끼를 치고 또 새끼를 치고 번식을 하고 사라지겠지. 늘 백지 상태에서 시작하는 생, 태어나면서부터 실전을 향해 걸어가야 하는 인간이란 지능적 동물은 도대체 무엇인가? 왜 의견을 조율하고 하고 싶지 않은 일을 해야 하고 자유를 구속당하고 인간의 정의는 어디까지인가.

인간 간의 정의는 자로 잴 수도 없다. 척도를 알 수 없는 인간의 심리. 이리 보면 이것이 옳고 저리 보면 저것이 옳고 다시 보면 이것도 저것도 다 옳고 다시 보면 이것도 저것도 다 틀리고 틀린 것을 또 옹호하는 말은 다른 것이라 정의를 지운다. 미궁 속으로 끝없이 파고드는 생각의 미로, 방향 잃은 분노들은 어디서 떠돌다 행간의 숲속으로 사라지고 마는가. 투둑투둑 마른하늘에서 빗방울이 떨어진다.

인간관계도 이런 것이리라, 금방 맑았다 흐려지고. 더러워진 마음 삶고 빨아 하얗게 옥상 빨랫줄에서 말라가는 것. 빨랫줄은 바지랑대가 받쳐주고 빨래집게들은 이구동성으로 한 두름으로 엮여서 (~~*A A A A A A A A*~~) 입을 앙다물고 거센 바람에도 날아가지 않게 빨랫줄을 보호해 주겠지. 하늘이 다 마를 때까지 펄럭이겠지. 그리고 내일은 나아지겠지. 내일은 행복해지겠지. 내일은 멋진 인생이 되겠지. 내일을 기다리며 믿으며 살다 하얗게 닳아가다 결국 내일은 오지 않고 홀로 아무도 손잡아주지 않는 곳을 뚜벅뚜벅 걸어서 장맛비처럼 후줄근하게 때론 햇살처럼 활짝 맑게 아기의 앞니처럼 하얗게 돋았다 사라지는 것이 삶이라고. 새빨간 거짓말 같은 삶이 생이라고 끝끝내 끝내고 싶지 않지만, 끝끝내 끝내야만 하는 게 인생이라고 바람과 주고받으며 흔들며 흔들리며 사라지겠지.

모순과 부조리

두 눈과 두 귓속으로 봄 소리가 초록초록 흘러들어오고 있다. 툇마루에 러닝셔츠 바람으로 앉아있는 시호랑이 겨드랑이에 털이 수북수북 마치 솔처럼 돋아 있다. 머리도 눈썹도 하얀데 겨드랑이 모는 새까맣다. 호기심으로 돌돌 뭉친 생각이 꿈틀거린다. 보자기에 싸였던 보따리를 풀고 궁금증을 꺼낸다. 생각날 때 무엇이든 물어봐야지 엄마처럼 공소시효가 지나버리면 먼지 한 톨만도 못하다는 생각을 하면서 시호랑이 옆에 다가가 앉는다.

그때 엄마가 살아 계실 때 조금만 더 엄마 말을 잘 듣고 엄마에게 다정하게 대했다면 이렇게 가슴이 아프지 않았을 텐데. 오빠가 남동생들은 그렇게 엄마에게 다정다감하고 엄마를 많이 도와주는데 딸인 나는 엄마에게 아무것도 도와주지 않고 말썽만 부렸다. 왜 그랬을까? 엄마가 이렇게 빨리 갈 줄 알았다면 조금이라도 가슴이 덜 아프게 엄마에게 대했을 텐데. 생각하니 돌이킬 수 없도록 인간의 생을 만든 조물주가 너무도 원망스럽고 미련한 자신이 너무나 싫었다. 얼른 생각을 엄마에게서 끌고 나온다. *아버님 궁금한 게 있는데요. 궁금하믄 물어보믄 되제. 대답해 주실거믄 여쭤보고 아니믄 말 안 하고. 야가! 말을 들어봐야 대답을 하든지 안 하든지 하제. 그래믄 안 할라니더. 말을 꺼내놓고 도로 주 담는 벱이 어딨노. 얘기해 봐라.*

우물쭈물하는데 시호랑이가 눈길 도랑 물꼬를 이쪽으로 튼다. *머가 궁금한 동 얼릉 말해 보그라. 대답해 주실 거제요? 내가 은제 대답 안 해 준 거 있나? 멀 가주고 그래 뜸을 들애고 그래노? 아버님, 멀꺼디도 하얗고 눈썹도 하얗게 물들었는데 겨드랑이는 왜 까매요? 그래믄 남자들의 그곳 아랫도리 호두나무밭이나 고추밭 주변도 나이가 들어도 까만니껴? 겨드랑이만 까만니껴?* 시호랑이 표정이 난색으로 변한다. *야야야 야가 시애비한테 벨걸 다 물어보네. 그래믄 그른 걸 누구한테 물어봐야 되니껴? 지내가는 사램 붙잡고 물어볼 수도 없고요. 내 참! 살다가 벨 일을 다 보네. 시간이 흐르믄 다 하얗게 센다. 됐나? 아하! 그롷군요. 궁금해서요.*

벨게 다 궁금하다. 아무튼, 니는 희얀한 아 다. 근데 왜 아버님은 눈썹하고 머리는 하얗게 염색한 거 같은데 겨드랑이는 까매서요. 시호랑이는 눈썹을 꿈틀하더니 휙 일어나 방으로 들어간다.

아무렇지도 않게 햇살은 반짝거리고 궁금증은 확, 풀리고. 시호랑이는 방으로 들어가 생각한다. 틈만 나면 무엇이든 물어보는 저 며느리를 맹랑하다고 해야 하나 솔직하다고 해야 하나 당돌하다고 해야 하나? 내일 새벽에 노인회 회장을 만나서 물어보기로 한다.

새벽 동이 트기도 전에 노인회장 집으로 간다. 노인회 회장은 *우짼 일인고 우리 집에? 내 하도 기가 맥해서 회장님한테 상의 쫌 할라고 왔네. 또 메느리가 오싰구먼. 그래 맞네. 그른데 나 참 어이가 없어서 도대체 우째야 될 동 생각이 안 나네. 내가 메느리한테 휘둘리는 거 같기도 하고 구엽기도 하고 내 겁나는 사램이 없는데 참 살다가 메느리가 젤로 무섭네! 어이구 자네가 무서운 사램도 있구먼그래, 자네 메느리는 핵교 댕길 때부터 보통이 아이었네. 우리 선상님들도 손발 다 들었다네. 자네 메느리 집안이 본래 한문학자 집안이고 머리가 좋은 집안 아인가? 우째 보믄 건방진 듯해도 잘 생각해 보믄 틀린 게 없으이 우째는고? 그래믄 자네가 선상질 할 때도 그래 난감한 적이 있었는가? 말도 말게 이 사램아! 내가 곤란한 일이 한두 개가 아니었네. 머어가 그래 곤란했는고?*

잔네 메느리가 2학년 때 제 암매, 어느 날 시험지를 들고 교무실에 들고 들어왔제. 머냐고 물으이 개나리 한 주먹을 꺾어 뒤에 감

추고 와서는 하는 말이 선상님 이거 보소, 지끔 가을인데 개나리가 이래 피 있잖니껴? 개나리는 왜? 하고 담임 선상이 무르이 그른데 왜 1번 하고 3번하고 답을 쓴 시험문제를 틀렜다고 하니껴? 그래서 시험지를 보이 글쎄 문제가 '개나리는 언제 필까요? ① 봄 ② 여름 ③ 가을 ④ 겨울'이 문제네. 자네는 답이 머라고 생각하는가? 이 사람 날 바보로 아는가? 당연히 1번 봄이제. 그래이 자네도 우리도 어린 아 들 머리를 못 따라가네. 그래 그 문제 정답이 1번이 아닌 사램은 전부 틀렜다고 채점을 했는데 자기는 이것 때문에 올백 점 못 맞았다민서 가을에 피어 있는 꽃을 꺾어 들고 와서 항의를 하이 우리도 난감했네. 이 어린 2학년한테 머라고 설명을 할 수가 없었다네. 그래 하는 수 없이 1번과 3번 쓴 사램도 맞다고 해줬는데 그게 거게서 끝나지 않았다네. 지 짝꿍은 3번을 썼는데 틀렜다고 또 와서 따지니 우째는고 다 맞게 해줬제. 자네는 절대로 갸를 이겔 생각하지 말게. 아주 논리적이고 거침이 없어. 학자 집안의 손녀가 돼서 누구도 그 지혜를 못 따라오네. 내중에 크게 될 줄 알았디이만 우째 대핵을 안 가고 자네 집에 시집을 갔제만, 보통아 는 아이란 말이쎄. 자네 절대 메느리를 이겔라고 하지 말고 메느리 말에 따라주게. 경우 없이 그래는 아는 아이쎄. 지 아부지 엄마가 안죽 살아있으믄 자네 집에 시집 보냈을 꺼 같은가? 이 선상이 그래 목을 매도 대답을 신통하게 안 했든 사램이쎄. 그레이 자네가 잘 생각해서 메느리를 길들엘 수 있으믄 길들에고 안 그래믄

아예 메느리하고 소통을 하는 게 자네가 배울 게 더 많을 걸세. 알았네. 그만 가봄세. 시호랑이는 노인회장의 말을 듣고 할 말을 잃고 멍하니 쳐다보다가 그냥 발길을 돌린다. *아이 자네 먼 할 말 있다고 왔잖는가? 그른데 왜 암말도 안 하고 그냥 가는고? 아이 아이 됐네. 담에 와서 함세. 오늘은 얼릉 가봐야겠네. 그래 그래믄 살피 가게. 거 메느리한테 너무 이길라고 하지 말게. 자네 머리로는 절대 몬 이게네. 내가 6년을 겪어보고 하는 말일세. 알았네, 얼릉 일보게.*

무엇에 쫓기듯이 발길을 집으로 돌리면서 시호랑이는 그래 손주녀석은 지 에미 닮아서 지혜롭겠구먼. 우리 집처럼 직선이고 고딕체가 아이고 좀 유머도 있고 지혜도 있고, 그래 하나를 얻으려면 하나는 버려야지 모두 얻는다는 건 욕심이지. 며느리한테 늘 당하면서도 결국 결과는 승복하는 이유를 공부해야겠다고 다짐을 하다가 노인회장 말을 듣고 이제 며느리와 함께 소통하면서 지내는 게 더 나을 것 같다는 생각을 하면서 집으로 발길을 돌린다.

미지근한 바람 고삐에 끌려 몸이 휘어진다. 으스스 떨리는 나뭇잎 소리에 마음이 시고 푸르고 달고 제멋대로 맛을 바꾸고 있다. 그래 내 이야기로만 살아온 세월이 너무 길었는지도 모른다. 그렇다면 남은 인생은 젊고 현명한 며느리와 이야기를 나누면서 사는 것도 좋다는 생각을 한다. 나 혼자 사는 것은 아니다. 누군가와 마음 맞는 누군가가 있다면 인생도 물소리 끼고 걸어가는 길이 될지도 모른다는 생각을 한다. 잘 사는 생이란 차가운 살이 아니라 따뜻한 훈기인지도 모른다. 어디서 풍경 소리가 들린다. 며느리의 말이 풍경처럼 달랑달랑 들려온다. 사방 어디를 둘러봐도 오래 입던 옷이고 오래 쓰던 물건들 하나도 새로울 것 없이 그저 그렇게 지내던 시간을 홀딱 뒤집어엎고 새롭고 싱싱한 잎을 틔워 마구 흔들어대는 듯한 며느리. 이제 며느리의 행동을 이해하며 살아야겠다며 주머니처럼 자꾸 생각을 뒤집어본다.

어쩌면 나를 낯선 공간으로 데리고 가 새로운 세상을 구경시키는 동반자가 될지도 모른다. 그리고는 함께했던 시간을 반려하고 서로 다른 생을 함께 걸으며 생각지도 못했던 일들이 바글바글 살아나게 할지도 모른다. 시호랑이는 새로운 길에 동반자가 생긴 것 같아 혼자 허허 웃는다.

집에 도착하니 며느리가 뛰어나온다. *아버님 새빅부터 어데를 댕게 오시니껴?* 노인 *회장댁에 댕게 왔다 왜 날 찾았나?* 아이요, 밭에도 안 *계시길래 아직부터 어데를 가셨는지 궁금해서요. 그 선상님 댁에는 머하로 그래 자주 가시니껴? 왜 니 그 선상한네 잘몬 한 거 있나? 아니 지가 머얼 잘못하니껴? 그래고 철모를 때 잘못도 하고 그래제 신경 안 쓰니더. 또 돈 애기 하시제요? 돈은 먼 돈? 아 아니믄 됐니더. 먼 돈?*

3학년 땐가 우리 반 아 가 돈을 가주고 핵교 왔는데 잃어뿌랬다고 울었는데 선상님께서 우리 반 전체 다 눈 감꼬 있으라고 하고

교탁 앞에 종이 상자를 놓고 한 밍씩 돈 가주고 간 사람 있으믄 아무도 안 보니까 그 속에 넣으라고 했제요. 만약에 돈 안 넣으믄 운동장 토끼 뛰기 열 바쿠라고 해서 지는 죽어도 뛰기 싫애서 지 돈을 그 통 속에 넣었제요.

그래믄 벌 안 받을 동 알았는데 나중에 선상님이 교무실로 지를 불러서 니가 돈 훔쳤냐고 물어서 아이라고 운동장 토끼 뛰기 하기 싫애서 그랬다고 했제요. 그래믄 벌 안 받을 줄 알았는데 선상님은 이상한 사램이었니더. 돈도 안 훔칬으민서 화장실 소지 복도 소지 하기 싫고 토끼 뛰기 하기 싫다고 상자에 돈 넣었으이 더 혼나야 한다민서 손바닥까지 맞았니더. 담임 선상님은 미련 죽탱이 같은 선상님이었니더.

시호랑이 길들이기

7

노인회장님이 그때 교장 선생님이었는데 교장실로 불래 내서 그룹게 소지하기 싫드냐고 물었제요. 그래서 지 혼자만 아이고 우리 반 다 토끼 뛺도 싫에 하고 복도 소지도 싫에 한다고 그래서 지 돈 내고 우리 반 다 벌 안 받으믄 좋겠다고 생각해서 그랬다고 했제요. 그래서? 그랬디이만 담임 선생님은 손바닥을 때리싮는데 교장 선생님은 착하다고 머리를 쓰다듬어 주싮니더.

그 말 아버님한테 또 꼰질랬나 싶어서요. 아이따. 그른 말은 한 마디도 안 하고 니가 대단하고 머리 좋다고 칭찬하드라. 진짜로요? 그래믄 내가 니한테 머하로 거짓뿌렁하노. 아버님, 나이를 먹고 익어간다는 것은 삶 속에서 지혜를 축적하는 일이라고 생각하니더. 지혜가 축적된다는 것은 곧 쪼매 어설프고 버르장머리 없고 풋내가 나드래도 그걸 이해해 줘야 되는 거씨더. 만약에 나이를 먹고 익어가는데 인제 막 맺혀서 동글동글 익어가는 것들을 떫다 풋내 난다 너무 철없다 하고 타박만 하믄 익은 것과 떫은 것 사이의 긴 여백과 충돌은 갈수록 자꾸 새끼를 낳아 결국 정신적 공황장애가 오니더. 그릏게 되믄 익은 과일도 떫은 과일도 전부 혼란스러운 불행을 자초하고 마니더. 그래이 인제는 시대가 마이 빈했음을 인정하는 어른들이 아들을 쪼매 모자래도 쪼매 버르장머리 없이 굴어도 사랑으로 감싸민서 가르치야 되제 어른들의 위엄만 세우믄 결국은 갈등으로 인해 정신적 파괴가 오니더. 그래이 아버님은 자꾸 동년배인 선상님 만내서 말씸해 봐야 그 시선으로 보기 때문에 같은 높이의 답만 나오니더.

그래믄 속이 터져 죽겠는데 우째란 말이로? 이 풋풋하고 떫은맛 나는 메느리는 아끼 뒀다가 구워 잡술라니껴? 삶아 잡술라니껴? 지하고 서로 대화하고 풀어 나가믄 되제 같은 또래하고 백날 말씸해 봐야 그 나물에 그 밥이 되고 마니더. 아버님 이른 말 있잖니껴? 너무 노쇠하믄 기업도 망하고 나라도 망한다는 말, 그때 하는 말이 머라고 하는 동 아니껴? 내가 그걸 우째 아노? 잘 생각해 보시믄 금방 생각이 날께씨더. 그때 이릏게 말하제요. 젊은 피를 수혈해야 한다. 젊은 인재를 수혈해야 한다. 그 말이 왜 있니껴? 마이 모자래지만 모자래는 만큼 채와서 쓸 수 있으이 그게 넘치는 거보다 난데 사램들은 그걸 잘 모르잖니껴? 컵에 물이 반쯤 담게 있으믄 나머지는 아버님 맴대로 찬물이든 뜨거운 물이든 부서 온

도를 맞출 수 있제만, 찬물이나 뜨거운 물을 꽉 채워 완전히 찬 컵이믄 아버님 원하는 온도대로 맞추기 불가능하잖니껴? 선상님은 집에 비하믄 꽉 차 있기 때문에 아버님께서 채울 게 한 개도 없제만 지는 모자라고 버르장머리 없는 허점투성이래서 그 비어있는 걸 아버님 매대로 채와서 쓸 수 있으이 울매나 좋니껴?

시호랑이는 며느리 말을 고요하다 못해 적막하도록 경청하고 있다. 그리고 한마디도 하지 않고 며느리를 쳐다본다. 민망해진 나는 *아버님 지 얼굴에 머 묻었니껴?* 하고 물었다. *아이 아이 아무 꺼도 아이따. 니는 우째 모르는 게 없노?* 시호랑이는 속으로 나이가 젊은 며느리가 부럽다. 자신도 저런 시절이 있었지만 한 번도 저렇게 당당하고 논리적으로 누구에게도 말해보지 못하고 살았는데, 하늘 같은 시아버지인 자신 앞에서 저렇게 할 말 못 할 말 심지어 교육하는 듯한 말을 다 하는 며느리가 한없이 부럽다는 생각을 한다.

그런 생각을 하는 시호랑이에게 *아버님 지 말이 맞제요? 또 교장 선상님 댁에 가서 물어보실라믄 물어 보시이소. 얼릉 아직 먹고 가시서 물어보시야지요 아버님 우리 얼릉 아직 먹어요. 말을 마이 했디만 배가 고파 돌아가실 것 같니더. 머? 돌아가실 것 같애? 누가? 지가요? 니가 니 보고 존댓말로 돌아가신다고 시애비한테 말하나? 그르믄 머라고 해야되니껴? 그래 핀잔 주지 마시고 하나하나 아버님 컵에 아버님 맴에 들게 채와 가시라니까요! 됐다, 아직이나 먹자.*

시호랑이는 아무리 생각해도 자신의 마음 중심을 잡을 수 없다. 국에다가 밥을 말아서 밥이 코로 들어가는지 입으로 들어가는지 습관적으로 먹고 일어나서 다시 교장 선생 집으로 발길을 돌린다. 그런 시아버지 등 뒤에 대고 나는 또 한마디 던진다. *참말로 아버님은 몬 말리니더.* 던져놓고 습관적으로 교장 선생 댁으로 향하는 걸 보며 습관이란 참으로 무섭다는 생각을 한다. 『후한서(後漢書)』에 나오는 습관의 힘, 무의식적인 반복의 힘이란 무서운 것이라는 걸 시호랑이가 증명하는 듯했다.

후한 시대 양진(楊震)이란 관료가 젊었을 때 애첩이 있었다. 그는 관직에 오른 후에는 그 첩을 멀리하고 정실과 함께 살겠다고 마음먹었다. 어느 날 고향 근처에 말을 타고 지나가게 되었다. 그런데 말은 무의식적으로 방향을 틀어 예전에 애첩이 살던 집으로 가는 것이었다. 양진은 이렇게 말했다. *이 말이 예전 습관을 잊지 못했구나.* 이 일화를 전해 들은 사람들은 이 말을 인용하여 몸은 달라졌어도 습관은 무의식적으로 남아 삶을 지배한다고 하더니 시아버지도 이제 무슨 일만 생기면 교장 선생님 집으로 자동으로 발길이 돌려지는 걸 보며 웃음이 나왔다. 싱그러운 웃음이 차돌처럼 하얗게 번졌다. 시아버지의 뒷모습이 완연한 봄빛 같다는 생각을 하며 하늘을 올려다본다. 하늘은 맑고 새들은 즐겁게 노래하고 있었다. 밭둑 길을 걸어가는 시아버지의 뒷모습은 마치 한 편의 영화처럼 처연하게 보였다.

변강쇠

추석 명절이다. 혹시 아이들 데리고 운전하다가 사고라도 날까 봐 기차를 타고 시아버지도 시어머님과 함께 서울로 명절을 지내러 오신지 벌써 몇 년째다. 자식들이 모두 서울에 사니 다섯 자식이 내려가는 것보다 올라오는 편이 여러모로 편리하다는 이유로 명절 때가 되면 서울로 오신다. 아침을 먹은 후 연극을 보러 가자고 권한다. 시아버지와 연극을 본 지 꽤 오래되었기에 함께 연극을 보고 싶었다.

아버님, 연극 보러 가실라이껴? 연극? 그래 보러 가자. 연극 제목이 무언지 묻지도 않고 선뜻 가자고 따라나선다. 시호랑이 팔짱을 끼고 집을 나선다. 연극 제목이 무엇인지 묻지도 않으니 말해 줄 필요도 없다. 영화든 연극이든 함께 보는 건 무조건 좋아한다. 시호랑이는 기분이 좋아 보이신다. 함께 팔짱을 끼고 집을 나선다. 극당 마당엔 예행연습이 한창이다. 예행연습이 끝나고 극이 막을 올렸다. 유명배우가 나와서 북채를 자기 소중한 주장자에 들이대고 흔들며 다니고 있다.

시호랑이는 아무 말도 없이 밖으로 나가버린다. 들어오겠지. 한참을 보고 있는데 시호랑이 들어와 뒷좌석에 앉더니 또 밖으로 나간다. 잠시도 가만 못 있고 들락날락한다. 모르는 척 아무렇지도 않게 연극을 끝까지 보고 나온다. 며느리를 향해 시호랑이 눈썹이 성성하게 치켜 올라간다. *야가 낯 뜨겁그러 이런 걸 시애비 보고 가치 보자고 하는 아가 어데 있노!* 붉으락푸르락 목소리가 주위 사람들이 쳐다볼 만큼 커진다. *여게 있제 어데 있기는요. 왜? 머가 어때서 그래시니껴?* 아버님이 이상하시제 *지는 아무릏지도 않게 잘만 봤구만요. 참말로! 이제 내보고 연극인지 나발인지 보로 가자는 소리 다시는 하지 마라. 알았니더. 워커힐 호텔에서는 더 야한 거도 보셔놓고 이까짓 거 가지고 연극은 연극이제.*

아버님도 촌사램은 촌사램이씨더. 그래믄 도시 사램은 시애비하고 저른 거 보러 여사로 댕긴다 말이라. 그러믄요. 연극은 연극이고 영화는 영화제 현실하고 착각하는 아버님이 이상하제 머 어때서요. 그래믄 내가 촌영감이라 이 말이라? 그릏제요. 인제 다시는 아버님하고 연극이고 영화고 보러 안 댕길게씨더. 나도 인제 안 댕길란다. 아무리 연극이래도 그릏제. 멀 그른 걸 연극이라고 돈 주고 보고 앉아있노 낯 뜨겁그러. 아버님매로 고루한 사고방식이믄 이 시상 문화생활은 다 없어저야 하제요. 아버님 다방 마담하고 어머님 몰래 놀러 댕기시는 거 영화로 찍으믄 이거보다 더 야할 걸 멀 이까짓 거 가지고 그래요. 야가! 야가! 또 그 얘기는 여게서 왜 나오노?

그래이까 아버님은 촌스러운 거라고요. 오냐 그래 촌영감이라고 불러라. 아버님! 영감은 조선 시대 정2품 이상의 판서 등 당상관을 영감이라 부르는데 아버님을 왜 영감이라 불러야 되니껴? 참말로 니는 우째 모르는 게 없노? 촌 노인네라고 불러라. 안죽 늙지도 않

았는데 노인은 머언. 그래믄 니 부르고 싶은 대로 불러라. 진작에 그래 나오실 것이제. 아버님 때문에 연극 본 기분 망쳤으이까 아버님이 저녁 사야 되니더. 지는 꼼짝도 안 하고 볼 거 다 보고는 왜 내 보고 내 때문에 망쳤다 그래노? 아버님 디갔다 나갔다 하이까 신경 쓰느라 집중이 안 됐다구요. 알았다. 저녁 사주마. 머 멀라노? 기중 비싸고 맛있는 거요. 저녁 얻어 먹었다 소리 듣기는 마찬가지인데 최대한 비싸고 맛있는 걸로 먹을라니더. 오냐, 사주마.

저녁을 먹으러 가다가 칼국수 집으로 들어간다. 비싼 거 멍는다고 해놓고 이게 비싼 거라? 비싼 거는 벌써 아버님이 말로 사주셨잖니껴. 그래이 인제 맛있는 거 멀라고요. 니 내가 칼국시 좋아한다고 칼국시 머로 들어왔제? 바로 말해라. 아이요. 지가 머꼬 싶어서요. 아이다, 내가 니 속 다 안다. 나를 속이니 구신을 속에라. 그래믄 아버님 기분 좋을 대로 생각하시든가요. 바지락 칼국수를 시킨다. 시아버지도 출출했는지 칼국수를 맛있게 드신다. 국수를 먹고 팔짱을 끼고 집으로 발걸음을 옮긴다.

시호랑이는 다음부텀 니하고 절대로 연극이고 영화고 안 볼 테이 날보고 가자소리 하지 마라. 알았니더. 지도 안 가믄 좋제요. 안 가시믄 지가 사정하고 애걸복걸 울민서 매달릴 줄 알고 그래시니껴? 그렇게 옥신각신 말싸움을 하며 집으로 온다. 밤은 또 햇빛의 꼬리를 잘라 먹으며 이쪽으로 걸어오고 있다.

고양이 잡아먹는 쥐

시간이 줄줄 새고 있다. 새어나간 이 시간들이 모이는 곳은 어딜까? 골똘히 생각에 잠겨 팔짱을 낀 채 움직이지도 않고 벽에 기대고 있다. 느닷없이 또 어디서 북풍한설이 불어올지 설마. 아니 어쩌면 폭풍이 불지 않는 것이 더 이상하게 생각된다. 생각을 풀고 눈길은 번개처럼 소리 나는 곳으로 향한다. 무언가 단단히 각오한 동작으로 당차게 뛰어나간다. 아무 말 없이 시호랑이가 으르렁대는 소릴 듣고 있다. 너무 차분하게 듣는 게 도리어 주위를 더욱 경직시킨다.

시어머니는 절절매면서 시호랑이 다리를 주무르고 있다. 시골에 올 때마다 늘 긴장의 연속인 가족들이 좀 평화롭고 화목하게 지내기 위해서는 며느리인 내가 십자가를 질 수밖에 없다고 생각을 한다. 이번에도 예측한 대로 또 사건이 벌어졌다.

시호랑이가 가끔 쥐가 날 때 먹는 약을 사 오라고 했는데 그날도 잊어버린 것이 화근이 되었다. *단산장터 올라갈 때만 해도 생각했디이만 그래 깜빡 잊어뿌래는 동 우째니껴 낼 다시 올라가서 사가주고 올 테이 오늘 밤만 잘 참아보소. 그따우로 정신머리 없이 살아. 약 안 사 올 거믄 장터는 머하로 올라가 씨잘데기없이, 집에서 일이나 하제.*

시어머니는 무슨 죄라도 지은 사람처럼 시호랑이에게 말했다. 쥐

나는 것이 어머님 잘못도 아닌데 약 사오는 걸 잊어버렸다는 이유 하나로 다리를 주무르면서 죄인처럼 굴었다. *저리 비켜!* 하고 시호랑이가 어미님을 떠미는데 갑자기 또 머리 가마솥 뚜껑에 김이 펄펄 끓어올랐다. 어떻게 복수를 하고 어머님께 함부로 대하는 걸 고칠까? 생각하고 있는데 시호랑이 쥐가 멈췄는지 *적이나 먹자!* 말은 밖으로 내보내고 문을 쾅 닫는다.

부엌에 온 며느리를 쳐다보는 시어머니 *에미야! 너 시아바이한테 아무 말도 하지 마래이. 내가 장터갔다가 약 사는 걸 잊어뿌래 신경이 사무루와 있는데 건드래믄 큰일 난다. 저 양반 성질 니 몰래 그릏제 저 앞산이 너 시아부지 소리 질러 무너졌다고 소문 났데이. 내가 적상 들고 들어갈 테이 니는 여게 있그라.* 낭패스러움을 미리 막기 위해 시어머니가 밥상을 들고 들어간다.

상을 들고 들어가는 시어머니 뒤를 쫄랑쫄랑 따라 들어간다. 내가 아무 말도 안 한다는 말을 할 틈도 없이 일방적으로 문이 닫히는 소리가 난다. 며느리가 또 남편의 염장을 지를까 걱정이 된 시어머니는 조심스럽게 상을 내려놓는다. 문을 살며시 열고 들어간다.

시호랑이는 아무 말 없이 국대접에 밥을 푹 말고 젓가락으로 명란젓을 집어 먹는다. 별다른 감정이 없다. *아버님 짜게 드시면 해롭잖니껴. 싱겁게 쪼매 더 싱겁게 드시제.* 밥상 앞에 바짝 다가간다. 어이없다는 듯 젓가락을 상에 놓으며 *니 내한테 할 말 있나? 왜 밥도 안 먹꼬 헛소리 해쌌노?* 시호랑이는 고개를 들어 힐끔 쳐다본다.

야 헛소리가 아이고 꽉 찬 소린데요. 아버님 천둥 안 치시믄 말씀드랠 게 있니더. 천둥 치시믄 말 안 할게씨더. 먼 말인데? 아버님 쥐 나는 데 특효약이 있다는 소문을 듣고 갈캐드랠라고요. 그래? 특효약이라이 내 쥐만 안 나믄 살 거 같다. 그래믄 지하고 약속 하나만 해주시믄 직방으로 낫는 약 갈캐드리께요. 그쎄 내가 우째믄 특효약을 갈캐주노? 아버님 목소리는 늘 천둥이잖니껴, 여름내 천둥 치믄 1년 농사만 망치믄 되제만 아버님 목소리 천둥은 온 식구들 평생 멍들어요. 지는 시집온 지 울매 안 되는데도 아버님 천둥소리에 가심이 무너지고 오금이 저리고 심장 다 오그라들었는데 그 피와 살을 다 말래는 가족들 생각을 해보싰니껴? 아니 상상이나 해 보싰니껴? 우리 민주적으로 살았으믄 좋겠니더. 평화꽃을 심고 싶다고요.

그래 말해보그라, 내 소리 안 지르마. 그것 보세요. 안죽도 위협적 색깔 말씀을 하시잖니껴. 그래믄 안 갈캐드릴라이더. 먼 약인데 답답하게시리. 알았다. 그래 소리 안 지르마. 얼릉 특효약이 먼동 알캐다고. 야! 특효약은 다리에 쥐가 나믄 야옹! 야옹! 하고 나비(고양이)를 부르믄 되니더. 나비를 나비로 꽈서 약해 멍는다 소리는 들었다만 꽈서 멍는 게 아이고 야옹! 야옹! 나비를 부른다고 쥐가 안 난다이, 내 안만 생각해도 이해가 안 간다. 아버님 잘 생각해 보시이소. 집집마다 쥐가 버글버글 곡식을 다 파먹으믄 나비 한 마리 키우믄 쥐를 다 잡아먹잖니껴. 그래이 다리에도 쥐가 사니까

자꾸 쥐가 안에서 다리를 찍찍 깨무니까 쥐가 나잖니껴. 쥐가 기중 무수와 하는 게 나비니 야옹! 야옹! 하고 나비 소리를 내믄 쥐가 기겁하고 찍찍 대민서 도망가는 게 당연하제 머얼 첨 듣는다고 하시니껴?

시호랑이는 입에 물고 있던 물을 다 뿜어내면서 웃는다. 시어머니도 웃음을 참지 못하고 크게 웃는다. 웃음소리를 한 번도 듣지 못했던 시어머니가 소리내 웃는 것을 기적이라 생각한다. 시아버지는 *내가 졌다. 니가 이겠다 이겠어! 내 두 손 두 발 다 들었다.* 구름이 무슨 일인가 하고 창문으로 빼꼼 들여다보고 있다.

시아주버님

제수씨 나 참말 쪽 팔래서 못 살겠니더? 밑도 끝도 없이 집으로 찾아와 마루 끝에 걸터앉아 말을 던지더니 *지 냉수 한 그릇만 주소. 속에 천불이 나서 죽을 것 같니더.* 나는 물 한 잔을 떠다 드린다. 평소에 남편보다 더 친하게 지내던 사이다. 사법고시 공부를 하는 아주버님이 딱해 남편 몰래 용돈을 챙겨드리면 *제수씨 이거 면목이 없니더.* 하고 받지도 못하고 엉거주춤하면 나는 말했다.

아주버님 이거 공짜로 드리는 거 아이씨더. 지가 울매나 지독한 사램인데 공짜? 택도 없니더. 아주버님 사법고시 되믄 받을라고

치부책에 차곡차곡 날짜까지 다 써 놓고 금액을 써 놓았으이 떼어 먹을 생각은 꿈에도 하지 마시고 쓰소. 내중에 이자까지 전부 청구할게씨더. 하면 *고맙니더. 내 사법고시 되믄 제수씨 덕분이라고 방송에 나가서 만천하에 알릴게씨더. 그래믄 이자 마이 청구하소. 당근이제요, 사채 이자로 청구할 거이까 이자가 두려우시믄 얼릉 합격하소. 고맙니더.*

시골에 다니러 갈 때면 꼭 국도를 이용해서 경치를 보여주고 맛집을 데려가고 휴게소에서 군밤 호두과자 맥반석 오징어 등등 온갖 산해진미를 즐기면서 다녔다. 어쩌면 남편보다 더 친하게 지내는 걸 본 시아버지가 어느 날 *야들아! 옛날에는 시숙하고 눈도 마주 안 치고 내외했는데 너 둘은 왜 그래 붙어댕그노? 남들이 보믄 오해할따.* 하자 아주버님은 *아부지는 별거 다 걱정하시니더. 가족끼리 댕그는데 욕하는 인간들이 나쁘제. 머 어뜷다고 그래니껴?* 하고 되받아치자 시아버지 입에서 날벼락이 떨어진다.

이눔이 어데 버르장머리 없이 애비한테 말대꾸를 해? 아주버님은 아무 말도 없이 텃밭으로 나가버린다. 시아버지는 눈썹을 꿈틀거리면서 아주버님을 쳐다보며 *저른 버르장머리없는 눔의 새끼!* 하면서 방으로 들어갔다. 방으로 따라 들어간다. *얼릉 밥이나 먹자.* 마침 시어머니가 밥상을 들고 들어온다.

나는 밥상머리에 앉아서 *아버님 왜 그래 소리를 지르고 그래시니껴? 아주버님이 귀가 안 들리는 장애가 있는 것도 아인데, 조근*

조근 말씸 하시도 될 것을 우째 그래 천둥 번개맨치 소리를 지르고 그래시니껴? 지는 아버님이 이해가 안 가니더. 니 지끔 밥상머리에시 날 가르칠라드니? 들었던 숟가락을 놓으며 언성이 또 벼락을 쳤다.

또 천둥 베락 소리 귀꾸마리 다 찢어지겠니더. 그래 소리 안 지르고 대화하기로 약속해놓고 소리 계속 지르시믄 지도 앞으로 아버님과 약속 안 지캐니더. 그렇게 옥신각신 사건이 꽃핀 지 6개월이 지난 시간이다.

물을 다 마신 아주버니는 *제수씨 지 말씸 쫌 들어보소?* 말씸해 보시이소, *오늘 큰댁에 지사 지낸다고 청량리로 아버님 마중 나가싰는데 왜 큰집으로 안 가시고 일로 오싰니껴? 그래이 내 말쫌 들어 보시라이까요.* 말씸해 보시이소. *그쎄 시험도 울매 안 남아 청량리 마중도 나갈까 말까 하다가 그래도 아부지를 큰댁까지 모셔드리고 와서 공부해야겠다고 생각하고 시간을 쪼개서 청량리역에 나갔니더.*

그른데 그누무 청량리역은 왜 불교식으로 이름을 지어가주고 이른 불미스른 일이 일어나게 맹그는 동 모르겠니더. 아부지를 만내서 아부지 오늘은 지가 시험이 울매 안 남아서 아부지 큰댁까지 모시다가만 드레고 지는 지사를 몬 지내고 와야 될씨더. 그랬더니 말과 동시에 그 사람 많은 역 광장에서 지를 때래 눕해고 발로 지근지근 밟았니더. 내 아픈 거보다 쪽 팔래서 죽는 줄 알았니더.

그래도 맹세기 이집 장남인데 내한테 아부지가 이래 막 대해도 된단 말이껴? 그래서 아버님은요? 내가 알게 머 이껴? 혼자 가시든가 말든가 택시 타고 와뿌랬니더. 집안일이라 누구한테 말도 몬 하고 쪽 팔래 죽을씨더. 하고는 냉수를 단숨에 다 마신 빈 그릇을 다시 마신다. 나는 일어나서 냉수를 떠다 드린다. *아버님이 아주버님 믿으시니까 그랬겠지만 그래도 이건 말도 안 되니더. 아주버님이 집안의 기둥인데 기둥을 눕히믄 집이 무너지는 걸 모르는 분이씨더 아버님은. 지도 화가 나 죽겠는데 아주버님은 오죽하겠니껴? 아주버님은 가만계시이소, 지가 아버님 만나서 따질겔씨더. 그래 제수씨가 우째 쫌 해보소. 우리 아부지지만 진짜 진짜 이해가 안 가니더.*

그렇게 아주버님 화를 조금 가라앉히기 위해 술상을 차렸다. 술을 진탕 먹고 상처를 너무 많이 입은 아주버니는 잠이 들었다. 술에 포위당하지 않고는 자신을 억제하지 못하는 아주버님을 보니 가슴이 답답해 왔다.

이튿날 제사를 지내러 남편과 큰댁에 갔지만, 시아버지와는 눈도 마주치지 않았다. 시아버지 역시 내 눈치만 살피는 기색이 역력했다. 그러나 한마디도 하지 않고 피해 다녔다. 제사가 끝난 이튿날 다른 때 같으면 이것저것 묻기도 하고 이야기도 하지만 입을 풀로 붙이고 청량리역에서 기차를 태워드리고 집으로 왔다.

그리고 이튿날 영주 가는 기차에 몸을 실었다. 창밖에는 경치가 끊임없이 달려왔다 달려갔다. 어느새 시댁에 도착했다. 시아버지가 깜짝 놀라는 눈치다. *니가 기벨도 없이 우째 왔노?* 활시위는 당겨졌다. 나는 직격탄으로 대답했다. *아버님께 드릴 말씸이 있어왔니더. 또 미얼? 왜 찔리는 게 있니껴? 야가 야가! 말 뻔새하고는 내가 니한테 찔릴 게 머 있노? 그래시믄 됐니더. 당연하시겠제. 찔리게나 부끄릅다는 생각을 했으믄 그릏게 집안 기둥을 청량리역에 눕혜놓고 지근지근 밟지는 않았겠제요. 머어라꼬? 니 시방 머라 그랬노? 부끄릅다는 생각을 했으믄 그릏게 집안 기둥을 청량리역에 눕혜놓고 지근지근 밟지는 않았겠따고 했니더. 왜요?*

니 그 말 버르장머리가 시애비한테 해도 되는 말이라고 생각하나? 구엽다 구엽다 했디이만 니 참말로 행펜없구나? 아버님 소리지르지 말고 말씸하소. 차분하게요! 지 지끔 니 목소리가 내 목소리보다 큰 거 모르나? 아니더. 니 지끔 버르장머리 없이 시애비한테 말하는 거도 아나? 야, 잘 알제요, 그래믄 왜 알민서 그래 행동하노? 아버님 닮아서요. 머어라꼬 날 닮아? 야, 이 집에 시집와 살다 보이 이 집 풍습을 배우지 않고는 몬 살겠어서 자꾸 아버님 닮아 갈라고 공부 중이씨더.

야가 야가! 지끔 니 내하고 싸울라고 작정하고 내래 온 아같이 말하노. 야, 잘 보싰니더. 아버님하고 싸울라고 작정하고 왔니더. 비싼 차비 들에서 그래믄 머할라꼬 내래왔을리껴? 그래 내가 멀 잘몬했다고 싸울라고 왔노?

나는 생각했다. 어차피 화살은 날아갔다. 날아가 과녁을 맞히느냐 마느냐다. 그렇다면 내가 유리하려면 논리적으로 따져야만 한다. 생각을 구름과 섞고 있는데 *그래 싸울라는 이유가 머로? 또 아버님 소리 지르믄 말씸 안 할라니더. 본래 싸움에는 목소리 큰 사램이 이기는 전략을 쓰는 게 맞제만 우리는 시아부지와 메느리 사이 아이껴? 그래이 소리 지르지 마시고 자분자분 말 볼륨을 낮춰서 해야 하니더. 그른데 소리부터 지르시이 싸울 가치가 없어 그냥 서울 올라 갈라니더. 그래. 소리 안 지르마. 머얼 가주고 그래는 동 얘기해 보그라.*

시호랑이는 인상은 그대로 고딕체면서 말만 약간 둥글린다. *천둥 번개만 안 치믄 인격을 다 갖추신 분이잖니껴. 안죽까지 한 분도 보지 몬한 인격자래서 말씸드리는 건데요. 지가 잘몬 봤니껴? 아버님께선 옥에 티가 있는 것 몬 보시잖니껴. 그래서? 아주버님께도 머가 맴에 안 드시믄 부드러운 솜사탕 같은 톤으로 말씸하시믄 되는데 왜 그래 폭력을 휘두루싰니껴? 그누무 새끼가 조상 지사도 안 지내민서 공부하믄 누가 사법고시 합격시켜 준다다? 망할 누무 새끼, 천하 모맨 누무 새끼제. 잠깐만요, 아버님 그래믄 하나만 여쭤볼 께요. 머얼? 그래믄 참말로 아주버님이 망할 누무 새끼고 천하 모맨 누무 새끼이껴? 하는 짓뚱머리가 그래. 그래믄 망할 누무 새끼고 천하 모맨 누무 새끼라고 하는데 그 말씸은 그 새끼의 부모를 욕하는 거씨더. 다시 말해서 아버님과 어머님을 욕하시*

는 거씨더. 아버님이야 그른 욕 먹어도 욕먹을 일을 하싰으이 괜찮제만 순한 양 같은 어머님은 왜 욕하시니껴? 야가 시방 머라 그래노? 화내시지 말고 잘 생가해 보시믄 아시니더. 새끼 새끼 계속 새끼라 그래싰잖니껴? 망할 누구 모땐 누구 하믄 아주버님을 욕하시는 거지만 망할 누무 새끼는 부모를 욕하는 건데 왜 아무 생각 없이 자학을 하시니껴?

시아버지는 내 말에 입속에 바람을 가득 채우고 빤히 쳐다본다. 밖에서는 시어머니가 불안으로 가슴을 쓸어내리며 문에 귀를 대고 엿듣고 있다. 아버님은 아주버님 아무리 그릏게 망신 줘봐야 결국 아버님 얼굴에 춤 뱉기씨더. 기왕이믄 그래 야야, 공부가 울매나 힘드노? 그래도 조상 지사는 지내야 니가 시험에 합격하게 조상이 도와주지 않을라? 내 생각이 그릏다. 시험이 울매 안 남았으이 내 공부 내용은 몰따만 내 생각은 그릏단 말이따. 지사 지내고 시간을 쪼매 다른 데 덜 쓰고 공부하믄 우뜷겠노? 이래 말씸하싰으믄 아주버님은 아버님을 울매나 인격자라고 생각하고 또 공부하고 싶은 욕망이 불맨치 일날리껴? 아버님 막 행동에 아주버님 상처받고 술 드시고 몸 망가지고 공부 못 해 손해고 결국은 그 여파는 우리 집안 전체로 퍼진다고요. 그래믄 집안이 화사하게 꽃을 피우고 향기로 나비도 불러 모으고 우리 집은 은제나 웃으민서 평화롭게 살 수 있는 조건이 되어 있는데 그 학식 많고 잘 나시고 버릴 것 한 개도 없는 아버님이 우째 그래 우욱! 하는 불같은 성정

하나 몬 내뿌래 이릏게 집안을 쑥대밭을 만드시니껴?

듣고 있던 시호랑이는 굳었던 얼굴 근육이 조금 펴지더니 *있다가 애기하자. 흐흠흐흠* 헛기침을 하며 밖으로 나간다. 어떻게든 시호랑이 길들이기 프로젝트를 성공해야 해. 혼잣말을 하며 먹다 만 밥상을 들고 나온다. 시어머니 얼굴이 하얗다. 아니 백지장처럼 질려 있다.

에구에구 야가 또 우쨀라꼬 시아부지 성정을 건드래노? 또 큰일났다 큰일났어 우쨀라꼬 가만 있제 여게까짐 내래와서 그래 너 시아바이 성질을 건드래고 그래노. 일 났다. 일 났어. 걱정을 태산처럼 짊어진 시어머니, 안절부절 절절맨다. *어머님, 머얼 그래 걱정하시니껴? 암 걱정 안 하시도 되니더.* 아무렇지도 않게 말하는 며느릴 시어머니는 한숨으로 쳐다본다. 뒷짐을 지고 마당 앞에 주목을 툭 툭 발로 걷어차던 시호랑이 텃밭을 한 바퀴 돈다.

텃밭에 시아버지의 기분을 녹이는 풀이 있는지 밭을 한 바퀴 돌고 온 시호랑이의 하늘을 찌를 듯 치켜 섰던 눈썹이 조금 누그러졌다. 시호랑이는 며느리 말이 하나도 틀리지는 않지만 묘하게 기분은 나쁘고 일단 며느리에게 속을 보이지 말고 서울로 올려 보내야겠다는 생각으로 집으로 들어온다.

나는 아무 일도 없었던 듯 말 한 덩이를 입술 사이로 빼서 던진다. *아버님은 농사짓는 분 같지 않니더. 품위가 철철 흘러 너무 멋스럽니더. 왕보다 더 기품이 있니더.* 며느리의 말에 시호랑이는 기가 막혀 웃음이 나온다. *에미야! 씨잘데없는 소리 말고 냉수나 한 그릇 다고.* 나는 냉수 대신 커피 두 잔을 타서 쟁반에 받쳐 들고 긴다.

왜 두 잔이로? 혼자 드시믄 외롭잖니껴? 젊은 지가 같이 먹어 드리믄 좋잖니껴. 지가 이 커피에 좋은 거 탔으이 한 분 맛 보시이소. 멀 좋은 거 탔는데? 아주 비싼 명약 한 봉지 탔니더. 그른 게 있나? 아버님을 위해 아께아께 뒀다가 탄 거씨더. 지가 아버님 안 위해 드리믄 누가 위해드리니껴? 지는 누가 머래도 우리 아버님이 시상에서 젤 멋지다고 생각하니더. 그른데 참말로 커피 맛이 다르다, 머를 탔길래 이래 커피가 맛나노?

시호랑이 길들이기

8

그거 날 및 봉지 사 주믄 안 되나? 당연히 사 드래제요. 지 따라 나와보소. 시호랑이는 얼른 따라 마루로 나온다. 커피 보트에 물을 컵에 따른 다음 일회용 커피 한 봉지를 타며 *이거는 커피고요,* 또 한 봉지를 타며 *이게 보약이써더. 그거 똑같은 커피 아이라? 아이구! 아버님도 이건 제 사랑이라는 보약이라고요. 예끼! 또 시애비를 놀래노? 나는 참말로 먼 보약을 탄동 알았제. 아버님 참말로 이거는 커피가 아이고 사랑이라는 보약이라고요. 아버님도 맛이 다르다고 해 놓구서는.*

내가 졌다, 교장 선상 말대로 이겔라고 하는 내가 잘못이제. 그래 니 시숙 다친 데는 없나? 내가 부애가 나서 그때 내 정신이 아이었다. 조상 지사를 몬 지내겠다고 하이 우욱! 화가 치밀어 나도 모르게 사램 많은 역에서 그래고 말았다. 그릏제만 그만 일로 또

여게까지 내래와서 이래 시애비한테 따지는 니도 잘한 거는 없다. 우리 부자 사이 일이고 너 시숙도 암말 안 하고 있는데 왜 니가 나시노? 아비님하고 아주비님이 대화가 잘 되믄 지가 머 한다고 이까짐 시긴 내뻐레고 차비 내뻐레고 내래 오겠니꺼? 아주버님은 착하셔서 아이, 아버님이 무서와서 절절매고 지한테 하소연하이 지가 내레왔제요. 지도 시간 남아돌고 돈 남아돌아 온 거 아이씨더. 화목하고 행복하게 살고 싶어 그래제요. 우쨌거나 아버님과 아주버님의 일에 지가 시간과 돈을 투자했으이 아버님 차비 주소. 지 차비 없니더.

야가! 누가 차비 없는데 내래오라고 했나? 그래믄 여게 아버님하고 같이 살까요? 알았다, 알았어. 내 차비 줄 테이 얼릉 서울 가거라. 아 들은 우째고 왔노? 그거 보시이소, 아버님 한 분 잘못 맴 먹는 바램에 온 집안이 쑥대밭이제요, 아 들은 저끼리 있으라고 하고 왔제요. 지끔 아 들이 문제이껴? 야가 야가! 그 어린것들을 혼자 두고 왔단 말이라, 먼 일 생기믄 우짤라고, 정신이 나갔구나! 니가? 야, 아주버님 얼굴에 멍 든 거 보고 지 정신일 사램이 어데 있니꺼? 지 정신이믄 비정상이제.

시호랑이는 아무 말도 없이 사랑방으로 가더니 하얀 봉투 하나를 들고나온다. 여게 여비 있다. 얼릉 올라가라, 정신 빠졌제, 그 어린 아 들만 두고 내래오다이 참말로 내, 니는 감당이 안 된다. 얼릉 가! 기차 시간이 멀었으면 택시래도 타고 얼릉 가라. 그 어린것

들 먼 일 있으믄 우째노? 내 애가 타 죽을따. 아들 우째 되믄 아버님 책임이씨더. 야가 지끔 누구 책임 따질 때라, 얼릉 가 얼릉! 퍼뜩 가란 말이따.

시아버지는 어린 손자들끼리 두고 왔다는 말에 제정신을 잃은 듯이 난리를 쳤다. 나는 혼잣말로 *자기 손자는 끔찍하게도 생각하는 양반이 아들한테는 왜 그래 함부로 대해* 하는데 어느새 들어왔는지 *훌딱 안 가고 머하노?* 다시 소리가 방문을 열고 들어왔다. 나는 속으로 *아이들은 아주버님이 잘 보고 있니더, 그릏제만 아버님도 속 좀 쌔카맣게 타 보소. 아들한테 잘몬한 대가로.* 하고 일부러 느긋하게 *어머님 배고파 죽겠니더, 밥 쫌 주소* 하자 어머님은 *에이구 여태 밥도 몬 먹고 배가 울매나 고플로? 내 밥 주마, 얼릉 와서 머라* 한다.

시호랑이 눈썹이 꿈틀한다. 빨리 가라 소리도 못 하고 느긋하게 밥 먹는 나를 보며 *어서 그만 먹고 가라*는 눈치로 들락날락하고 있다. 그러나 나는 내친김에 길들이기에 반드시 성공해야만 한다고 다짐한다. 다소 불경스러운 언어로 혀를 욕 먹일지라도 처음 마음을 끝까지 밀고 나가는 것이 중요하다는 생각을 하며 시호랑이도 며느리니까 체면 땜에 더 화를 못 내실 거란 생각을 주판알에 더했다 뺐다 놓아본다. *심판은 승자의 손을 번쩍 들어주기도 하고 패자의 눈물을 닦아 주기도 하는 거야.* 혈관이 파래지는 생각을 한다.

시호랑이는 무엇에 홀린 것 같기도 하고 도무지 해석이 어려워 야생마 같은 눈빛을 애써 숨기며 아무렇지도 않게 밥을 먹고 있는 며느리를 쳐다본다. 커피를 보약이라고 속이는 며느리를 어찌해야 할지. 어린 것들끼리 두고 저리 태연한 철딱서니 없는 며느리를 어찌해야 할지. 시호랑이는 커피잔을 보며 커피보다 씁쓸한 입맛을 다신다.

시어머니는 가뜩이나 제사를 지내러 다녀온 후에 기분이 축 처져있는 남편 눈치를 보느라 정신없는데 며느리가 와서 또 한바탕 난리를 치자 걱정을 했다. 그러나 밖에서 두 사람의 대화를 방문 앞에서 다 듣고는 어이가 없어 안방으로 들어온다. 아무리 그래도 그렇지 아들을 역전에서 밟았다는 며느리 말에 시어머니는 속으로 남편이 당하는 것이 고소하고 통쾌하다는 생각이 들었다.

내가 밖으로 나오자 *잘했다! 잘해! 아주 잘했다, 니가 최고따! 내 속이 다 후련하다. 암만 그래도 그 사람 많은 역전에서 아들한테 욕을 하믄서 밟았다이, 참말로 내 망신스릅고 속사 죽을따. 죽은 조상 지사는 중하고 살아있는 자식한테는 그래 막 해도 된다드나? 참말로 너 시아바이는 해도 해도 너무하다. 내 말 안 하고 살라고 참고 참제만 이를 때마다 속이 쌔까맣게 다 탄다. 그래 너 시숙 어데 다친 데는 없드나? 야, 다친 데는 없으이 걱정하지 마소. 다친 데 없다이 그나마 다행이따.*

시어머니는 얼굴빛이 금방 소나기라도 내릴 듯 먹구름이 끼었다.

시어머니는 며느리가 시아버지한테 따지던 생각을 하니 불타는 가슴에 시원한 물 한 바가지를 부은 것처럼 후련했다. 땀 흐르는 마음에 바람 줄기가 마음을 훑고 지나가는 것 같아 기분이 시원해졌다. 나는 느긋하게 최대한 시호랑이 속을 더 태우며 밥을 먹고 일어선다. *얼릉 가라 얼릉!*

시호랑이의 조급한 목소리에 느긋하게 *그 아 들도 다 지 팔자제요. 할아버지 잘몬 만내서 이른 일 당하는 거제요. 팔자가 좋았으믄 좋은 할아버지 만내서 이래 혼자 저끼리 있는 일은 없을 낀데, 팔자를 그래 타고났는데 우째니껴. 야야! 그래고 떠들 시간이 어데 있노? 얼릉 가봐라. 가서 바로 전화하그라. 야!* 하고는 최대한 느린 걸음으로 집을 나선다.

시호랑이는 자신이 택시라도 타고 서울로 빨리 가고 싶은 생각에 줄담배만 피워대며 왔다 갔다 한다. 하늘은 아무 일도 없었다는 듯 구름이 느긋하게 두런두런 이야기하며 유유히 떠서 아주 천천히 움직인다. 시호랑이는 한 마디 내뱉는다. *저 누무 구름은 왜 저래 느려터지노, 태풍매로 씽씽 뛰지 못하고!* 마음은 조급해지고 모든 것이 정지해 있는 듯 불안한 생각이 든다.

그리고 별일도 아닌 일로 물거품처럼 어린 손자들을 혼자 두고 내려왔다는 천방지축 며느리, 웃지도 울지도 못할 상황 앞에 낫을 들고 밭둑에 서 있는 가죽나무 가지를 탁, 탁, 잘라내며 분을 삭인다. *쓰잘데없이 이 누무 낭구는 왜 이래 멀대매로 키만 키우노.*

금연

단산 징디에 시호랑이만 나타나면 식당들은 무슨 조사라도 나온 듯이 초비상이 걸린다. 의자 바로 놓기, 비뚤어진 주방용품 정리하기, 한바탕 난리가 난다. 여름이면 하얀 모시옷에 백구두 중절모까지 쓰고 길고 흰 눈썹을 휘날리는 모습은 누가 봐도 백호랑이다. 겨울이면 정장에다 모자를 쓰고 지팡이까지 짚고 다녀 영국 신사처럼 멋이 났다.

그러나 시호랑이는 성격이 반듯해 식당 의자가 비뚤어지거나 먹을 것을 덮어놓지 않거나 불결하게 장사하는 것이 보이기만 하면 당장 천둥벼락을 치는 바람에 모두 백호랑이를 무서워했다.

암만 장사래도 그릏제 사램이 먹는장사를 이래 불결하게 하믄 쓰나. 난데 사램이 와서 우리 지방을 째 보겠노. 실리보단 명분을 중시하는 시호랑이. 그러나 아무도 그런 백호랑이를 나쁘다거나 탓하기는커녕 오히려 *저런 분이 있어야 선비 고장이라는 명분이 바로 선다*며 은근히 가려운 데를 긁어주는 효자손으로 생각하는 사람도 있다.

기분파인 시호랑이 맘에만 들면 음식값 후하게 주기와 팁을 잘 주는 효과도 작용했다. 무슨 물건을 사도 깎는 법이 없다. 장사도 남아야 먹고산다는 주장을 하며 물건값 깎는 것도 못마땅해하는 백호다.

노인회 회장을 맡고 있는 노인회 회장은 며느리 국민학교 때 담임을 맡고 교장으로도 있었던 터라 백호 며느릴 백호보다 먼저 알았으며 백호보다 더 잘 안다. 그는 노인회 감사를 맡은 시호랑이의 성격을 좀 못마땅하게 생각하는 사람 중 하나다. 노인정에서 백호가 말하길 *나는 이 시상에서 무서운 사램이 없는데 딱 한 사램 무서운 사램이 있네. 우리 둘째 메느리야. 아주 무서와. 그래 잔네 메느리 핵교 댕글 때부텀 똑똑하고 참했었제. 아마 자네 시집살이 쫌 해야 할걸. 조모까짐 있는 집안에서 자라 예의도 바르고 똑똑해서 자네가 임자 만났네그려.*

그래도 구여우니 우째는고? 어느 날 내가 물어봤네. 너 시애비한테 철없게 구는 거 아냐고, 나락은 익을수록 고개를 숙에는데 넌 시애비한테 고개 너무 드는 것 아이라 했디이 글쎄 하는 말이 철 너무 들은 포철이 망하고 결국 지가 무거워서 가라앉는다나 우짼다나. 그뿐 아이라 뜬금없이 지는 콩나물을 싫어한대. 늘 어둔 보재기를 뒤집어쓰고 속에 콩나물이 자라는 동 어째는 동 모르는 그 캄캄한 속이 싫대. 속 다 보에고 서로 터놓고 얘기하고 민주적으로 살제. 아니, 다 알민서 버르장머리 없게 구는 거 구엽지 않은가? 그래 내가 그때부텀 졌네. 먼 말이든 천둥·번개만 안 치믄 내 가치 훌륭한 사램 본 적 없다는 게야. 메느리가 한 수 위구만그려. 그른데 또 구름과자를 끊으라고 밍을 내리네! 그려.

구름과자가 먼데? 으응 그게 담밸세. 담배를 순우리말로 구름과

자라고 구름과자라 부르라네. 나도 모르게 일본말이 자꾸 튀어나올 적 마둥 난리가 나네. 역사의식이 없대나 우쨌대나. 일본 눔들한테 우리 말 우리 글 몬 쓰게 그래 설움을 당하고도 그게 울매나 됐다고 일본말을 그대로 쓰고 있냐고 난리라네. 곰곰 생각하이 기특해. 그 나이에 천방지축일 나인데 우째 그래 기특한 생각을 하는 동. 우리가 정신 채래서 독립하고 나라를 건쟀는 걸 아주 대단하게 생각하는 아쎄. 요새 아 들 같지 않아. 가치 말하고 있으믄 내가 민망하고 부끄러울 때가 많으이. 그래 말을 안 들을 수가 없네. 이치에 딱딱 맞게 자로 재듯이 들이대이 이거야 빠져나갈 방뱁이 없네. 지대로 임자 만냈구먼 그래. 그래도 이쁘고 구여운걸 우째는고. 그룽제만 내 펑생 피운 건데 우째 끊을까 싶어 몬 끊는다고 했디만 글쎄 6·25 때 다부동 전투하든 그 맴, 나라를 지캐든 그 정신으로 끊으라네. 내가 국가 유공자라 자랑스럽대나 우쨌대나 그래믄 일주일에 한 분씩 주전부리를 사 보내준다는 거야. 그래서 덜컥, 그 꼬임에 넘어가 약속을 하고 말았제 머야. 평소에도 딴 아들은 사줘도 그 애는 한 분도 구름과자는 몸에 해롭다민서 사 준 적이 없네. 그래 요즘 어렵구만. 구름과자를 안 피우이 꼭 나사 하나 빠진 거 같구먼. 가끔 내가 이 짓을 해야 되나 싶을 때도 있네. 이른걸 사램들이 금단 현상이라고 하는구나 싶네.

얘기가 끝나기 무섭게 노인회장은 주머니서 구름과자를 꺼내 불을 붙여 건네준다. *쯧쯧 딱해라. 잘 매였구먼. 메느리 안 보는 데*

서 한 대만 피우지 그래? 구름과자를 받을까 말까? 순간적으로 망설이던 시호랑이. 메느리가 못 보니 딱 한 대만 피워야지. 생각하며 꿀맛 같은 담배 연기를 마음껏 공중으로 뿜어낸다.

이 맛있는 걸 왜 내가 덜컥 약속을 저질러 뿌랬제. 체멘에 약속 취소도 몬 하고 이걸 우쨴다? 그래 몰래 이래 한 대쯤 피우믄 되지 뭐. 지가 피는 거 보지도 몬 했는데 알게 머야. 맛있게 한 대를 얻어 피운다. *구름과자가 이룧게 맛있는지 미처 몰랬네.* 시호랑이 중얼거리며 신이 나서 자전거 페달을 씽씽 밟아대며 집으로 향한다.

저녁을 먹고 낮에 피운 한 개비 구름과자가 자꾸 입안에서 냄새를 우려낸다. 쩝쩝 입맛을 다시고 있는데 전화벨이 요란스럽게 울어댄다. *전화 바깠니더.* 전화기에서 시퍼렇게 날 선 말이 날아든다. *아버님 전데요. 구름과자 피우싰니꺼? 아 아 아이다. 안 피왔다. 참말요? 그래그래 그래믄 안 피왔제. 아버님, 노인정에서 회장님한테 한 개비 달라고 해서 피와놓고 왜 뺑까시니꺼? 다 알고 전화했는데 한 개비 피우셨잖니꺼?*

순간 시호랑이는 넘겨짚는 데 넘어가서는 안 된다는 생각을 하고 잡아떼기로 마음먹고 큰 소리로 말한다. *내가 은제? 피우는 거 봤나? 보지도 않고 본 거매로 야가 생사램 잡네. 아버님 참 엄청난 인내심 교육을 시키시네. 딱, 잡아떼는 거짓뿌렁을 우째 그래도 보들보들하게 하시니꺼? 야가 점점 니가 봤나? 봤제요. 어데서? 노인정서요. 누가 또 일러 바치드노? 에이! 인간들 믿을 눔이 없다이까*

그래. 딱 한 개비 피왔다. 낼부터는 절대 안 피우마.

아버님 벌금요. 먼 벌금? 약속을 어기믄 벌금을 내셔야지. 내 참 벨일을 다 보네. 내가 은제 담배 피우믄 벌금 낸다고 했노? 그 봐요 아버님 거짓말은 바로 탄로 난다니까? 사램은 급할 때 습관이 튀어나온다고요. 구름과자를 담배라고 습관대로 말씀하시는거 봐요. 벌금 이중으로 무실라니껴? 피운 만큼만 내실라니껴? 알았다. 울매로? 초범이니까 정상 참작을 해서 10만 원만 내시고 다음부텀은 한 개비에 20만 원요. 야야 너무 비싸다. 한 개비에 2만 원이면 되제. 20만 원 너무 과하다. 그래믄 계속 피우시겠다는 거네요. 말도 안 돼. 천하 우리 아버님 체멘이 있제. 안 돼요. 20만 원. 알았다. 내 참말로….

찰칵, 기분 나쁜 소리를 내며 전화가 끊겼다. 나는 전화를 끊고 키득키득 웃고 시호랑이는 전화를 끊고 혼자 중얼거린다. *내가 우째다가 이 신세가 됐노. 이건 아인데. 괘씸하기도 하고 귀엽기도 하고* 두 마음이 심란해 또 구름과자 한 개비를 피워 물고 밖으로 나간다. 맛있게 한 개비를 다 태우고 화장실을 갔다가 한 바퀴 돌아 방에 들어와 잠자리에 막 드는데 따르릉 전화가 울린다. 설마 며느리 전화는 아니겠지. 움찔한 마음으로 전화를 받는다. 칼 같은 목소리가 흘러나온다.

아버님 20만 원 벌금 합계 30만 원요. 아싰제요? 내일 우체국에 가셔서 전신환으로 보내주시야 되니더. 안녕히 주무세요. 찰칵, 전

화가 그냥 끊긴다. 화가 치밀 대로 치민 시호랑이는 화풀이를 아내에게 한다. *자네제? 자네가 범인이제?* *밑도 끝도 없이 머언 말이이껴? 좀 알아듣게 말해보소. 자네가 메느리한테 내가 담배 피왔다고 일러바쳤어? 먼 말인동 내 모르겠니더.* 아내는 모르겠다는 말을 던지고 밖으로 나가버린다.

시호랑이는 혼자 중얼거린다. *시상에 믿을 사램이 한 사램도 없구먼. 그래 울매나 할 일이 없으믄 구름과자 한 대 피우는 것까짐 일러바쳐. 그래 할 일이 없으믄 잠이나 자라구 할망구야. 내 참 어휴! 사방에 적백에 없으이 숨이 맥헤 살 수가 있나!* 일방적으로 끊은 전화에 화가 나고 독이 오를 대로 오른 분풀이를 아내한테 화살처럼 말을 쏘아붙이고 방으로 들어온 시호랑이는 천장을 쳐다보며 한숨을 쉬며 뒤척인다. 안 그래도 잠이 없는데 뜬눈으로 밤을 뒤척인다.

이튿날 답답한 마음에 자전거를 꺼내 올라타고 장터로 달린다. 노인정엔 동네 유지 노인들이 모두 모인다. *자네 구름과자 한 대 먹게.* 노인회장이 담배를 내민다. *예끼! 이 사램아 우째 남자가 그래 입이 싸.* 시치미 뚝 뗀 노인회장이 *먼 애긴가? 몰라서 물어? 도무지? 이 사램이 진짜.* 순간 화가 머리끝까지 차올라 그냥 밖으로 나온다. 면장 출신이 따라 나오며 한 마디를 또 던진다.

그릏다고 그냥 가는가? 내하고 백에서 한 대 피우세. 구름과자를 한 개비 꺼내서 건넨다. *자네는 우리 메느리 집 전화번호 모르제?*

내가 잔네 메느리 집 전화번호를 우째 아는고 모르제. 알라믄 노인회장한테 물어봐야제. 예끼! 이 사램 그만두게. 내래 갈라네. 나 참! 여게지게 전부 그물망을 쳐놓고 내 목을 조아대이 이거야 원.

혼잣말처럼 중얼거리면서 자전거에 올라탄다. 오늘따라 유난히 구름과자 생각이 더 간절하다. *된통 걸렸다. 천하 호랑이가 무서운 사램이 있단 말이여!* 노인정 안에서 모두들 웃어 댄다. 웃음소리가 자전거 뒤에 타고 따라온다. 집으로 향하던 시호랑이는 이게 무슨 꼴이람 싶은 생각에 화가 또 난다. 이거 오지게 걸렸다. 아까 주는 구름과자를 한 모금 못 빨고 온 것이 후회된다.

구체성조차 잃어버린 부엉이는 왜 저리도 청승을 떠는지. 저놈의 달은 또 왜 대가리 홀락 깎고 중놈의 머리를 해 가지고 비웃고 있는지. 자전거는 엉뚱하게 자꾸 제멋대로 굴러간다. 자전거에서 내려 자전거 핸들을 잡자 자전거는 두 바퀴로 열심히 시호랑이를 끌고 집으로 향한다.

밤하늘에 반짝이는 별들이 모두 며느리로 보인다. 두 손가락을 치켜들며 아버님 최고!를 외치는 별난 며느리 모습이 하늘에서 반짝이고 있다. 요즘은 머릿속에 어느 것이 옳은지 그른지 정립이 되지 않는 나날이다. 매일 울리는 전화 소리에 겁이 덜컥 난다. 마음을 들킨 것 같아 체면에 금이 가기도 한다. 찬란했던 빛은 멀리 달아나고 모든 것에 까만빛이 뒤덮인다.

이제는 늦었으니 전화는 안 오겠지 하고 수화기를 바라보는 순간 쪼르릉 쪼르릉 인정사정없이 전화 소리가 달려온다. 숨 가쁘게 도 달려온다. 부아가 치미는데 받아 말아 받아 말아 참전 용사와 시호랑이가 계속 싸우고 있다. 고래 심줄같이 질긴 전화는 그래도 되돌아가지 않아 할 수 없이 받는다.

여보세요. 주무세요? 오늘은 구름과자 한 개비도 안 피우셨제요? 오늘은 전화기에서 구름과자 냄새 안 나네요. 확인 차가 아니라 이쯤 되면 감독이다. 구름과자 냄새가 나고 안 나고를 점쟁이처럼 맞추는 걸 시호랑이는 신기해하며 *구신같이 도대체 피우고 안 피운 걸 우째 아는지!* 시호랑이는 혼자 중얼거린다. 정보원을 심어놓은 걸 감쪽같이 모르는 시호랑이.

집에서 피우는 건 시어머니 단산 장터서 피우는 건 노인정이 놀이터고 만나는 사람이 일정한지라 노인회 회장에게서 모두 제보받을 수 있어서 확률 90%를 자랑하니 귀신이란 소리 나올 만도 하다. 허 참 체면에 *그래. 그래. 한 개비도 안 피….* 말을 댕강 자르면서 *어머! 참 잘하싰니더. 오늘은 100점. 좋은 꿈 꾸시고 꿀잠 주무세요. 우리 아버님 역쉬나 최고요.* 찰칵 끊는다. *최고라! 최고. 머가 최고란 말인가!* 시호랑이는 끊긴 전화기 줄을 배배 꼬면서 혼잣말인지 며느리에게 하는 질책인지를 내뱉고 있다.

채소에 파란 피가 파란파란 흐른다. 지혜의 도구라는 말은 햇빛 묻은 말이다. 배추 머리에는 소금을 뿌려야 파마가 잘 나온다. 한눈에 반했단 말을 결혼 후 남편이 한쪽 눈이 안 보이는 것을 안 다음에야 알았다. 말이 되기도 하고 안 되기도 한 아리숭 뒤숭숭 아리 뒤리 숭숭숭 온통 구멍투성이 같은 며느리의 말들이 머릿속에서 헤엄을 치고 다닌다. 도대체 영 잠이 오지 않아 뒤척인다.

짐을 몽땅 보따리에 싸서 또 어디에 감췄는가. 미워 죽겠는데 왜 이리 말도 안 되는 말들이 밉게 들리지 않고 웃음이 자꾸만 나오는가? 밤을 이리도 길게 늘여놓은 것도 며느리일 것 같다는 생각까지 사다리를 탄 시호랑이는 밤이 무섭다. 며느리가 무섭다. 내가 왜 이리되었는지.

잠은 멀리 어느 대륙으로 여행을 떠나보내 없다. 호랑이 머릿속에는 며느리가 한 말이 머리 숲을 헤치며 뛰어다니고 있다. *아버님! 시상에서 기중 아름다운 건 기중 슬픈 거래요. 그래서 기중 사랑하는 사램은 기중 밉기도 하대요. 지가 미와 질 때는 꼭 이 말을 기억하시길 바래니더.* 돌아눕고 또 돌아누워도 돌아눕는 등 뒤에 빨간 고추잠자리가 되어 맴돌며 잠을 갉아먹고 말을 실어 나르고 있는 며느리. 이빨 빠진 종이호랑이가 된 기분이다. 새끼 호랑이가 이렇게 무섭단 말인가. 판단력이 다리를 절뚝거린다. *쪼르릉 찌르 삐리리 찌링찌링.* 요란한 소리에 눈뜨니 또 그놈의 호랑이 같은 벨이 호랑이를 향해 울고 있다.

풋내가 펄펄 나는 새벽바람은 어둠을 밀어내며 햇빛을 자박자박 길어 올리고 있다. 무겁게 깜빡이는 빛이 자신의 머릿속에서 구르던 잡념을 걷어간다. *제기랄! 날 한분 흐드러지게 좋구먼.* 노인의 중얼거림을 알 리 없는 식구들은 모두 무덤덤 무덤 같은 생활로 들어간다. *산 좋아하는 사램 산에서 죽고 물 좋아하는 사램 물에서 죽는다는 말매로 천상천하 유아독존(天上天下 唯我獨尊)인 저 호랑이 양반 메느리 호랑이에게 지대로 걸렸구만. 뛰는 눔 우에 나는 눔 있다디이만 혼자 독재를 쓰디이만 더한 독재자를 만냈구먼.* 어질고 천사 같은 시호랑이의 아내가 궁시렁궁시렁 앞섶을 여미며 새벽 문을 열고 있다.

삐걱! 무언가 삐걱거리는 소리가 시작되고 있다. 시호랑이는 정신이 어지럽다. 금단 현상까지 겹쳐 정신이 멍해진다. *내 신세가 우째다 이래 됐는동! 그롷다고 메느리가 틀린 말이 있어야 야단이라도 치지 다 옳은 말만 하이 시애비 체멘에 야단도 몬 치겠고 말을 따르자니 머리에 쥐가 나고 메느리 시집살이가 이롷게 고된 줄 알았으믄 애초에 거리를 둘걸. 불가근 불가원(不可近 不可遠)이란 옛말 하나도 그른 거 없다.* 아무도 듣지 않는 허공에다 말을 뱉으며 텃밭으로 나간다.

바람도 햇빛도 모두 그대로인데 자신의 신세만 처량해진 것 같아 담배를 찾아 주머니마다 손을 습관적으로 넣어보지만 한 개비도 없다. 꽁초라도 주워서 종이에 말아 피울까? 이건 또 양심상 며느리를 속이는 게 된다. 이러지도 저러지도 못하고 생각만 어지러운 시호랑이는 금단 현상이 온몸으로 퍼져 정신까지 떨고 있었다.

뼈대 있는 집안

제삿날이다. 종갓집에 모두 모여 제사 준비로 분주하다. 제일 만집인 큰아버지 댁에서 셋집 동서들 6명 중 제일 막내인 나는 형님들이 하는 음식을 보며 감탄사를 찍는다. *형님들 우째 이릏게 음식을 잘하시니껴. 요리사보다 더 잘 하니더.* 음식에 있어서는 낯설고 모호해 콩나물 한 바가지 다듬으라고 해도 겁을 덜컥 집어먹는 나.

친정에서 자랄 때 엄마가 감자 살이 많이 깎일까 봐 숟가락이 닳도록 감자 껍질을 긁어 얼굴에 주근깨를 하얗게 덮어쓰는 게 싫어서 감자 살 다 잘라버리고 칼로 세모 네모 동그라미를 만들어 마루 끝에 주루룩 진열해 놓으며 오기를 부렸던 생각이 난다. 그러나 음식 잘하는 형님들께 존경스러운 눈길을 보낸다. 형님들의 날렵하고 능숙한 솜씨는 금방 준비 완료를 한다.

그러나 제사를 꼭 11시 넘어야 지내는 집안이라 7시도 안 돼서 끝난 제사 준비에 모두 하나둘 방으로 들어간다. 모두 남남처럼 이 방 저 방으로 들어가는 것을 보니 서먹서먹하고 꼭 남의 집에 온 것 같은 느낌이 들어서 어색하다. 이때 기발한 생각이 떠오른다. 모두 모여서 게임을 하고 놀면 정도 들고 서먹서먹함도 좀 가까워질 기회가 될 수 있으리란 생각을 한다. 가장 큰댁 사촌 아주버님에게 건의한다.

아주버님, 우리 게임하고 놀아요. 사촌 아주버님은 기다렸다는

듯 달달한 답을 건넨다. *예, 제수씨 좋은 의견입니다. 밖에 제수씨들 전부 방으로 들어오세요. 그리고 너희들도 모두 들어와라.* 동생들까지 들어오라고 하니 모두 무슨 일인가 싶어 방으로 들어온다. *우리 지사 지낼라믄 시간도 많고 오랜만에 다 모였는데 재미있게 게임이나 하고 놀자. 형, 또 고스톱 치게요? 그럼 안 해요. 아니, 그냥 게임하자고. 머언 게임요? 제수씨가 말해보소.* 사촌 아주버님은 나에게로 말꼬리를 돌린다.

게임요? 이런 게임 우뜷니껴? 자기 닉네임 정해서 옷 벗기기요. 예? 옷 벗기기요? 모두가 화들짝 놀란다. *그릏게 겁나나? 바보, 이기믄 되제. 예. 좋아요.* 이기면 된다는 사촌 아주버님 말에 모두 밖으로 우르르 나간다. 무슨 영문인지 모르고 그냥 앉아 있다.

조금 있으니 모두 다 우르르 몰려 들어온다. 옷들을 몇 개씩이나 시루떡처럼 층층 껴입고 들어온다. *맙소사!* 하고 놀라니 손위에 형님이 *동서도 옷 하나 주까?* 딱해 보였는지 제일 큰 형님이 옷 하나를 건넨다. *됐니더. 동서 무슨 배짱으로 그래 후회하지 말고 줄 때 옷도 하나 더 입어. 막내라고 봐 주는 거 없어. 게임에 봐 주는 게 어딨니 껴? 형님.*

주는 옷도 받아 입지 않고 입은 채 자신만만한 놀이를 시작한다. *자기 이름 하나씩 지으세요.* 사촌 아주버님 말이 끝나기 무섭게 모두 이름을 짓는다. *주걱, 밥통, 숟가락, 젓가락, 공기…. 제수씨는? 저는요 통기레쓰요. 에이 명사가 아니면 안 써줍니다. 통기*

레쓰도 명사잖니껴. 그게 무슨 명사라고. 뭐 통 뭐라고요? 거꾸로 해 보시믄 알잖니껴. 쓰레기통요.

모두 한바탕 웃는다. 이름이 어려운 게 게임의 승패를 가름하는 걸 아무도 모르는듯하여 안심한다. 그리고 게임 진행.

이 게임은 시작하는 사람이 *주걱*을 부르면 *주걱*이 또 다른 이름을 대고 3초가 경과하면 지는 게임이다. 집중 공략. 옷이 하나씩 벗겨지기 시작한다. 나는 아주버님들만 공략해서 차례대로 하나씩 옷을 벗긴다. 내 이름은 어려워 통, 통, 하다가 시간 초과로 끝나버리고 이름이 길어서 통, 통, 하는 사이에 이미 누구를 찍을까 계산할 수 있어 옷을 좀처럼 벗지 않는다. 나중엔 집중적으로 나만을 공격했지만, 그 이름이 어려워 번번이 실패한다. 연필로 옆에 써놓고 하기도 했다.

겨우 하나를 벗겼을 뿐 나의 공격이 성공. 제일 큰 아주버니 러닝까지 벗고 으뜸 부끄럼 가리개 하나만 달랑 남는다. 그런데 이번엔 내가 그마저 벗길 기회를 잡는다. *동서 한 번만 봐 주라. 아주버닌데 체면이 있지. 제수씨 이건 너무합니다. 아무리 게임이지만 이건 봐 주세요.* 난감과 규칙이 교차되는 사이다. 옥신각신 실랑이가 오가는데 방문이 드르륵 열린다.

방문 정면에 자리한 아주버님을 본 시호랑이. 순간 눈동자가 풍선처럼 커지더니 온 얼굴이 흰 눈동자가 방 전체 사람을 집어삼킬 듯이 동공을 키운다. *아, 아, 아, 아니 야들이 지지지지지끔 머하고*

있노? 그 눈은 짐승의 빛깔이 묻은 눈이다. 화들짝 놀라 문을 닫고 나가버린다. 방에서 게임하던 사람도 모두 눈동자가 고양이 앞에 쥐처럼 눈알이 부들부들 안절부절못한다.

동서 큰일났다. 이걸 우짜믄 좋노? 영주에서 시집온 제일 큰 형님의 다급한 사투리가 튀어나온다. 모두 꼼짝도 안 하고 서로를 쳐다보고 있다. 아주버님은 팬티만 입은 벌거숭이란 사실도 잊은 채 *제수씨 어쩝니까? 낭패 났네. 낭패.* 속으로 아주버님 모습을 연극이라도 보듯 보다가 슬며시 일어나 밖으로 나온다.

웃음이 자꾸 입 밖으로 튀어나온다. 하는 수 없이 푸우욱푸우욱 기어이 웃음을 터뜨리고 만다. *동서 지끔 웃을 때가 아이네. 우짤라고 저래노. 집안 뒤집어지게 생겼는데 웃음이 나와?* 마구 밀려 나오는 웃음을 손으로 막으며 밖으로 나온다. 시호랑이는 옆방에서 방안을 왔다 갔다 서성인다. *아버님 머하세요? 흐흠흐흠.* 헛기침이 대꾸한다. 부엌으로 나와 냉수 한 잔을 쟁반에 다소곳이 받쳐 들고 다시 들어간다.

아버님 냉수 잡수시소. 됐다. 안 멀란다. 얼음처럼 차가운 말에 베일 것 같다. *아버님 그래믄 지사 지내고 혼내믄 되잖니껴. 그래도 일단 조상님 안부는 드래야 하잖니껴. 조상님 초청해놓고 이릏게 분란을 일으캐서야 어데 편안하이 음식을 흠향하고 가시겠니껴!*

시호랑이 길들이기

9

일단 문 좀 열고 들어감시더. 문을 열고 들어간다. *아버님 냉수 한 잔 잡수시고 머리에 불 좀 끄고 천천히 생각하시믄 좋겠니더.* 쟁반을 들이밀자 쟁반은 본 척도 안 하고 *니 지금 그른 말이 나오나?* 목소리에 희나리 타는 냄새를 덕지덕지 묻혀서 던진다.

근데 아버님은 그래도 유림에도 출입하시는 도덕군자신데 저희 맨치 철딱서니 없는 것들 땜에 화내시는 건 아버님답지 않니더. 아버님은 천하를 손안에 넣고 계시는데 애들 장난 쪼매 심하게 쳤기로서니 그만 일로 그러시믄 아버님답지 않다는 말이씨더. 그래 잘했단 말이라? 아이! 아이! 그른 말이 아니고요. 잘한 것도 없제만 잘몬한 것도 없제요. 근데 아버님은 잘몬하싰니더. 내가 잘못? 야가 지금 지정신이 아이구나. 눈 위에서 화가 나 있던 긴 눈썹이 또 꿈틀거린다. *아니요, 지극히 지정신이씨더. 지정신이 아닌 건 아버*

님이씨더. 아버님답지 않게 왜 지나간 일 가주고 화를 내시니껴. 그릏다고 엎질러진 물 몬 담잖니껴. 지사 지내고 앞으로는 이릏게 이릏게 해라 하시믄 앞으로의 교육이 되제만 지끔 아버님 이릏게 먹구름 가득 끼어 계시믄 지난 일로 화내시는 것밲에 안 돼서 아버님 점수만 깎이는 거씨더. 아버님이 완패하시는 거 아시니껴? 머라노. 야가? 지사 지내고 다시 말씀드릴게요. 시간 다 됐어요. 우리 아버님 최고! 엄지손가락을 누에 대가리처럼 치켜들며 외친다.

시호랑이는 생각한다. 도대체 저 며느리 말이 맞는 것 같기도 한데 이 일을 어쩐다. *그래 우쨌거나 지사나 지내고 야단을 내야제.* 혼잣말을 뱉고 제사상으로 나오며 인상을 쫙 펴보려고 애를 쓰지만, 목소리는 반대로 고딕체를 주장하고 꼿꼿하게 섰다. *빨리들 나와 지사 안 지내나?* 말이 꽁꽁 얼어서 깨진 얼음장처럼 날카롭다.

아버님 말씸이 안 들리니껴? 어른이 말씸하시믄 퍼뜩 나올 일이제, 다들 왜 이레 군기가 빠졌니껴? 큰 소리로 아버님 말씀에 동의하니 모두들 우르르 몰려나온다. 급하게 나오느라 둘째 아주버님은 양말 한 짝은 신고 한 짝은 벗은 채로 나와서 절을 하고 있다. 제사 지내는 모습을 거실에서 보는데 입에서 자꾸만 웃음이 터져 나온다.

참아야 하느니라 참아야 하느니라! 하고 참고 있는데 5살 먹은 조카가 *어어! 아빠 양말을 왜 한 짝만 신었어요! 제사 지낼 때는 양말을 한 짝만 신고 지내는 거예요?* 하고 묻는다. 기어이 모두의

입에서 웃음이 터지고 만다. *저것 좀 보세요, 아빠! 양말 한쪽밖에 안 신었어요.* 하고 손가락질을 하자 모두 둘째 아주버님을 보고 웃음을 푸드득 푸드득 날려 보낸다. 제사상 위로 웃음이 마구마구 날아다니고 있다. 시호랑이도 웃음이 나는지 웃음이 슬며시 입 밖으로 튀어나온다.

그렇지만 그 웃음은 어이도 없고 기가 차서 나오는 웃음이다. *정신들이 나갔구나! 대체 야들이 머에 정신이 팔려 이 모양들인지 몰따. 다들 실성을 했나?* 내가 옆에 가서 아버님을 꼬집으면서 귓속말을 한다. *아버진 지사 지내는 중인데 무신 말씸을 그래 하시니껴?* 시호랑이는 눈썹을 꿈틀거리며 *야가! 왜 꼬집고 이레노?* 아버님 말씀에 얼른 부엌으로 온다.

반은 웃음을 차리고 반은 음식을 차린 제사가 드디어 끝나고 모두 말없이 시호랑이 불호령이 떨어지기만 기다린다. 시호랑이는 음복도 안 하고 방으로 들어가면서 며느리를 불러들인다. *에미 이리 와봐라! 가니더. 아버님.* 평소보다 상냥하게 방으로 들어간다.

시호랑이는 아직도 화를 뱃속에서 다 끄집어내지 못하고 있다. *아무리 그래도 그릏제. 뼈대 있는 집안에서 이게 먼 엉덩이 뿔난 짓이란 말이로!* 벼락소리가 굴러떨어진다. *아버님, 재밌는 얘기 하나 해드리께 한 분 들어 보실라이껴?* 대답도 나오기 전에 이야기를 이어간다.

평소에 여자 보기를 돌가치 하라고 가르친 시님과 제자가 질을

가는데 어느 얕은 개울을 건너게 되었대요. 그른데 이쁜 여인이 서 있으니 시님은 망설이지도 않고 넙죽 업어서 건너 놓더라이더. 그것도 여자 엉덩이를 만지작거리민서. 행동하고 말하고 다른데 이해를 몬한 제자가 절에 도착하자말자 말하기를 시님 평소엔 여자 보기를 돌가치 하라시디이만 우째서 이쁜 여인을 시님께서 직접 업어 건너 놓았니껴? 그것도 박쪽맨치 이쁜 엉덩이를 만지는 걸 지가 봤니더. 하고 물으니 시님이 머라고 답했는지 아니껴? 시님이 나쁜눔이구만. 제자 앞에서 꼴 사무랍그러 왜 업어 건네 나 주노 건네 놓기를. 그래놓고 제자 앞에서 먼 할 말이 있어 대답을 하겠노. 망신살만 뻗했겠제. 그게 아버님 생각이 딱 고만큼이씨더.

머라고? 그래먼 시님이 할 말이 있단 말이라? 시님이 머라고 했는지 말해 드림씨더. 니는 안죽도 그 여인을 생각하고 있나. 나는 개울을 건넌 순간에 다 잊어뿌랬는데 했다니더. 아버님도 지내간 일을 가주고 너무 화를 내시믄 아버님 인격만 바닥나잖니껴. 차라리 좋은 짝으로 맴의 물꼬를 트시고 말씸을 하시믄 멋진 분이 되실 더없이 좋은 기회이까네 잘 생각해 보시믄 좋잖을니껴? 모든 건 생각하기 나름이잖니껴. 모두 결혼한 지도 울매 안 돼서 서먹서먹한데 이릏게 화합하는 게 좋제 서로 숭이나 보고 개 닭 쳐다보듯 하면 좋으시이껴? 아버님은 어느 짝을 택하실라니껴? 이래 무늬 곱고 그림 좋은 가정이 어데 있다고요. 아버님 아무 말씸 안 하시이까 모두 깨닫고 동태맨치 합죽이가 됩시다 합! 하고 있잖니껴.

천둥 치고 번개 치믄 비가 쏟아지기 마련이제요. 아무리 잘몬했어도 반발심이 생길 수도 있잖니꺼. 우리 시상에서 최고로 인자하시고 위대하신 아버님이시여 자비를 내리소서.

그래서, 너가 끝까지 잘했다는 말이라 시방? 잘한 것도 없제만 몬한 것도 없다이깐요. 참말로 니는 대책 없는 아다. 그래믄 아버님이 대책 세워 주시믄 되잖니꺼. 우리 아버님 역시 최고시라니까. 형님들만 일하믄 저 미움 먹어 미움살쪄요, 아버님까지도요. 지는 이만 설거지 도우로 나가니데이. 우리 최고 아버님 바이바이.

말을 던져놓고 나가버리는 며느리 말이 맞는 것 같기도 하고 아닌 것 같기도 하고 시호랑이 머릿속이 수세미처럼 엉킨다. 시호랑이는 웃지도 울지도 못할 운명 앞에 서성인다. 방을 왔다 갔다 서성이고 있는데 또 며느리 목소리가 방으로 들어온다. *아버님 음복하시야제요.* 나는 시호랑이 옆으로 손자를 데리고 가서 말한다. *아버님 아버님 손자가 음복이 머냐고 묻는데 지가 몰라서요. 그거 아는 분 아버님뿐에 없으이 아버님 손자니까 아버님이 알래주시야지요. 어서요, 음복이 먼지 알려주시야지요. 하부지!* 발음도 정확지 않은 손자 손에 끌려 시호랑이가 나온다.

나는 시호랑이를 세워놓고 말한다. *주목! 조용히 하시이소. 지끔부텀 음복이 먼지 아버님께서 강의해 주시겠으이 전부 다 조용히 하고 잘 듣고 배우시이소.* 예상에도 없는 며느리의 너스레에 못 이기는 척 시호랑이는 강의 아닌 강의를 시작한다.

음복이 먼고 하믄 우리가 음식을 정성껏 마련해 채래놓고 절을 하믄 조상들이 오시서 흠향을 하고 그 자리에 복을 넣어두고 가는 거란다. 복을 어데다 넣어두었는지 모르이까 고로고로 먹도록 해라. 이걸 음복이라고 그랜다. 우리 모두 아버님 명강의에 박수. 짜짜짜짝 짜짜짜짝. 모두의 박수 소리가 한꺼번에 모여든다. 큰아주버님은 그 박수 소리를 틈타서 한마디한다.

지송합니더. 고개를 어디로 돌릴지 몰라 숙이고 있다. *아주버님 머가요? 아버님 벌써 다 이해하셨다고요. 처음엔 놀라싰다는데 가족 단합이 보기 좋으시다고… 맞죠, 아버님?* 시호랑이는 며느리의 말에 맞다 아니다 아무런 말도 없이 조용히 일어선다. 밤은 1시를 넘기고 시호랑이는 손자의 손을 어색함을 발라 잡고 일어선다. *나는 잘란다.* 녹색말 한마디 던지며 나간다. 시아버지 뒤를 따라가서 나는 말했다.

아버님, 만약에 장터 자전거를 타고 가시다가 차를 피할라다가 도랑으로 빠졌다고 할 때 아버님은 우째 생각하시니껴? 멀 우째 생각해 재수가 없을라이 넘어졌다고 생각하제. 아버님의 그른 부정적인 생각이 인품 좋은 아버님을 다 갉아먹니더. 야가 지끔 먼 말을 하노? 그래믄 재수가 없으이 넘어졌제 왜 해필 내가 자전거 타고 가는데 차가 와서 피하다 넘어져? 어차피 넘어진 걸 그래 생각하지 마시고 도랑에 굴러떨어졌는데 이만큼 다쳤으이 오늘은 운수대통했제.

만약에 차를 몬 보고 차와 박치기를 했다믄 죽을 수도 있고 또 굴러떨어졌는데 머리를 다쳐 죽을 수도 있는데 이만하길 천만다행이라고 생각해보소. 똑같이 일은 벌써 벌어졌는데 긍정적인 생각은 기분을 좋게 만들제만, 부정적으로 생각하믄 일이 벌어져 손해, 기분 나빠서 손해 이중으로 손해 아이껴? 그래이 아버님 인생에 머가 도움이 되고 이득이 되는지 한 분 곰곰 생각해보소. 시아버지는 *그만 자그러 나가라!* 한다. 나는 최소한 향그러운 말을 건넨다. *야! 시상에서 기중 훌륭하신 우리 아버님 좋은 생각 하시고 고운 꿈 꾸시고 주무세요. 아들, 할아버지 팔다리 주물러 드리고 자야 해.* 하고는 문을 닫고 나왔다.

깜깜한 자정은 달빛을 가림막 뒤로 숨긴다. 시호랑이는 도무지 잠이 오지 않는다. 모아놓고 말을 해야 하는데 기회가 생기지 않아 하지도 못하고 내일 일어나 모아놓고 주의를 줄까? 어찌 제수씨가 있는 자리에서 윗도리를 홀라당 벗고 바지도 벗고 팬티만 입고 놀고 있단 말인가? 생각할수록 어이가 없고 기가 막혀 분노가 치민다. 밤은 길기도 하다. 어서 날이 새면 모두 모아놓고 교육시켜야겠다는 생각을 길게 늘이며 어둔 밤을 허우적거리느라 까만 밤이 대낮처럼 밝았다.

긴 터널처럼 지루한 밤을 빠져나와 햇빛이 찬란하게 솟아오르는 아침이다. 찬란한 햇빛과 달리 마음에는 금방이라도 소나기가 쏟아질 기분이다. 문을 열고 나가니 며느리가 아양을 떨며 간드러질 목소리로 인사한다. *시상에서 최고인 우리 아버님 좋은 꿈 꾸싰니껴?* 말을 섞고 싶지 않지만 다른 사람 눈도 있고 해서 마지못해 대답한다. *꿈은 머얼! 얼릉 준비하고 아직 먹고 가자! 알았니더.* 그렇게 아침을 먹는데 꼭 밥알이 모래알 굴러다니는 것 같았다. 물에 말아서 훌훌 마시고는 서둘러서 며느리와 함께 청량리역으로 온다.

역에는 오가는 사람이 많았다. 다들 무슨 볼일이 그렇게 많은지 무슨 좋은 일이 있는지 서로 쳐다보며 웃으며 떠들며 끼리끼리 모여서 과자도 먹고 핫도그도 먹으며 즐거워 보인다. 그러나 시호랑이는 즐거움은커녕 아무 생각도 나지 않는다. 차표를 끊어온 며느리는 기차 안까지 올라와서 *우리 최고 아버님 조심해 가시이소, 가시다가 맛난거 사 드시고요.* 하면서 봉투 하나를 내민다. 며느리가 차에서 내려가고 봉투를 열어보니 돈과 편지가 나란히 몸을 포개고 들어있다.

시호랑이는 기차 안에서 며느리가 쓴 편지를 읽으려다 다시 접어놓는다. 읽을 기분이 아니다. 말을 곰곰 생각해본다. 밤새도록 생각해도 자꾸만 그 말이 맞는 것 같다. 그래서 정신이 어지러워 자신의 형님과 동생을 불러 물어보았다. 형님도 동생도 망설이지 않고 며느리 말이 맞는다고 한다. 맞을까? 맞는 것 같기도 하고 아닌 것 같기도 하다. 도랑에 굴러떨어져 화가 나는데 어떻게 그걸 다행이라고 생각한다는 말이냐고 다시 물으니 *갸 말이 맞제 어차*

피 일은 일어났는데 그래 크게 안 다쳤으이 울매나 다행이냐고 생각하는 게 맞제, 자네처럼 재수 없다고 생각해서 달라질 게 머 있는지 생각헤 보게! 하는 형님의 논리 정연한 말.

어째서 며느리의 잘못을 주위 사람들은 모두 옳다고 하는지. 내가 아리송해서 물었을 때 누구도 내 편을 들어주는 사람이 없었으니 그것 또한 신기한 일이라는 생각이 든다. 그렇다면 정말 내가 그래 독재고 이기적이란 말인가? 그래 오늘 일만 해도 형님도 동생도 한마디도 언급하지 않는다. 묵인하는 것인지, 그럴 수 있다고 생각하는 것인지, 당연하다고 생각하는 것인지 물어보지도 못했다.

나 혼자 속을 끓이지 아무도 그 엄청난 일, 시숙하고 제수씨하고 모여서 게임을 하고 그것도 옷을 벗고 앉아 있는데도 아무 말도 하지 않는 형님과 동생이 옳다는 말인가? 아무리 시대가 변했다고 해도 이건 아니지 않은가? 그런데도 인상 하나도 쓰지 않고 아무렇지도 않게 제사를 지내고 밥을 먹고 웃고 떠드는 모습이 옳다는 말인가? 전부 한통속이 돼서 나를 왕따시키는 건 아닐 텐데 도대체 가치관마저 흔들린다. 똑같은 부모 몸에서 태어나 어찌 저렇게 다를 수 있단 말인가? 아무리 생각해도 이해가 안 된다. 골치 아픈 생각 걷어치우고 어디 편지를 무어라고 썼는지 편지나 읽어 보야겠다.

시상에서 제일 멋지고 훌륭한 우리 아버님께,

우리는 또 가족이란 이름으로
시간이란 강물 위를 출렁출렁 흔들리민서 건너가고 있니더.
참으로 소중한 인연이제요.

아버님을 뵙는 날이믄
눈이 내리는 날맨치 괜시리 맴이 설레고
가을비가 단풍을 곱게 물들일 것맨치
심장이 뛰제요
아버님은 우리 가족의
심장에 남는 사램이씨더

눈이 내리고
비가 내리는 이유는
우리 가심에 보습이 필요로 하기 때문이겠제요
그것맨치
아버님과 우리가 만내는 것도
우리 가심에 사랑이란 영양분이
필요하기 때문이제요

가족이란

가심속에 수채와 물감 같은 존재라서

아비님이린 붉은 감수성 위에

푸른 김수성을 덧데어 보고싶은 것이제요

그릏게 다른 색을 더 칠해서

내 안에 색을 곱게 물들이믄

서로에게 섞이고 스며들어

시상에서 가장 아름다운 연극 한 편을

마무리하는 것

이것을 가족의 화법이라고 하제요

우리 집안은

아버님이란 강한 색, 그래니까

지가 시집올 때 너무 강렬했던 그 색이

쪼매씩 희석되어

아버님의 색에 스며들어 곱고 아름다운 대작

그 이름도 찬란한

시호랑이 길들이기라는 명작 한 편을

남길 거라 생각하니더

아버님의 계절,
이 무렵에 우리 가족은 아버님을 존경하니더

우리 가족은
라일락라일락 향기를 뿜고
호랑이가 포효하민서 천지를 뒤흔들믄
풀피리를 불민서
호랑이 등을 타고 달랠거씨더

파괴와 창조를 관장하는 신 같은
우리 아버님,
가치 둘러앉을 수 있는 공간 한 뼘만
제게 나누어 주실 거제요?

어디에선가 읽은 글인데
잃는 것 없이는 얻는 것이 없대요

아버님 자존심 쪼매 잘라내서
가족 평화를 얻는다믄
아버님 집안은 최고라고 생각해요

아버님은 문장 속에서
체언이나 명사구가 서술어에 대하여 가지는
주격·서술격·목적격·보격·관형격·부사격·호격
모든 자격을 갖춘 분이니까

맴문만 열어 놓으시믄
온 가족이 아버님을 격하게
존경하는 거 아시제요?

단산 다방에 가시서
기분 좋게 차 한잔하시민서
이쁜 마담하고 기분 풀고 가시라고
쪼매 드리니더

이쯤 되믄 최고 메느리 아이껴?
우뜬 메느리가
시아버지 다방 마담하고
차 마시고 기분 푸라고
시어머니 몰래 용돈 드리니껴?

맞제요, 아버님?

이쁜 메느리가 존경하는 시아버님 전에

며느리 편지를 다 읽은 시아버지는 박하 향을 맡은 듯 속이 시원한 느낌이 든다. 나를 신(神) 같은 사람이라는데 무슨 말이 더 필요하단 말인가? 그래 맞아 며느리 말이 다 맞았는데 내가 잘못 생각한 게 맞는 것 같다. 그래 이제 며느리하고 둘러앉아 이야기할 공간을 빌려주자. 가족이 다 날 싫어하는지 알았는데 가족이 다 존경한다는데 뭘 더 바랄 것인가?

시호랑이는 흐뭇해서 창밖을 내다본다. 밖에 날씨는 너무 화창하고 행복해 보였다. *단산 다방에 마담 외에 아무도 없으믄 좋겠는데…* 중얼거리면서 며느리 편지를 다시 주머니에 넣는다. 뼈대 있는 집안의 명맥은 이렇게 길게 이어지고 있었다.

전화기

새벽 5시 전화가 요란요란 잠 뚜껑을 열면서 소릴 지른다. 그 멀리서 일찍도 달려왔다. 반쯤 감은 눈으로 전화를 받는다. *여보세요! 안죽도 자나? 지끔이 및 신줄 아나? 해가 중천에 떴다.* 머리는 겪었던 횟수만큼 직관적이 된다. 사막을 횡단해야 하는 낙타 같은 기분. 시호랑이 소리엔 날이 서 있고 부드러움이라곤 찾아볼 수 없다. 말 그대로 한나절인 것이다. 며느리인 내 생각은 수천 개의 날개를 퍼덕이며 신새벽을 하얗게 날아오른다. 창을 가운데 두고 서로 자기가 창밖의 사람이라 우길 상황이 내 맛있는 잠을 꿀떡 삼켜버린다.

모든 말싸움은 심리학인 동시에 사회학이다. 경제학이고 과학이다. 동시에 화합학이고 가족학이다. 이 사상을 정립하지 못해 수많은 인간은 그토록 오랫동안 피 나눈 형제와 가족끼리 피 터지는 언어로 이전투구를 벌인다. 그리곤 단절하기도 한다. 이 집안 문제는 심리학적 문제가 가장 크다. 일단 시호랑이와는 누구도 대화할 수 없다고 믿는 유구한 불문율.

그러나 자세히 들여다보면 서로 말의 지분을 많이 차지하려는 욕심덩어리인 것이다. 싸움엔 늘 쌍방과실이지 일방과실이란 있을 수 없다. 서로에게 칼날을 세우지만 결국 본인을 찌른다는 이 평범한 일을 두 사람은 모르고 있단 말인가. 서로 칼날을 번쩍이고 나면 힘 빠지고 상처를 입는다는 걸 알지 못한다.

부드러움이 강함을 이기는 원리학이 이 집엔 없음이 문제다. 서로 목에 깁스하고 뻣뻣한 두 사람 생각이 다다르자 얼른 마음을 접는다. 그 한 평도 안 되는 지분을 차지하려고 모두 혀를 낭비하고 시간을 낭비하고 있다. 순간 슬픈 비 한 줄기 쏴 내리고 그친다.

형님과 시호랑이의 실랑이가 오고 간 후에 오는 전화일 것이 뻔하다. 일찍 전화를 못 하게 하는 시어머니 성화에 서울에 있는 큰딸 집으로 전화를 걸어 *에미 언제 일어나냐?* 새벽 5시부터 전화가 온다고 투덜거리는 시누이. 그도 그렇지. 똑같이 같은 서울 하늘

아래 산다 한들 언니가 몇 시에 일어나는지 시누이가 어떻게 안다고 아무리 가족이란 불빛을 쬐어야 따뜻하고 즐겁게 산다지만 우리 집안은 시호랑이만 눈뜨면 영하로 기온이 내려간다.

아무도 시호랑이랑 대화하거나 통화하려고 하질 않는다. 불을 지펴 따뜻하게 살기보다는 그냥 오들오들 떨며 추위를 참아내는 인내심 많은 가족이다. 남편만 해도 그렇다. 전화벨만 울리면 손을 가위표로 흔들며 없다고 하라는 시늉이다. 착각에는 커트라인이 없다지만 시호랑이가 단 한 번도 아들 바꿔 달라고 한 적이 없는데 어찌 저러는지 아리숭숭하다.

현실을 차단하는 절단기 같은 시호랑이. 어떻게 귓속으로 아름다운 소리를 집어넣어 민주주의를 만들까? 민주주의 나라에 살면서 독재하는 저 호랑이 때문에 머리에서 몇 사발의 기름을 더 쥐어짜야 온 가족이 반들반들 유채 기름처럼 향기롭고 따뜻한 봄볕을 마음껏 마실 수 있을까? 오늘도 날씨가 맑기는 이미 글렀다. 우비를 준비하는 게 낫지. 비 오겠다고 먹구름 짙게 끼었다고 투덜거린들 무슨 소용이 있단 말인가.

아버님 먼 일이 있니껴? 가가 말이다. 왜 그 모양이로? 시애비 알기를 지 발톱 밑에 때만큼도 안 여겐다. 내 참… 그때부터 나는 전화기를 거꾸로 든다. 평소엔 전화 요금 아깝다며 1분도 아끼는 통화지만 이럴 때는 요금과는 아무런 상관없다.

당신의 화가 풀려야 끊는 걸 아는 나는 전화기를 거꾸로 들고 다리는 벽에 턱 걸치고 책을 읽기 시작한다. 이미 예의는 꽃향기를 따라 사방으로 흩어지고 없다. 한참을 읽는데 *여보세요! 소리 들리나? 전화 끊겼나?* 안 듣고 있다는 느낌이 드는 걸까? 시호랑이 목소리 톤이 한 옥타브 올라가서 더 크게 들린다. 얼른 수화기를 바로 든다.

아이요. 잘 들리고 전화 안 끊겼니더. 그래믄 왜 아무 말이 없노? 아버님 말씀이 구구절절 전부 다 옳으신 말씸만 하시는데 지가 먼 말을 해요. 그릏제? 내 말이 맞제? 니는 우째 생각하노? 아버님 말씸 받침 한 개도 안 빼놓고 전부다 맞니더 맞고 말고요. 그래 내 말 틀린 게 하나도 없제? 그래믄요. 아무튼, 아버님 말씸에 동그라미 한 표. 그래도 말이 통하는 거는 니뱅에 없다. 맏메느리란 게, 니 반만 해도 나는 아무 말 안 한다. 내가 맥지로 화난 걸 니한테 화풀이 다 했다. 맞아요. 아버님 목소리가 폭격을 때려 귓속이 잿더미가 됐니더. 그래도 희생은 행복한 평화를 가져 오잖니껴. 지가 형님한테 잘 말씀드래 볼 테이 걱정 안 하시도 되니더. 됐다. 백날 말해봐야 방구에 물주기다. 얼릉 자라.

아니 30분 넘게 통화해놓고 얼른 자라니! 근데 도대체 무슨 일일까? 내용이 깜깜하다. 그러나 곧 실체를 드러낼 일들인데 내 꿀잠만 또 시호랑이가 다 업어가 버렸네. 전화기에 묻은 질겅거리는 말들을 찰칵 잘라낸다. 말 끊긴 빈자리에 생각을 구겨 넣는다.

침대에 벌렁 눕는데 또 전화가 운다. *동서 어떻게 시아버지가 저*

러시는지 알 수가 없네. 말이 돼! 어른이 돼서 도대체 독재도 어느 정도로 해야지. 그래도 내가 이 집 맏며느린데 어떻게 저럴 수가 있느냐 말이야. 화가 너무 나서 싸우다가 말았지만 이해가 안 가.

다짜고짜 무슨 말인지. 내 입장에서 보면 정말 사소한 일에 목숨 걸고 싸우는 형님이나 시아버지나 똑같다는 생각을 한 지 오래다. 저울에 달면 0.1그램도 치우치지 않을 것이다. 손위만 아니면 둘 다 도랑에 집어넣고 지근지근 밟고 싶을 때가 한두 번이 아니다. 그렇지만 양반집 딸 체면에 그럴 수도 없고 이럴 때는 얼른 말하고 끊는 게 상책이다. 서로에게 듣기 좋은 말만 해서 화해시키는 게 중책이고 잘잘못을 따지면 하책이다.

그러나 늘 중책을 쓰게 만드는 시호랑이와 형님은 나마저 상책을 쓰지 못하게 하는 사람들이다. 둘은 찰떡궁합이다. 싸움에 있어서는 한 치도 안 물러서는 바보들의 행진 말이다. 몇 시간을 말 같지도 않은 말을 들어주다 보니 두 사람 다 습관처럼 싸우고 나면 나에게 전화 거는 버릇이 있다. 계속 울어대는 전화를 받는다.

시호랑이 길들이기

10

어차피 받아서 해결해야 전화가 안 올 것이다. 두 사람 모두 내게 서로 잘했다고 자기편을 들어달라는 심산이다. 두 사람을 저울에 달아도 똑같으니 그렇다면 나는 두 사람 모두의 편이 되어주리라 마음먹고 전화기에 귀만 대고 이유를 묻지도 따지지도 않는다.

동서 내 말 좀 들어보게. 동서도 시아버지 성격 잘 알제? 진짜 나 분통이 터져 못 살겠다. 그러게요, 우리 아버님은 왜 그래시는동 이해가 안 가니더. 우리 형님 같은 분이 어데 있다고 그래시는동. 우리 아버님 메느리를 너무 잘 보시서 호강에 오강을 타고 앉아서 그래시니더. 그래이 지가 형님 대신 한바탕할 테이 형님은 걱정하지 마시고 계셔 보시이소. 그래. 동서가 좀 어떻게 해봐. 내가 동서 덕분에 산다. 안 그러면 속이 터져 벌써 죽거나 이혼을 해도 꼴백 번은 더했을 걸세. 참말 숨이 막혀 죽을 것 같네.

형님 속 지도 이해하니더. 오죽하실니껴? 그른데 먼지는 몰래도 조끔 전에 아버님께서 전화하셔서 형님한테 잘몬 말한 것 같다고 미안해 하시던데요. 참말로? 야, 지가 머하로 형님한테 거짓뿌렁을 하니껴? 진짜 조끔 전에 전화가 왔었니더. 아니. 그럼 나한테 직접 해야지. 왜? 동서한테 하노? 에이 아버님이 형님한테는 미안해서 몬 하신대요. 형님 같으믄 자식한테 금방 말해놓고 또 금방 사과 말할 수 있니껴? 그렇긴 하네. 에이! 지독한 독재 노인네.

그른데요 형님, 노인네 이른 말 불경스룹지 않니껴? 그거 습관돼서 전번에도 가족들 다 있을 때 형님도 모르게 노인네가 이래니까 다른 사램들 눈이 가재미눈이 되더라고요. 정말 가족들이 내가 노인네라 그런다고 째려봤어? 야, 참말로 그랬다니깐요. 난 그런 말 한 줄도 몰랐네. 그래이까 형님 말 한마디에 천 냥 빚을 갚는다고 하잖니껴. 알았네. 내가 동서 덕분에 숨을 쉬고 사네. 저두 형님 덕에 사니더. 참말이제 세상에 우리 시아버지 같은 분은 없을 걸세. 맞아요, 그것도 우리 팔자제 우째니껴, 형님하고 지하고 시아버지 잘 길들여서 살아야제 인제 와서 이혼을 하니껴, 우째니껴?

그래 동서 말이 맞네, 애 때문에 이혼도 못하고 답답하구만. 형님 걱정하지 마시고 전화 끊고 그르려니 하고 살아가시더. 알았네, 시아버지가 동서한테 잘못했다고 하시니까 내 이번에는 참아야제. 전화 끊네.

찰칵 이제 조금 있으면 또 시호랑이가 덜 식은 화를 식히려고 또 전화가 올 것이다 생각하는데 또 따르릉 따르르릉 시아버지 닮아서 길고 요란스러운 전화벨이 울린다. 네 전화 받았니더. 니는 어데 통화를 하길래 그래 길게 통화를 하노? 울화가 치밀어 죽을따. 왜요? 조금 전에 형님이랑 통화했는데 형님이 지송하다고 하던대요. 말하다 보이 아버님께 잘몬 말한 거 같다고요. 참말로 그래드나? 지가 머하로 거짓뿌렁 하니껴?

그래믄 내한테 전화할 일이제, 왜 니한테 전화해서 그래노? 그래믄 아버님은 왜 지한테 그래니껴? 자식이 잘 몬했다 하믄 화내시기 전에 조근조근 갈채 주시고 용서해 주시야제. 날벼락부텀 치는데 우째 말을 하니껴? 그래이까 지한테 얘기하제요. 자식 이게는 부모 없다고 지송하게 생각한다고 용서를 빌믄 그냥 아무 일 없었듯이 용서해 주시고 이쁘게 봐 주시믄 안 되니껴? 아버님하고 형님 성격은 무게를 달아도 1g도 안 틀리고 똑같고 자로 재도 한 치도 안 다르고 똑같은데 그걸 우째니껴? 야가 또 먼 소리하노? 아니 시집와서 친정에 보따리 싸 들고 가겠다는 것도 아이고 큰 잘못을 한 것도 아이고 바램이 난 것도 아이고 춤바램이 난 것도 아이고 노름 바램이 난 것도 아이고 말 쪼매 시아부지한테 막 하는 거 가주고 머 그래 난리를 치시는지 지는 아버님이 잘못이라고 생각하니더. 아버님은 남한테는 메느리가 최고라고 입버릇맨치 그래시민서 왜 그래 형님한테는 그래 바래시는 게 많니껴? 누가 바래기는 바래노? 말을 고래 미까리시릅끄러 쌍똥쌍똥하이 미와서 그래제.

아버님 맴에 들게 할 사램이 누가 있니껴? 아버님은 독재자신데. 형님도 시집살이 그만큼 당하고도 벨일 없이 잘 살믄 됐제. 왜 자꾸 아버님은 싸움에 집착하고 그래니껴?

내가 집착을 한다고? 야, 쪼매만 잘못해도 그걸 몬 보시고 소리를 지르잖니껴? 형님이 귀가 먹었니껴? 그릏잖다, 내 소리 지르지도 안 했는데 지가 먼저 내한테 소리를 질렀다. 그래고 노인네가 우째고 시애비한테 그래 말을 막 하믄 되나? 말하다 보믄 실수도 할 수 있제, 천지 기운을 돌레는 날씨도 해가 나다 비가 오다가 천둥 치다가 눈보라 치는데 인간이 우째 그래 완벽하기를 기대하시니껴? 그래고 한날한시에 나온 손꾸락이나 발꾸락도 길고 짧고 하제 똑같은 손꾸락이나 발꾸락은 단 한 개도 없니더. 그른데 각각 다른 환경에서 20년을 넘게 살아온 사램이 우째 아버님 입에 딱 맞기를 바래시니껴? 살다 보믄 소리도 지르고 말도 실수하고 그래민서 이 집 가풍을 익혀가는 게 시집살이 아이껴? 그래고 아버님은 또 성질이 너무 벨라시잖니껴? 야가 야가! 내가 먼 성질이 벨라다고 그래노? 벨라도 보통 벨란 분이 아이씨더. 우리 형님이나 되니까 참고 살제 지 같으믄 아버님이 그래 막 하시믄 벌써 안 살고 도망 가뿌랬니더. 그게 그래 쉬우나, 아 들은 우째고? 아 들은 이 집안 자식이제 이혼하는 사램이 자식 생각하믄 이혼 안 하제요. 니는 참말로 내한테 우째 그래 말을 퐁당퐁당 다 떤제고 사노? 그래도 지나 되이까 이래고 사니더. 지도 다른 가족들맨치 아버님과 말도 안 섞고 입 꾸매고 살아볼까요?

아이따, 니까짐 그래믄 내 속이 터져 죽는다. 그래이까요 아버님 지 말씸 질 들이 보시이소. 말히다 보믄 아버님께서 소리부터 지르시니까 쫄아서 형님도 모르게 노인네라고 나왔겠제요! 그른 소리 하지 마라. 내 니는 소리는 지르고 해도 내한테 한 분도 노인네가 우째고 하는 말 몬 들었다. 니 하고는 근본부텀 다른 아 다. 내, 니 겉으믄 걱정도 안 한다. 갸는 니가 생각하는 거 하고는 질적으로 다르다, 니는 논리적으로 내가 알아듣게 조곤조곤 하제만 갸는 소리만 지르고 내한테 노인네라고 막말을 해서 내 갸 목소리를 들으믄 부애가 나서 죽겠따. 아버님 죽기는 그만 일에 왜 죽어요? 말이 그룹다 말이따, 니는 잘 나가다가 꼭 삼천포로 빠지드라. 아버님 전화 요금 올래가는 소리가 철컥철컥 나니더, 얼릉 끊고 지가 한분 내래 갈 테이 형님 쪼매 이뿌게 봐주소. 아버님이 형님한테 자꾸 그래시믄 형님 안 살고 가시믄 우짤라니껴?

그만 일로 가믄 그만이제, 큰아는 지끔 장개보내도 내 열 분은 갸보다 더 좋은데 보낼 자신 있따. 그른 걱정 말그라, 아버님 대책 안 서시는 분이씨더. 먼 대책? 아니 우뜬 시아버지가 메느리 이혼하믄 장개 열 분 보낼 수 있다고 말씸하시니껴? 결혼이 아 들 장난이이껴? 니까지 왜 내한테 공격을 하고 그래노? 시호랑이 말에 매달려 끌려다니는 것 같다. 갑갑한 말들에 화가 나서 또 시호랑이에게 일장 연설을 퍼붓는다. 아버님, 몬난 자식은 부모가 싸안고 잘

난 자식은 남이 알아준다는데 형님이 쪼매 말실수했다고 이혼말까지 하믄 시아버지 자격 박탈이씨더. 아버님, 그래믄 지도 이혼할테이 한분 열 분 장개 보내보소. 니보고 누가 이혼하라 그랬나? 니가 왜 덩달아 난리를 치노? 먼 말씸을 그래 하시니껴? 아버님 잠시 혼을 저 멀리 출장 보내신 거 같애서 그 혼 찾아다 드랠라고요. 원래 아버님은 그러신 분 아인데 어떤 거렁뱅이 같은 구신이 혼 하나를 쏙 빼 버래서 아버님 본정신 아인 걸로 형님한테 화를 내신 거제 이유 없이 화내실 분 아니잖니껴? 우리 아버님 울매나 경우 있으시고 인자무적 하신데 가끔 이릏게 천둥만 치지 않으시믄 그릏제요? 그래 내가 본래 경우 있제, 그래 막무가내는 아이다 말이따. 그름 그름요, 아버님 오늘은 지한테 화풀이 다 하싰으이 하해(河海) 같은 도량으로 형님 이해해 주시이소.

나는 새 발가락 같은 말을 자신도 모르게 뱉어내고 있었다. 듣는지 마는지 혹시 시아버지도 전화기를 거꾸로 듣고 있을지도 모른다. 나는 전화기를 바로 들고 말하고 다시 전화기를 거꾸로 들고 책을 본다. 금방 끝내지 않을 것이 뻔하기 때문이다. 한참을 거꾸로 들고 무슨 말을 했는지 모르는데 *니 듣고 있나? 전화에 내 목소리 잘 들래나?* 하고 소리를 지른다.

전화기를 얼른 똑바로 들고 *야, 잘 듣고 있고 잘 들리니더. 니 또 날 알가 멍는 거는 아이제? 갸가 참말로 미안타 하드나? 조끔 전에 전화 와서 통화했다이까요. 그래이까 아버님 자비를 베푸시*

고, 형님한테 먼저 손 내미시믄 좋겠니더. 그래시믄 아버님이 완전히 이기시는 거제요. 그래 니한테 미안타. 당연히 미안하셔야제요. 이쁜 메느리 단잠을 모조리 다 짓밟아 버렸잖니껴. 니는 보기보다 참 잠이 많다. 보기에는 그래 미렌하게 안 생겠는데 먼 잠을 밤새도록 자고 새복에 또 자노? 아버님 시방 머라 하싰니껴? 미렌요? 아버님은 잠이 생긴 거하고 먼 상관이 있다고, 그래고 잠을 밤새도록 자지 낮 새도록 자는 사램도 있니껴? 아버님 핑생 하루에 시 시간 주무시는 건 미렌하게 안 생기셔서 시 시간백에 안 주무시니껴?

아이 그 말이 아이따. 내사 다부동 전투 때 총알이 빗발치는 속에서 싸워 이게야 한다는 생각 외로는 아무 생각 몬 했다. 그래고 북한에 포로수용소에 끌레갔을 때도 살아남기 위해 얼음을 깨 머민서 탈출을 시도하느라 그 환상 때문에 깊은 잠을 몬 잔다. 늘 귀에서 따발총 소리가 나고 대포 소리가 나고 금방이래도 총알이나 대포에 맞을 것 같은 환상 때문에 잠에서 벌떡벌떡 깨난다. 그래 일어나믄 오금이 저려 다시는 잠이 안 온다. 전쟁을 모르는 니가 우째 전쟁을 겪은 우리들 절박했던 시절을 이해할 수 있노. 다 헛일이다. 너들은 너무 모든 게 풍족하고 호화롭게 살아. 그래민서도 불평불만은 더 많고. 아버님 지가 은제 불평불만했어요? 니보고 하는 말이 아이따. 신문을 보믄 요즘 세태가 한심해서 그릏다.

그야 당연하제요. 직접 전쟁을 겪지 않은 세대들에게 아무리 실

감 나게 전쟁 상황을 설명한들 겪은 사람의 당시 절박한 상황을 이해한다는 건 도저히 불가능하제요. 그래이까 너무 큰 기대를 안 하시는 게 실망의 길이를 줄이게 되실 거씨더. 하긴 그릏다. 전화기 거꾸로 들기는 이것으로 막을 내렸으면 간절한 심정으로 아침을 맞는다. 한편 읍내 노인정엔 또 주저리주저리 전설을 만들고 역사를 가꾸기 위해 하나둘 모여든다. 가정이 굴러서 사회가 되고 사회가 달려서 역사가 되는 것이다.

노인정엔 평소보다 많은 사람이 모인다. 농번기라도 비 오는 날이면 먹띠기 화투놀이도 하고 장기도 두고 바둑도 두고 그렇게 소일로 날짜를 지운다. 이 동네는 노인 인구가 많다. 칠십 이전 나이는 아직 어린이 취급을 받는다. 칠순은 돼야 겨우 어른 대접을 받는 노인정에서 시호랑이는 서열로는 졸병이다. 그러나 그 시호랑이에게는 아무것도 시키지 않는다. 하는 걸 바라지도 않는다. 그저 바른 소리 해서 분위기만 흐리지 않게 해주면 고마울 뿐이다.

자네 우째 오늘은 벌레 씹은 얼굴을 하고 있는고? 하고 노인회 회장이 한마디한다. 그러자 이 사람 저 사람 한 마디씩 말을 던진다. *먼 일 있는가?* 그러자 솔직하고 숨기는 것이 없이 투명한 내장을 가진 시호랑이는 아침에 며느리랑 있었던 이야기 자루를 풀어놓는다.

우리 메느리 말일쎄. 성질이 급하거든. 나보다 어떤 때는 더 급한데 글쎄 내가 전화로 소릴 질러도 한마디 대꾸도 없이 잘 듣고

있다이까. 참 성질이 좋아. 그른 거 보믄 내가 전화 끊고 나서 생각하믄 미안하다네. 그래고 말일쎄. 일류 판사야. 내 말이 맞다 아니믄 잘못됐다 정확하게 망치를 뚜드래주이 말일세. 그래이 우리 둘째 메느리 말을 들으믄 속이 확 풀레. 맹태 해장국 먹은 거맨치 속이 시원해. 가재는 게 핀이라고 지 동서 편 들 만도 한데 아주 공정해. 내가 잘몬한 거는 잘몬했다고 말하고 잘한 거는 잘했다고 하고 그래네.

내 눈치 보고 우물쭈물하는 일은 없어. 오늘도 큰 메느리가 버르장머리 없이 말하길래 한바탕하고 둘째 메느리한테 전화를 하이 신속 정확한 판결을 내줬네. 그래 지끔은 기분이 다 풀래서 노인정 왔제.

모였던 사람들이 어떻게 생각하든 시호랑이는 개의치 않는다. 언제부터인가 시호랑이의 며느리 이야기 듣는 재미로 쏠쏠해진 사람들. 울분은 거대하고 사랑은 경건하다더니 저울추가 늘 어느 쪽으로 기울어질 것을 머릿속에 각인하고 있는 사람은 솜 9kg과 쇳덩이 9kg의 무게에서 늘 쇳덩이가 더 무겁다고 생각하는 것과 같은 착각을 한다.

자네 메느리 바보 되었구먼. 쯧, 쯧, 천하에 호랑이도 벨 수 없다이까. 모두 한바탕 놀려대는 하얀 이 사이로 햇살이 푸석하게 흩어지고 있다. 아직도 삭제되지 않는 큰며느리에 대한 분노보다 당신 말에 정확하게 옳고 그름을 판결해주는 둘째 며느리가 뱉어놓

은 알약 같은 말을 주워 삼키며 시호랑이는 앞니를 드러내며 기지개를 켠다. 큰며느리와 무거운 관계를 깨끗이 걷어내어 산뜻한 느낌마저 든다.

자신이 홧김에 큰아들 장가 열 번은 보낼 수 있다는 말은 과한 말이 맞다는 생각을 하며 피식 웃는다. 벌레가 다 파먹었던 마음을 떨어트려 벌레나 먹으라고 하고 그 자리에 파릇파릇 새싹을 돋게 하는 둘째 며느리가 너무 귀엽고 사랑스럽다는 생각 쪽으로 마음의 저울추를 옮기고 있다. 자꾸만 둘째 며느리 쪽으로 기울어져가는 눈금에 너무 흔들리면 안 되고 시아버지의 위엄을 지켜야 한다고 애써 가슴을 토닥인다.

가지마다 공평한 유실을 달아야 맞는 건 안다. 그런데 그게 똑같은 말을 해도 큰며느리가 하면 화부터 나고 둘째 며느리가 하면 귀여우니 이것도 운명인가 싶다. 한쪽으로 휘어진 곳에 마음을 결박당하면 안 되는데. 마음의 평정을 찾아야겠다는 쪽으로 자꾸만 미끄러져 내려가는 시호랑이의 심장.

노인정 안으로 꽃잎 지는 소리가 뛰어든다. 큰며느리와 싸움에서 출시된 기분은 무겁고 둘째 며느리의 말에서 출시된 기분은 시원해지는 바람 같다. 심장 속으로 또 꽃잎 팔랑이는 소리가 뛰어든다. 잠시도 바람 잘 날 없는 시간, 무분별한 암호 같은 둘째 며느리의 말이 심장에 남는 것이 귀신한테 홀린 것 같다는 생각이 든다.

큰며느리의 노인네라는 말은 늙어서 떨어지는 말 같고 둘째 며느리의 메뚜기 같은 말은 심장을 쿵쾅쿵쾅 뛰게 만드니 그악스러운 독설 같은 둘째 며느리의 말고삐에 자꾸만 몸과 마음이 휘어지는 시호랑이. 온몸에 퍼지는 이 독의 정체는 어떤 알약으로 제거할 수 있을까? 둘째 며느리의 말은 시고 떫은 맛이 나지만 자꾸만 눈을 질끈 감고도 입맛을 당긴다.

그러나 큰며느리의 벌레 먹어 떨어진 살구 같은 말은 자꾸만 인상을 찌푸리게 한다. 시고 떫은 맛 나는 풋살구보다 벌레 먹어 떨어진 살구가 더 맛있는 걸 모르는 시호랑이는 큰며느리와 둘째 며느리의 한여름 싱그러운 독설 같은 시간을 견디기 위해 두 며느리가 뱉어놓고 간 말에 이리저리 흔들리며 시간을 익혀가고 있다.

거꾸로 가는 시계

대물림이란 말은 정말 대단한 말이다. 결혼한 지 8년이 되도록 단 한 번도 친구들과 1박 여행을 가 본 적이 없다. 정확히 말하자면 갈 엄두도 못 내고 살았다. 그렇다고 화법이 성글거나 어설퍼서 남편을 이해 못 시켜서는 아니다. 오히려 당돌하다. 그러나 가부장적인 시호랑이 아들과 싸우지 않고 평화를 유지하려면 아예 가는 것을 포기하는 편이 훨씬 우주의 평화와 화목을 위하여 낫다고 생각하고 마음을 접고 살았다. 그러니 친구들과 함께 제주도 일주일 여행은 상상조차 할 수 없는 일이다.

그러던 어느 날 문득 이게 뭐지? 내 몸 가지고 나 가고 싶은 곳도 못 가면 이건 감옥이나 다름없잖아. 반란을 일으키는 머릿속이 엉킨다. 결혼하면 하고 싶은 건 무엇이든 다해 준다던 남편. 결혼하고는 여행 하나도 자유롭게 못 다니게 한다는 생각에 봄볕에 새싹 돋듯 파릇파릇 뿔이 돋아난다. 한번 조용히 협상하려고 1박 여행 이야기를 꺼내자 어이없게도 *나도 결혼하고는 오직 가정만 위해 살았어. 내가 술을 먹나? 여자를 사귀나? 오로지 가족을 위해 열심히 일만 하잖아.*

그 말에 나는 대답할 가치가 없다고 생각하고 입을 다문다. 진도를 더 빼면 싸움이 될 것 같아 *알았어.* 체념을 실 감듯 감아서 던진다. 여자의 마음을 너무 몰라주고 있는 벽 같은 남편의 언어는 울퉁불퉁 못생기고 쓸모없는 휴짓조각 같아 아무 말 없이 더 이상의 대화 페이지를 넘기지 않는다. 하룻밤이라도 자고 오는 여행은 꿈도 못 꾸게 싹마저 싹둑 잘라버리는 남편의 언어독재는 세계 어느 독재자보다 더 붉다.

시호랑이의 유전자를 닮았으니 콩 유전자에 팥 싹이 나오길 기대하는 건 애초에 무리한 생각일 뿐이다. 그렇다면 그 콩 싹이 때로는 팥 말에도 귀를 기울이도록 하는 편이 훨씬 낫다는 생각을 하고 이제 서서히 남편의 이기적인 버릇도 고쳐가리라 맘먹는다.

다짐을 심어놓고 실행에 옮길 생각을 비밀리에 키워가기 시작했다.

향기 하나로 뒤에서 조용히 인류를 지배하는 커피를 닮아야지. 향기 진한 커피 볶는 냄새를 풍기며 커피를 그리워하며 살게 해야지. 내 주위에 그윽한 향을 뿜어내며 물처럼 물렁물렁 살고 싶던 생각에 금이 가기 시작할 무렵 삼총사 친구들이 제주도 여행을 가자고 한다. 삼총사들은 말을 바로 행동으로 옮기는 당찬 친구들이다. 못 간다고 말해놓고 집으로 왔다. 그런데 집까지 따라와서 빈정거리는 친구들의 말이 거슬린다.

야! 우째다가 천하제일의 숙명이 저래 됐노? 쯧쯧 딱하기도 하제. 숙명의 전성시대 자존심 다 끝났다. 우째다가 저래 되었노! 그러게 여자 팔자 뒤웅박 팔자라이까. 인물 반반하고 돈 많으믄 머하노? 친구들하고 가는 여행 한 분도 지대로 몬 가는 걸.

친구들의 말은 되돌아가지도 않고 잠자리까지 따라 들어와 깔깔거린다. 자꾸만 풀 먹인 옥양목이 빨랫줄에서 서걱거리는 소리를 내며 귓전을 떠나지 않는다. 다듬이 소리마저 들린다. 밤을 쫓아내고 잠자리까지 따라 들어와 밤새도록 머릿속을 마구 헝클어댄다. 아니 내가 왜 이리되었지. 여행이라면 쌍불 켜고 앞장서고 못 가는 친구들 어떻게든 데리고 가던 그 패기가 공중 분해된 건 사실이다. 펄펄한 남자의 심벌이 일어나듯 자존심이 불뚝불뚝 치밀어온다. 그래 기회야, 기회는 한 번 지나가면 다시는 오지 않는다. 기회가 왔을 때 잡아야 한다.

미나에게 전화했다. *미나야, 나도 제주도 여행 갈 거니까 그래 알고 있어. 비행기 표 끊고 나서 내한테 다시 연락해줘. 그래 잘 됐다. 이 좋은 기회에 당연히 가야지, 내 니는 갈 줄 알았다. 표 예매해 놓고 다시 연락해줄게. 그래 알았어.* 일단 간다고 마음을 정하고 나니 기분이 날아갈 것 같다. 밤마다 이놈의 혓바닥이 설설 입을 간질이지만 일단은 다녀와서 말하자고 혀를 달랜다. 다행스럽게도 혀가 말을 잘 들어 드디어 내일이면 떠난다. 새벽 6시까지 김포공항에 도착하려면 4시에 집에서 출발해야 하는데 묘안이 떠오르지 않았다.

8살 5살 아들 형제에게 *아들 이리와 봐. 엄마 여행 가고 싶은데 아빠가 반대하시네. 엄마는 가고 싶은데 가지 말까 갈까?* 하고 조심스럽게 아들을 앉혀놓고 묻자 기특하게도 큰놈이 먼저 선심을 쓴다. *엄마 내가 동생 밥 해먹이고 잘 데리고 놀게 다녀오세요. 방학이라 학교도 안 가니까, 걱정하지 말고 다녀오세요.* 제법 늠름하게 자란 말을 하자 작은놈도 거든다. *엄마 잘 다녀와. 나 형아랑 잘 놀 수 있어.* 힘을 몇 가마니 얻는다.

조금 있다가 두 놈이 엄마를 찾는다. 못 가게 하면 어쩌나 가슴이 덜컹 떨어진다. 아들이 못 가게 하면 굳이 가고 싶지는 않다. *울 돼지들 엄말 왜 찾아? 엄마 이거.* 두 놈이 무언가를 방바닥에 놓는다.

거기에는 꼬깃꼬깃 구겨진 지폐들과 백 원 십 원짜리 잔돈들이 수북하다. *맙소사!* 두 놈 다 자신이 키우던 돼지를 잡아서 엄마에게 준다. *엄마 놀러가서 맛있는 거 사 먹어.* 이래서 자식을 키우나. 어쨌긴 그 고사리들이 키우던 고깃덩이를 껍질까지 추려서 장롱 안에 숨겨놓고 가슴이 먹먹함에 두 아이를 꼬옥 안아 준다. 별빛들이 주루룩 눈물을 쏟는다. 별들이 쏟은 눈물로 바다는 짜다. 남편 퇴근 후 저녁을 먹고 모두 잠든 뒤 거실과 안방에 있는 시계란 시계를 모두 3시간씩 거꾸로 돌린다. 시간을 놓칠까 잠을 설치고 드디어 시계가 7시를 가리킨다.

오빠 큰일났다, 늦잠 잤어. 7시야 어쩌지? 눈을 부스스 뜨고 시계를 쳐다보던 남편은 후다닥 불에 덴 것처럼 몸을 튕겨 밖으로 나간다. 거실에 걸린 시계를 쳐다본다. 역시 7시를 가리킨다. 남편이 세수도 못 하고 겉옷은 손에 들고 넥타이도 든 채로 차 시동을 걸어 출발하는 걸 보며 얼마나 웃음 나는지.

배를 잡고 데굴데굴 구른다. 배꼽이 빠져 여행에 지장을 줄까 움켜쥐고 웃다가 보니 챙겨놓은 짐들이 눈길을 끌어당긴다. 늦는다고 재촉하는 짐에게 끌려 공항 가는 택시에 태워진다. 시원한 여름 새벽바람이 상쾌하다.

1주일간 한라산 영실, 천지연 폭포, 산굼부리까지 구석구석 제주도 사는 친구의 안내를 받아가며 즐겁게 여행했다. 참으로 신나고 행복한 시간이었다. 그렇게 일주일은 눈 깜빡할 사이 지나가 버리고 이제 집으로 가야 한다. 즐겁기만 하던 시간이 김포공항에 내리자 공기부터 제주와 다르다는 느낌을 받는다.

그제야 걱정이 머릿속에 들어와 앉는다. 어찌 되었을까? 에라 즐겁게 다녀온 여행 모든 것 즐겁게 생각하자. 어차피 인간은 스스로 죽는 게 아니라 시간이란 괴물에게 죽임을 당하는 것이다. 비참함 서글픔 우울함 눈에 보이지도 않는 시간이란 도둑 균들은 자연이 내린 명령으로 조금씩 늙혀가다 끝내 살해하는 것이다.

한순간이라도 즐거워야지. 나쁜 일은 그때 가서 생각하자. 좋은 일은 당겨서 생각하고 나쁜 일은 닥쳐서 하자는 평소에 신조를 꺼내 들고 집에 도착하니 남편은 퇴근 전이다.

아들들을 보니 모든 게 안심이다. 이렇게 든든한 후원자가 또 있단 말인가. 아이들이 좋아서 펄쩍펄쩍 뛰고 난리가 난다. 아이들이 말한다. *엄마 아빠가 엄마 어디 갔냐고 해서 모른다고 했어. 그런데 두 밤 잘 때까지는 막 화를 냈어. 너 엄마는 도대체 어데를 말도 없이 갔느냐고. 그런데 세 밤째는 걱정을 했어. 아빠가 앨범을 가지고 나와서 우리더러 엄마 무사하게 돌아오게 해달라고 기도하랬어. 그래서 네 밤도 다섯 밤도 여섯 밤도 매일 아빠 퇴근하시면 앨범 가져다 놓고 기도했어. 엄마 아무 일 없이 무사히 돌아오라고. 그래 아빠가 화 다 풀렸으니 걱정 안 해도 돼요.* 한다.

아이들 말을 듣고 나니 안심된다. 그랬겠지. 아내가 아무 말 없이 나갔으니 온갖 걱정을 다 했겠지. 처음엔 화가 났다가 다음 날은 더 났다가 삼일부터는 초조해 여기저기 갈 만한 곳에 모두 전화해 봤지만 모두 모른다는 응답이었겠지. 남편은 불안하기 시작했겠지. 어디 가서 사고를 당했나? 제발 무사히 귀가만 하게 해달라고 아이들을 데리고 사진을 보면서 매일 기도했겠지. 그래 아내 귀한 것도 이번에 절실하게 깨달았을 거란 생각을 하니 일거양득 같아서 기분이 좋아졌다. 그럭저럭 해는 저물고 남편이 퇴근한다.

남편은 나를 쳐다보고는 아무 말도 안 한다. 일주일 사이에 벙어리가 되어 아무런 말이 없다. 어디 갔다 왔느냐 묻지도 않는다. 방 안과 거실을 날아다니는 차가운 공기. 햇살은 온종일 먼지투성이가 되어 어둑어둑 창틈 새로 비집고 들어오고 있다. 남편은 가스레인지를 켜고 냄비에 꼬불꼬불 허기를 끓이고 있는 뒷모습에 *나 삐졌어.* 라는 문구가 너덜거린다.

분재는 뿌리를 잘라내지 않으면 안 되고 사람은 고정된 뿌리를 자르지 않으면 눈뜬장님이 될 수밖에 없음을 모르는 남편이기에 모른 척한다. 1단은 목적을 달성했고 2단은 무사히 다녀왔고 3단은 심리전을 잘 이용해야 4단으로 넘어가니 어려움이 있어도 참아야지. 부부도 손자병법 전략을 이용해야 자기 영역을 지키며 행복하게 살 수 있는 법이다. 단수 올리기는 성공이다. 한 주 동안 단전된 상태로 지낸다.

주말이 되자 남편이 싸르르싸르르 말 한 자락을 던진다. *잘몬한 것 없어?* 질문인지 반성을 하라는 말인지 아리송한 말을 던진다. *아내가 무사히 댕게 왔으면 감사해야지. 먼 잘잘못을 따져? 지끔*

그걸 말이라고 해! 그래믄 말이제 막걸리야. 내 참 기가 맥혀 적반하장도 유분수제. 말도 안 하고 어린애들을 두고 일주일을 가출하고? 그래고도 뭐? 무사함에 감사하라고 기가 멕해서 말도 안 나오네. 그건 자신이 독재인 걸 몰래서 그래. 지끔까짐 단 하룻밤 자고 오는 여행도 허락해 주지 않았잖아. 나도 인격이 있는데 왜 오빠한테 허락을 받아야 돼. 그래고 결혼할 때 머라고 했어? 나 하고 싶은 거 다해 주겠다고 꼬드겨놓고 적반하장이 유분수인 게 누군지 모르겠네. 어차피 오빠는 상의가 아닌 허락으로 생각하잖아. 그른데 친구들과 일주일 여행 가겠다고 말하믄 가지도 몬하고 욕만 먹을 어리석은 짓을 내가 왜 해. 어차피 욕먹는 것 갔다 와서 욕먹으면 될 것을. 그래고 앞으로도 상의가 안 되고 허락으로 간다믄 말 안 하고 갈 게이 그래 알아. 나도 인격이 있으이까. 그건 오빠가 내게 한 약속이기도 해!

남편은 어이없다는 듯 다시 말을 얼린다. 다시 꽁꽁 얼어붙는 입 저러다 해동되면 부서지지 않을까 겨울 지나면 봄이 오는 게 세상 이치인데 다시 냉전 시대다.

이틀 뒤 시골에서 시호랑이 오셨다. 수시로 한 바퀴씩 다니러 오시는 시호랑이는 집안에 찬 바람이 부는 냉기를 느꼈는지 *너 먼일 있나?* 하고 짐작을 깔면서 물으신다. *아버님, 지 말씸 쫌 들어보시이소. 결혼하고 8년 되도록 여행도 한 분 몬 갔는데 친구들끼리 회비로 여행을 가는데 안 가믄 회비 반납도 안 되고 해서 제주도 여*

행을 댕게 왔는데 말 안 하고 갔다고 삐져서 저래 말도 안 하고 저래니더. 말도 안 하고? 말하믄 몬 가게 할 거 뻔하고 그래믄 지만 친구들힌데 지존심도 상하고 그래서⋯.

그래도 이 어린것들을 두고 말은 하고 가야제. 말했으믄 이분에도 또 몬 갔어요. 말 안 하고 갔으이 갔다왔제요. 그래 알았다. 다음부텀은 내한테라도 말해라. 저 어린것들이라도 내가 봐주마. 역시 아버님이 최고씨더. 아버님 아들이 아버님맨치 너그러우믄 울매나 좋을니꺼? 진짜 아버님 반만 닮아도 좋겠네. 자식을 겉을 놓제 속까지 놓나?

저녁이 되자 남편이 퇴근해 와서 시호랑이가 온 걸 보고 멈칫 놀라는 표정이다. 시호랑이는 아들이 문을 열고 들어오자마자 한마디 휘리릭 던진다. *몬난 눔!* 하고 쳐다본다. *아부지는 아무꺼도 모르시믄 가만 계시이소. 내가 모르기는 머얼 몰래? 저 아들을 두고 1주일이나 놀러 갔다 왔다고요!* 아들 언성이 높아지자 시호랑이 또 벼락을 친다. 번쩍번쩍 목소리에 금방 창문이 와장창 깨진다. *이눔아! 니 공무원 월급 및 푼 받노? 그 월급 모아서 펑생 에미 여행 한 분 지대로 시케줄 수 있다고 생각하노? 친구들 모임에서 댕게 왔으믄 잘했다고 할 일이제. 몬난 눔!*

시호랑이 길들이기

11

그래고 아무 일 없이 잘 댕게 왔으믄 고마워해야 될 일이제. 갔다 온 일을 따지믄 머 할래? 몬난 눔 같으니라고. 말도 안 하고 갔다 왔다 말이씨더! 이눔아! 이 두대바리 같은 눔아! 니눔이 이래 성질 부레는데 말하겠나. 니 겉으믄 말하겠나 말이따. 갔다 왔는데도 이 난린데. 에미가 간다 하믄 니눔이 기분 좋게 보내주기는 커녕 안 된다고 한칼에 자를 눔이야. 내가 니눔이 그랠 줄 불 보듯이 환하게 다 보인다. 아무리 그래도 시대가 시댄데 요즘 에미같이 사는 사램 있나 찾아봐라 이눔아! 다 시집 알길 우습게 알고 니 여동생들하고도 은제 한 분 싸우고 싶은 표정 짓는 것 봤나 말이다. 온 집안을 화목하게 할라고 애쓰는 게 니 눈에는 안 보에나 말이따. 니눔은 안죽도 멀었어. 순한 에미 성질 벨구지 말고 잘해! 폭풍과 소나기가 한줄기 지나갔다.

아무 말 없이 밖으로 나가 버리는 아들을 보고는 *저눔 속으로 후회할 거다. 에미야 걱정 말그라. 그래고 이걸로 애비 좋아하는 거 사다가 해조라. 저눔이 떡을 좋아 하이까 떡도 쪼매 사고 나는 내래갈란다. 내한테 애기했으믄 내가 여비래도 보태 줄 낀데 이걸로 니 사고 싶은 거 하나 사라.* 하얗게 웃는 봉투 하나를 내민다.

야, 역시 아버님이 최고라니깐요. 어차피 갔다 왔는데 아버님매로 이래 말하믄 지가 울매나 고마워서 담부터는 뉘위칠 낀데. 지가 이혼하고 싶어도 아버님 때문에 몬 한다니까요. 그래 어차피 갔다 온 거 애비하고 잘 풀고 아 들 델꼬 나가 맛있는 거도 사 먹고 해라. 말을 뒤로 남기고 가는 시호랑이 팔짱을 끼고 역까지 모시고 가서 기차 안까지 배웅한 다음 제주도에서 남편을 주려고 사온 선물을 시아버지께 준다.

이거 아버님 드릴라고 사 왔으이 가주고 가셔서 피곤하실 때 타서 잡수이소. 이게 머로? 이거 유채꿀인데 원기도 돋구고 몸에 좋다고 해서 아버님 드릴라고 사 왔니더. 야야! 참말로 애비 모르게 회비로 가서 돈도 없을 낀데 우째 이른 걸 다 사 왔노? 아무리 없어도 아버님께 쓰는 거는 안 아깝니더. 고맙다! 아버님 바이바이!

손을 흔들고 차에서 내려 집으로 오는 길에 봉투를 열어본다. 남편의 석 달 월급이다. *아싸! 대박!* 또 여행 가고 싶다. 시장에 들러 떡을 산다. 떡 위에 편지를 써서 올려놓는다.

이 떡은 제주도 여행 기념 떡임. 그래고 자기는 참 대단해요. 왜냐믄 내 같은 여자와 같이 사는 걸 보믄. 난 나 같은 여자랑 사라고 하믄 벌써 안 살고 이혼했을 것 같은데 만약 그런 맴 있음 애들 다 키워놓고 이혼해 달라믄 해줄게요. 위자료도 필요 없고 그냥요. 지끔 이혼하믄 애들 때문에 자기 출근 몬 하잖아요. 아버님께서 용돈을 엄청 마이 주셨는데 얼음 다 녹으믄 알려 줄게요. 그동안 다 쓰믄 우쨀 수 없고요. 궁금하믄 맴 해동되믄 물으시길 아프지 않게 살살!

시상에서 제일 예쁘고 사랑스러운 아내가.

아침에 일어나니 떡은 하나도 남아 있지 않았다. 남편의 생각은 다른 곳에 가 있었다. 저 여자 아버지가 돈 한두 푼 주신 게 아닐 텐데. 궁금해서 원, 그래 어차피 다녀온 걸 뭐. 돈이나 다 쓰기 전에 빼앗아야지. 며느리에게 용돈 줬다 하면 많이 주는데 씀씀이 헤픈 숙명이 며칠이면 그 돈 다른 사람 손에 넘어가 버릴 게 뻔하다. 옷가게 주인에게 넘어갈 확률이 제일 높다. 머리 굴리는 데 도통한 여잔데 내가 말 안 하는 사이 다 써버리면 나만 손해야. 봐

주는 척해야지. 하고 얼른 거실로 나와서 말한다.

다음 한 분만 더 그래믄 용서 안 해 알았어. 아이 그래믄 내가 또 왜 그리겠니껴. 두 분은 안 하제. 다음부텀은 보내줄 거제요? 고마워요. 역시! 오빠는 다른 남자들이랑 다르다이까. 다음부텀은 꼭 말하고 갈게요. 뒷말은 자세히 들리지도 않는다.

진화는 오직 아버지가 준 돈이 궁금할 뿐이다. *근데 아버지 돈 울매 주싰어? 응 그거? 떡 살 만큼 주싰제. 어휴 저걸 그냥. 왜? 억울하믄 다시 얼려요. 아니 그래지 말고 내가 달라는 말 안 할 테이까. 솔직하게 말해 봐. 울매 줬어? 엄청 마이 주싰다고 편지에 썼잖아. 많은 건 맞제. 떡을 이만큼 살 만큼 많으이까. 내가 졌다. 졌어.* 얼었던 말들이 녹아 질펀하게 어지러워진 하루를 지운다.

오빠 내가 재밌는 시 한 수 지어 줄까? 그래 지어줘 봐. 알았어. 사램은 이름값을 해야제. 오빠 이름이 진화니까 생각도 진화해야 하고 내 이름은 숙명이니까 운명을 숙명으로 이겨내야만 하겠제.

이름값

국수와 들기름이 머리채를 잡고 싸웠대

들기름이 고소해서 국수가 잡혀갔대

잠시 후 국수가 다 부는 바람에
들기름도 잡혀갔대

옆에서 말리던 김밥도
말려들어서 옆구리가 터지면서 잡혀가고
구경하던 계란도 껍질을 깨고
후라이 치는 바람에 잡혀갔대

꽈배기는
재수 없게 일이 꼬여서
잡혀갔대

열 받아 달려가던 아이스크림이
교통사고를 당했대,
차가 와서

이 모든 일은
처음부터 짠 소금 때문이었대

결국
고구마가 구워삶아서 모두 해결했대

잘 생각해보믄 의문이 풀릴 거야! 폭염으로 열병을 앓던 아스팔트가 식는다. 초저녁 눈썹달을 다 갉아먹은 별들. 잠재운 청춘의 추운 겨울은 다리를 절며 가고 또 다른 빛이 비치고 있다. 흙탕물을 뚫고 뛰어 오르는 미꾸라지 같은 시간이 지나가고 물은 고요하게 가라앉고 있었다. 흙탕물이 번져 세상을 덮을 것 같던 시간도 이래저래 생사가 복잡했으니 비 오는 날 공중을 튀어 오르는 미꾸라지가 땅바닥에 떨어져 퍼덕거리던 까룩까룩한 시간이 행복이란 열매를 준비하고 있었다.

진화는 생각했다. 참으로 천성을 고치기는 어렵다고. 자신의 친구들 오토바이를 가리지 않고 긴 머리 휘날리며 이놈 저놈 오토바이를 타고 다니던 저 도화살이 결혼했다고 하루아침에 고쳐지길 바라는 것은 너무 무리지. 시간이 더 흘러 철이 들면 저 푸른 기도 좀 수그러지겠지. 온 고을에서 숙명과 결혼하지 못해 안달 나던 친구들을 생각하니 혼자 씨익 웃음이 나왔다. 그래 하나를 얻으면 하나는 버려야지. 다 알고 결혼했으니 내가 감당해야 할 일이다.

다행스럽게 호랑이 같은 아버지를 잘 구워삶아서 온 식구가 겁내는 아버지가 언제나 숙명의 편을 드는 게 다행이란 생각이 든다. 가족들에게 그렇게 인색하던 아버지가 주머니를 온통 열어놓고 있으니 참으로 신기하다는 생각을 한다.

진화는 화장대 위에 봉투 하나를 발견했다. 숙명이 아버지께 받은 돈을 화장대 위에 두고 나간 것이다. 그래 여기 있었구나. 봉투를 슬쩍 챙기고 회심의 미소를 짓는다. 니가 뛰어봐야 내 손바닥 안이지. 시침을 뚝 떼고 있는데 *오빠! 화장대 위에 돈 몬 봤나? 내가 치왔다. 내놔! 그 많은 돈 니 손에 가믄 일주일도 몬 가 다 다른 사램 손에 디갈 거 뻔한데 왜 줘. 아버님이 내 여행 갈 때 못 줬다고 내 필요한 거 사라고 했단 말이야. 그거는 아는데 애들이 장난감 사달라고 조르는데 몬 사준 게 있어 사줄라고 그래.* 한다. *그래 알았어, 꼭 애들 장난감 사줘야 해, 엄마 없이 일주일간 둘이 잘 놀았으이까. 그래 알았어!*

진화는 대답을 그렇게 하면서 속으로 여자가 어찌 돈을 보면 모을 생각은 안 하고 보는 대로 다 써버릴 생각을 하는지 한숨을 푹! 내쉰다. 내가 정신 차리지 않으면 우리 집 거덜 나겠다는 생각을 하면서 잠자리에 든다. 도대체 어디로 뛸지 모르는 숙명을 어찌해야 할지! 결혼만 하면 무슨 짓을 해도 다 용서하고 예쁠 것 같던 것이 착각이었나 생각하면서 잠이 들었다.

콩가루 집안

여름은 더위를 끌고 와 기어이 사람들을 바다와 산으로 유인한다. 더위에 끌려나온 휴가철이란 이름이 아스팔트 위에 길게 늘어선다. 분홍빛 봄이나 갈색빛 가을을 시각에서 삭제해 버린다. 엿가락처럼 길게 늘어지는 여름빛은 현실을 차단하고 모두 일손으로부터 자유로워질 수 있도록 종용한다. 돌들도 녹아내리는 불볕에 짜증 온도계 침은 자꾸만 붉은 키를 키운다.

시호랑이 집엔 여름만 되면 출가한 딸이 모두 모인다. 당신 아버지가 무섭다고 투덜거리면서도 여름만 되면 모두 모기떼처럼 바글거리며 모여든다. 세상에 무서울 게 없는 시호랑이 앞에선 바람 앞에 등잔불처럼 불안해하면서도 몰려드는 걸 보면 신기하다. 모두 모여서 마당에 장작불을 때고 돌판을 만들고, 돼지고기를 두껍게 썰어 굵은 소금 숭숭 뿌려 숯불구이를 한다.

텃밭에 상추를 솎고 깻잎을 따고 풋고추를 따서 툇마루에 모여 앉아 먹는 맛이란 이게 무릉도원이 아닌가 싶을 만큼 행복을 실어다 주는 곳이다. 시들시들 더위에 시들어 담벼락에 웅크렸던 바람도 달려 나와 볼이 터지도록 상추쌈을 싸 먹고 이웃집까지 냄새를 실어 나른다. 졸고 있던 강아지마저 꼬리를 말아 올리며 기지개를 한바탕 불러 나른다.

저 심술보 늘어진 바람, 늘 바람이란 문제를 일으킨다. 하루를 쪼개고 또 쪼개도 기어이 붓은 노을을 붉게 채색해 버린다. 가장 아름다운 한 장의 사연 같은 문장, 아니 어쩌면 죽음이 스민 문장인지도 모른다. 서천 꽃밭 그 어디쯤이 노을 밭이 아닐까.

그러나 한 번도 만져 본 적 없는 노을 한 장은 언제부턴가 진정 아픈 빛깔이 되고 만다. 모두가 모이기 전날 나는 시호랑이에게 먹구름 주의보를 내린다.

아버님 사우들 오믄 날씨 쫌 맑게 유지해 주시기 바래니더. 나긋나긋 애인 다루듯 다루시고 아무리 바른 말이래도 기분 나쁜 말은 하지 마시고요. 사우는 백년손님인데 천둥 번개 치고 비 오믄 처가에 오기 싫겠제요. 아버님께서 처가 가싰는데 아버님하고 똑같은 장인어른이 계신다고 생각하시고 더도 말고 덜도 말고 그 생각만 하시고 사우들 대하시믄 되니더. 아싰제요? 오냐 알았다. 가만 듣고만 있으마. 니는 딸아들만 오믄 날 말도 몬 하게 하고 꼼짝도 몬 하게 하노.

그게 아이고 우리 아버님 최고라 소리 들으시게 할라고…. 알아들었다. 아무 말 안 하마. 참말로 사우들만 오믄 날 벙어리를 만들라 그래이 내 시집살이따. 시집살이가 아이고 아버님 하시고 싶은 대로 새빅에도 먼 잠이 그래 많냐고 깨우고 낮에 누워 있으믄 대낮에 누워 있다 그래시잖니껴? 그게 틀렌 말도 아이잖나? 농촌에 왔으믄 낮에도 일도 거들고 새빅에 일나 날 쫌 도와주믄 안되나?

아버님, 아버님 입장에서 보믄 그 말씸이 맞니더. 그릏지만 입장을 바꾸믄 사우들은 일 년 내내 일하다가 시골에 올 때는 느긋하게 쉬고 싶어서 오잖니껴? 그른데 새빅에 일나라 깨우고 낮에 일하라고 하믄 누가 좋아하니껴? 아버님께서 처가에 모처럼 여름에 쉬로 갔는데 장인어른께서 아버님하고 똑같이 하믄 기분이 우뜰거 같니껴? 더도 말도 덜도 말고 그릏게만 생각해 보시믄 되니더.

오냐, 알았다. 내 입 싸 봉하고 있으마. 머언 아가 지 시누이하고 사우만 생각하고 내 생각은 쪼매도 안 하노?

그게 아비님 생각을 쪼매가 아니고 엄청나게 하는 거씨더. 아버님은 훌륭하고 고매한 인격자라는 소리 들으시믄 좋니껴? 우리 장인어른 호랑이 같다는 소리 들으시믄 좋니껴? 그거야 훌륭하고 고매한 인격자라는 소리 듣는 게 좋제. 그릏제요? 그래이까 아버님 그 인격 만들어 드릴라믄 서울 사램들에 맞춰 주시야 훌륭하고 고매한 인격자라고 휴가 끝나고 가서 아버님 딸들한테 대우가 달라지니더. 참 내 알았다 알았어! 내 아무 말도 안 하고 눈만 껌뻑거레고 있으마, 역시 아버님은 다르시다니까, 만약 다른 집 시아버지 같으믄 메느리가 버르장머리 없이 시애비 가르친다고 난리가 날껜데 아버님은 다 수용하시니 성인군자가 따로 없네요. 역시 유림에 드나드는 분이시라 인격 자체가 영주시에서 따라올 사램 없니더. 아버님 최고!

엄지손가락 두 개를 치켜들어 시호랑이 눈앞에 갖다 댄다. 시호랑이는 *참 내!* 하고 웃는다. 기가 막힌다는 웃음인지 성인군자라는 말이 좋아서 웃는지 나는 알지 못한다. 내 목적은 시호랑이 마음을 단단히 끈에 묶어 두어 두는 일이다. 하나둘 시호랑이 집으로 모두 모여들고 돼지고기를 두껍게 썰어 장작을 태워서 만든 숯불에다 굵은 소금을 술술 뿌린다.

텃밭에 심어놓은 상추와 각종 채소 붉은 고추 파란 고추를 따서 시어머니께서 직접 담근 누렇고 맛있게 생긴 된장에 쌈을 싸서 먹는 재미란 해마다 시댁 남매들의 행사다. 술도 좋아하는 취향이 달라 소주 맥주 막걸리를 아예 상자로 사 와서 먹기 시작한다. 남편과 시누이들은 술을 못 마신다. 사위들은 술을 잘 마시고 흥도 많은 사람이다. 술을 못 마시는 남편과 시누이들은 술 시중을 들고 각성바지들끼리 모여 술잔을 기울이기 시작한다.

이 집 식구들이 없는 것처럼 마음껏 모두 이 집 식구들 흉을 보며 불콰하게 취하기 시작한다. 맛있는 안주와 술에 흥이 돋는지 큰사위는 코에다 휴지를 말아 넣고 머리에 수건을 질끈 동여매고 노래를 불러대고, 둘째 사위는 소주병에 젓가락 숟가락을 꽂아 한쪽 다리 걷어 올린 채 흔들어대고, 셋째 사위는 빨래판을 들고 숟가락으로 벅벅 긁어대고, 넷째 사위는 개다리춤을 추어댄다.

세상에 이보다 더 흥겨운 음악회는 일찍이 본 적이 없다. 모두 불콰하게 취해 새벽까지 놀고 3시가 넘어서야 이제 놀 만큼 놀았는지 하나둘 자리에서 일어나기 시작한다. 큰 가마솥에 하나 가득하던 육개장이 금세 동이 난다. 뜨거운 국물 마시면서 *어이 시원타! 어이 시원타!* 난리들이다. 아이들도 저희끼리 모두 모여 재밌게 놀다 모두 잠이 들었는지 조용하다. 잠시 눈 좀 붙일까 하고 누웠는데 어느새 아침이다.

늦게 잤으니 조금 더 눈을 붙이려고 다시 눕는데 어디서 시끌벅적 벌집 쑤셔놓은 소리에 벌떡 몸을 일으켜 소리 나는 쪽으로 가

본다. 거기엔 영화 한 편이 돌아가고 있다. 두 자매가 서로 머리채를 감아 잡고 황소싸움 하듯 뿔을 맞대고 있다. 영문을 모르고 모두 왜 그러냐고 눈이 휘둥그레진다. 둘은 씩씩 대면서 싸움을 끝낼 생각을 안 한다.

나는 부엌에 가서 바가지에 물을 한 바가지 떠서 두 시누이 머리에 휙 뿌린다. 머리가 젖어도 둘은 아무렇지도 않게 머리채를 붙잡고 있다. 도저히 이대로는 불길이 잡힐 것 같지 않다. 수돗가에 가서 빨랫방망이를 들고 가서 잡은 손을 내리친다. 놀랐는지 아팠는지 그제야 아프다고 소리를 지르며 엉킨 몸이 떨어진다. *머야 대체. 왜 그래? 언니 내 말 들어봐. 듣긴 멀 들어. 자로 재도 0.1밀리도 안 틀리겠구먼.* 아이들이 놀다가 동생을 때렸나 보다. 얼굴에 손톱자국이 선명하게 바코드처럼 찍혀있다.

왜 그랬어? 하자 조카는 *외숙모 내가 가만있는데, 요 쪼그만 것이 와서 먼저 때렸어요. 한 번은 참았는데 또 와서 까불어서 발로 걷어찼는데 이게 일어나서 손톱으로 내 얼굴을 할퀴서 이렇게 피가 났어요.* 애들 싸움 어른 싸움 된다고 모두 자기 자식은 잘하고 조카는 잘못했단다.

나는 어이가 없어서 시누이들을 향해 소리를 질렀다. *배울 만큼 배운 지식인들이 머 하는 짓들이야? 아이들 싸움에 서로 감싸고 사이좋게 놀도록 타이르기는커녕 서로 자기 자식이 잘했다고 머꺼데이를 잡고 싸워? 이게 도대체 머하는 짓들이야. 야만인도 아니*

고 아니 이건 이쯤 되면 밥벌레 수준이제. 이른! 콩가루 집안 같으이라고. 애들 싸움에 그래 어른이 이 난리야. 동네 챙피하고 쪽팔리게 머 하는 짓이야! 부모님 오빠들 조카들 까짐 다 모인 자리서! 둘 다 똑같구만. 어이없다 참말. 저 어린 아 들만도 몬하구만.

소리를 있는 대로 질러대는데 어디선가 보이지 않던 시호랑이가 어슬렁어슬렁 나타난다. *그래 싸다! 싸! 이래이 콩가루 집안 소리 들어도 싸다고. 너들 대체 머하는 것 들이로. 나 참 망신시러와서. 에미 말이 맞다. 너는 양반 집안이라 상상도 몬 하제 미안타. 그래고 너들 둘 다 일로 들어와 봐라! 당장 둘 다 들어와!*

양반 가문이라며 은근히 목에 힘주던 시호랑이. 며느리 입에서 콩가루 집안이란 말이 나오자 분노가 치민다. 딸들이 싸운 일은 뒷전이고 콩가루 집안이란 말이 가슴에 꽂힌 모양이다. 긴 눈썹 칼날처럼 번득이며 문을 쾅 닫고 방으로 들어간다. 더는 시호랑이의 목소리는 들리지 않는다. 절절 쌀쌀 서로를 독사처럼 꼭 눈으로 서로를 삼킬 듯 쏘아보며 식식거리더니 둘 다 들어간다.

불려 들어가는 그 모습은 영락없는 고양이 앞에 쥐 꼴이다. 싸움도 싸움이지만 그 상한 자존심 때문에 오늘 또 해가 서쪽으로 넘어가는 일은 없을 것 같다. 시호랑이 쨍그랑 쨍그랑 목소리가 깨져서 밖에까지 나동그라진다.

습관은 사기그릇 깨지듯 깨지지 않으면 안 된다. 아마도 사기그릇 한 세트는 다 깨지지 않았나 싶다. 처음엔 일방적인 시호랑이 목소리만 들리더니 이제 시누이들 목소리도 납작하게 들리기 시작한다. 시정잡배 같은 변명이겠거니 생각하며 한심한 모습에 혀를 끌끌 찬다. 방에선 이따금 목소리가 밖으로 튀어나온다. 격한 말 두인 기 봐서는 또 서로가 잘했다고 우기는 것 같다. 한 심 두 심 세 심한 것들 형제간에 어쩌자고 저리 머저리처럼 굴까.

싸움은 늘 가까운 데서 태어나서 서로의 얼굴에 증오를 퍼붓는다. 증오는 누구 하나가 하나에게 태어나게 하는 것이 아니다. 상대가 누구든 그릇이 큰 쪽에서 수그리고 들어가야 슬며시 사라지지만 그게 아니면 양쪽 모두 증오란 불꽃은 옮겨붙는다. 증오는 휘발유와 불같은 사이라 조그만 불씨에도 금방 붙어 활활 탄다.

사람들은 내 얼굴에 묻은 재는 도저히 보지 못하는지라 상대 얼굴에 눈곱이 끼었으면 내 얼굴에도 끼었을 것으로 보고 손가락으로 슬쩍 없는 눈곱을 훔친다. 자신의 얼굴에 진흙이 묻어 있는지는 보지 못하기 때문이다. 마음도 내 잘못엔 늘 관용적이고 남의 허물은 재빨리 치고 들어와서 펀치를 먹이는 것이다.

며느리의 콩가루 집안이란 말에 기분이 콩가루가 되어버린 시호랑이 딸들에게 화풀이를 다 하며 콩가루 비린내를 펄펄 눈처럼 뿌린다.

거짓과 진실 사이

눈에 넣어도 안 아픈 셋째 시누이. 그녀는 함께 살아 정이 든 탓도 있지만, 인정이 많은 터라 시누이라기보다 친동생으로 여기고 함께 지냈다. 그녀도 아버지 성격을 닮아 만만치는 않았지만, 누군가 그릇이 크면 엊작은 그릇을 싸안을 수 있다는 친정아버지의 교훈에 따라 그렇게 살기로 마음먹는다. 어린 조카와 별거 아닌 거 가지고 다투고 싸우고 그러나 늘 참고 이해하며 다독인다. 그날도 일요일이라 모두 늦잠에서 깨어났는데 자기 고모랑 함께 자던 아이가 울면서 방으로 들어온다.

얼굴을 움켜쥔 아들을 보면서 깜짝 놀라서 얼른 아이를 안고 얼굴을 쓰다듬는다. 손가락 4개의 자국이 선명하게 부풀어 올랐다. 마음이 마구 방망이질하고 화가 치밀어 아이에게 왜 그러느냐고 다그친다. 아이는 더욱 크게 울음을 터뜨리며 하는 말 ***고모가 텔레비전 채널 다른 데로 돌린다고 때렸…***. 서럽게 흐느낀다.

정말 화가 나서 견딜 수가 없다. 시누이라는 이유로 참아 아니면 말을 해야 할까. 어린 아들의 얼굴을 비비며 어루만지며 위로해 준다. 어떻게 해야 옳은 것이란 판단이 서지 않아서다. 이 일로 한마디 하면 내가 쩨쩨해질 것이고 그냥 있자니 아들의 부어오른 뺨을 보니 화가 나서 견딜 수가 없다. 일단 화를 누르며 아이 얼굴에 연고를 발라서 아이를 꼭 안고 함께 잔다.

일어나서 밥을 해서 아이들과 먹어야 할 시간이지만 아무것도 할 엄두가 안 난다. 아픈 가슴을 쓰다듬으며 다시 잠속으로 들어간다. 한나절이 넘어서야 잠에서 깬다. 다행인지 불행인지 아무도 깨우지 않는다. 옆에서 쌔근쌔근 자는 아들을 보니 또 울컥 치밀어 오르는 가슴속 불덩이를 꺼내 버리긴 해야겠는데 생각을 하고 눈을 뜬 채 누워있다.

다행히 아들의 뺨 붓기는 처음보다는 조금 가라앉은 듯하다. 이건 있을 수도 없는 일, 대학을 가겠다고 재수를 하는 고모가 어린 조카가 티브이 채널을 마음대로 돌렸다고 따귀를 저리 때리다니, 이건 사람이 할 수 없는 일을 한 거야. 화가 나서 남편한테 말을 한다. 불같은 성격의 남편이라 말하지 말까 했지만 이건 해도 너무하다는 생각에 안 할 수가 없다. 그러나 그것이 화근이 될 줄 몰랐다. 무엇이 어떻게 돌아가는지 통 알 수가 없다.

그 이튿날 시골에 사는 시호랑이와 시어머니가 서울 집에 도착한 건 점심때가 되어서다. 다른 때 같으면 늘 청량리역으로 마중을 나갈 텐데 연락도 없이 오셔서 그냥 집에서 맞이한다. 두 분의 인상이 어찌 심상치 않다 싶은데 *점심 해 드릴께요.* 하고 일어서자 시호랑이가 붙잡는다. *점심 필요 없다.* 먹었다와 필요 없다. 사이가 그렇게 큰 간격인지 그때 알았다. 무언가 심기가 불편해하시는 건 알았지만 물어볼 수도 없고 그냥 조용히 아이만 안고 앉는다.

시누이가 먼저 말을 건넨다. *엄마 아부지 왜 오싰니껴?* 하며 마루로 나온다. *그냥 왔다.* 단답형에 불안이 가득 묻어있다. 성격은 불안지대를 살기 어려운 성격이라 불안이 몇 시간 지속되자 질식할 것 같다. 빨리 남편이 오기만을 기다리며 다섯 시간을 기다리는데 오 년을 기다리듯 길게 느껴진다. 아이도 어쩐 일인지 할머니 할아버지에게 가지 않고 내 품에서만 맴돈다.

저녁에 남편이 퇴근하자 시호랑이가 눈썹을 꿈틀거리며 묻는다. *먼 말이로! 이게 애를 때래서 얼굴이 지끔은 가라앉았제만 어제는 퉁퉁 부었다고요. 집사람이 때린 줄 알고 일어나믄 호통을 칠라고 했는데 일어나서 물으이 그게 아니었니더. 저 어린것이 멀 안다고. 여자가 재수 없게 아직부텀 애 빰따귀를 저래 때래니껴? 자국이 나도록 말이씨더. 저걸 그냥 확* 다시 손이 시누이를 향해 올라가려 해서 내가 재빨리 손을 잡는다.

조카 쪼매 때랬거니 머 그래 대단하다고 그 난리를 쳤니껴. 시간 지내믄 다 가라앉을 걸 가주고 왜 아버님한테 걱정을 끼치고 그래니껴? 시끄러워! 때리는 것도 정도껏이제. 새벽 댓바램에 얼굴에 단풍낭구맨치 발갛게 부어오르도록 때렸으이 아가 울매나 아팠겠노? 남편의 말을 들으면서 시호랑이는 그제야 손자 얼굴을 자세히 쳐다본다. 손가락 자국이 그대로 부풀어 있는 걸 보더니 시아버지가 손자에게 묻는다. *니 빰을 누가 때랬노? 고모가요, 가만있는데 고모가 때리대? 아이요, 텔레비전 채널 돌렸다고 때렸어요. 저런 베라처먹을! 텔레비전 채널 돌랬다고 어린아 얼굴을 저 모양을 맹*

글어, 매쳤구먼. 단단히 매쳤어. 니 어데 한분 말해보그라. 그까짓 채널 돌랬다고 아 얼굴을 저래 맹글어놓다이 니 지 정신이라 매쳤나? 아부지 질몬했니디. 그릏게 쎄게 안 때랐는데 저래 마이 부풀어 올랬니더. 지송하이더 아부지.

시누이는 목구멍으로 말을 다시 집어넣듯이 말했다. *때래드래도 엉덩이를 떼래든지 해필이믄 저래 빰을 때래 저래 맹그는 인간이 시상에 어데 있노? 잘몬했니더.* 옆에서 보고 있던 아이가 *할아부지 고모 야단치지 마세요. 나는 고모가 좋아요.* 하고 고모 품으로 가서 안긴다.

시누이는 조카의 빰을 보며 *마이 아팠제! 고모가 미안해.* 하자 아이는 *아니에요 고모 제가 잘못했어요. 앞으로는 고모 말 잘 들을께요.* 한다. 시누이는 아이 손을 잡고 밖으로 나간다. 너무나 싱겁게 끝나버린 고모와 조카의 싸움이다. 시호랑이는 아들을 향해 말한다. *어릴 때는 다 그래믄서 크는 거다. 넘 빌나게 애 키우지 마라. 너들 때도 다 그래고 컸어. 아부지! 옛날하고 지끔하고 같니껴? 지끔이 어느 시대인데 애를 때래요. 나도 안 때리는데. 본새 조카는 때리는 거다. 이뻐서 때리제, 미와서 때랬겠나.* 그 말에 남편은 *아부지는 우째 그래 당연하게 말씀하실 수가 있니껴? 아부지가 그래이까 아무릏지도 않게 때리잖니껴. 이번이 벌써 세 분째씨더. 숙명이 말썽 일어나는 걸 싫다고 조용히 하라고 해서 내 여태 참았는데 인제 더는 몬 참을씨더.*

나는 웬만한 일은 남편에게 말하지 말고 그냥 넘어가자고 했다. 그걸 알 리 없는 시호랑이 저러는 건 처음인지 알고 저렇게 말하는 것 같아 부자간의 일이니까 듣고만 있다. 느닷없이 시호랑이 아내인 시어머니가 한마디 한다.

그래믄 형제도 부모도 없는 산꼭대이에 가 살아라. 하는 소리가 가슴에 날아와 꽂힌다. *니도 시집 잘몬 왔다. 형제가 없거나 고아한테 시집가제. 머하로 우리 집가치 시누이 많고 층층시하에 시집와서 그 고생하노. 자도 지 아부지 닮아서 성질이 아주 몬 때서 저룽다.* 느닷없는 말 화살에 나는 *그만 일에 어찌 저런 말을 함부로 할 수 있을까.* 저건 아닌데 속으로 중얼거리며 아무 말 없이 속으로 꿀꺽 침과 분노를 섞어 넘긴다.

시호랑이 길들이기

12

집안은 화기애애한 대화가 오고 가야 웃음꽃이 피어 꽃 대궐처럼 아름다운 향기가 넝쿨 지는 것이다. 가능하면 상대편의 입장이 되어서 한 번쯤 생각하고 일을 처리하는 것이 바람직하다. 말도 마찬가지다 우선 기분이 상하더라도 참고 기분이 가라앉은 다음에 이야기하는 것이 실수할 확률이 적고 안정적이고 상대에게 기분 나쁘지 않게 말할 수 있는 것이다.

사람은 같은 일을 두고도 어느 쪽에서 보느냐에 따라 모양이 달리 보이는 법이다. 이쪽에서 보면 둥근 것도 저쪽에서 보면 모서리가 질 수도 있고 이쪽에서 보면 호랑이가 저쪽에서 보면 사자가 될 수도 있는 일이다. 그렇다면 시어머니 입장에서 보는 시각은 그 시각이 맞고 며느리 시각에서 보면 이 시각이 맞는 것이다. 부엌에 가면 며느리 말이 맞고 사랑방에 가면 시어머니 말이 맞듯이 말이다.

그래 내가 더 잘났으니 이쯤에서 조용히 마무리 짓자. 어차피 지나간 일 그런다고 해서 아이가 맞은 뺨이 안 맞은 일이 되는 건 아니다. 속은 상하고 화는 나지만 거기서 팔이 안으로 굽는다고 딸 편을 들고 싶어 하는 시부모님한테 손자 편이 되어 달라고 해 봐야 거리는 이미 정해진 거리다. 심장에서 머리까지의 거리와 심장에서 발까지의 거리를 재는 일과 같은 일이다.

뻔한 일을 가지고 이러쿵저러쿵 가족 간에 옳고 그름을 따져야 얻는 것은 불협화음뿐이다. 화음이 듣기 아름다워지려면 서로 하모니를 이루어야 한다. 괜히 불협화음 내지 말자. 불협화음은 집안에 평화만 깨질 뿐 얻는 건 아무것도 없다. 그리고 시부모 처지에서 아들이 너무 유난스럽다고 생각할 수도 있을 것이다. 일을 크게 벌이지 말고 수습을 하는 것이 상책이란 생각이 든다.

귀머거리 3년 봉사 3년 벙어리 3년이라는 말이 있지만, 어머니는 평생을 귀머거리 봉사 벙어리로 살았다. 그렇지만 나는 이미 그렇게 살지 않기로 생각했으니 그렇게 살지 않으려면 무엇이 중요하고 무엇이 중요하지 않은지 분별력을 키워야 한다. 기왕이면 부모님 기분을 맞추는 것이 상책이란 생각이 든다. *어머님, 아범이 생각이 짧아서 그랬으니 용서해 주시이소. 앞으로는 그른 일이 없도록 잘 할게씨더. 지송하이더.* 하고 겸손함을 묻혀 말을 한다.

며느리가 겸손을 떠는 게 신기한지 시어머니는 더는 말을 이어가지 않는다. *아버님 우리 바램이나 쐬러 나가요. 그래, 답답한데 아*

델꼬 바램이나 쐬러 나가자. 시어머니는 *나는 귀찮애서 집에 있을란다. 너 시아바이하고 댕게 온나.* 하고 나가기를 사양한다.

그렇게 아이와 시아버지와 백화점을 간다. 아이는 할아버지 손을 잡고 깨금발을 깡충깡충 뛰면서 걸어간다. 시아버지는 무슨 맘을 먹었는지 아동복 판매대로 아이를 데리고 간다. *아버님 왜 아동복 판매대로 가세요?* 하자 *옷 한 불 사 입헬라고 그랜다.* 하고는 계속 옷 가게를 둘러본다. 아이를 데리고 아동복 옷 가게로 들어가 옷을 사고 숙녀복 코너로 들어선다. 눈이 핑알핑알 돌아간다.

그중에 비싼 브랜드 옷 하나가 눈에 들어온다. 눈치가 빠른 시아버지는 *에미 니 그 옷 맴에 드나?* 하고 묻는다. *아니 아니 아니씨더, 저 옷이 울매나 비싼 옷인데, 얼릉 한 바퀴 돌고 가시더.* 그렇게 팔짱을 끼고 시아버지는 아이 손을 잡고 한 바퀴 돌고 다시 원점으로 돌아온다. 내가 눈여겨보던 옷 가게 주인이 아양을 떤다. *어머 따님이신가 봐요. 아버님이 참 멋쟁이시다.* 멋쟁이란 말 한마디에 시아버지는 가게 안으로 들어간다.

어머 따님이 너무 이쁘시네요. 야한테 어울릴 옷 쫌 보이 주소. 그럼요 여기 편하게 앉으시고 따님한테 어울릴 옷 추천해 드릴 테니 잘 보세요. 아이스크림처럼 살살 녹는 말을 한다. 시아버지는 소파에 앉는다. 주인은 *이 옷 한 번 입어보세요.* 하고 권한다. 나는 머뭇거린다. 시아버지는 *한분 입어봐라.* 한다. 나는 *아니 아버님 이게 울매나 비싼 옷인지 아시고 입어보라 그래시니껴?* 하니 주

인 여자는 *그냥 입어보는 데 돈 안 받으니 입어만 보세요.* 한다. 시아버지는 *그래 입어보는 데 돈 안 받는다는데 입어나 봐라.* 하신다.

탈의실에 들어가 옷을 갈아입고 밖으로 나온다. 주인 여자는 *어머나! 세상에 옷 장사하면서 이렇게 예쁘게 잘 어울리는 사람은 처음 봅니다. 너무 예쁘세요, 아버님 그렇지요?* 하고 묻는다. 시아버지는 그 주인 여자 말에 홀려서 *그래요? 참말로 이릏게 잘 어울리는 사램이 없었다는 말이이껴?* 하고 묻는다. *그럼요 이렇게 맞춤처럼 잘 어울리는 사람 별로 없습니다. 몸매도 이쁘고 얼굴도 이쁘고 아버님 닮아서 아주 이쁘고 옷도 잘 어울리네요. 아버님 좋으시겠다.*

끊임없는 입술 춤에 놀아나서 기분이 좋아진 시아버지는 *그래 이게 울매이껴?* 하고 묻는다. *십만 원이씨더. 먼 옷이 그래 비싸이껴, 됐니더, 잘 입어 봤니더. 아버님 우리 집에 가요.* 하니 시아버지는 *이거 싸주소.* 한다. *아버님 이 비싼 걸 왜 사니껴? 그냥 가요. 내 니 이거 사줄 돈은 있다.* 그리고 윗주머니에서 돈을 꺼내 손에 침을 묻히고 세어서 주인에게 건네고 *이거는 팁이씨더.* 하면서 만 원을 더 준다. *우와 아버님 진짜 멋쟁이시다, 나도 저런 아버지 있어 봤으면 좋겠네요. 고맙습니다.* 말 그물망에 걸려 파닥이는 시아버지는 기분 좋게 일어서서 나온다.

아버님 왜 이래 비싼 걸 사시니껴? 니가 비싸잖나? 니는 이른 옷

입을 자격이 된다. 내 시애비가 돼서 니 비싼 옷 하나 몬 사줄까봐 그래나? 아이 그른 게 아이고 너무 감사해서요. 아버님 목을 그러안는다. 야기 야가 길거리서 사램들 보는구먼 철없이 왜 이래노? 하면서도 싫지는 않은 내색이다. 아이가 할아부지 지도 할아부지가 좋아요. 하고는 할아버지 손을 잡고 그네처럼 흔든다.

그렇게 비싼 옷 하나를 얻어 입고 기분이 좋아진 나는 콧노래를 부르면서 집으로 온다. 시아버지는 옷 하나에 그래 기부이 좋나? 하고 묻는다. 그름요, 누가 사준 옷인데요, 시상에서 기중 인격이 훌륭한 아버님이 사주신 건데 울매나 기부이 좋겠니꺼? 한 달은 굶어도 배부를 것 같니더. 지 내일 친구들 만내서 자랑해야 될씨더. 그래? 옷 하나 가주고 자랑한다고? 시아버지가 이래 비싼 옷 사줬다 소리 친구들한테 들은 적 없니더. 용돈 받은 친구들은 있어도. 그르나, 그르믄 용돈은 울매 씩 받는다 하드노? 아버님만큼은 안 주제요. 시아버지들이 다 쪼잔한가 봐요. 그래? 그래믄 내가 니 용돈을 기중 마이 준다는 말이라? 그름요, 아버님이 우리 친구 중에 최고로 꼽히니더. 다 시집 식구 흉만 보는데 지만 아버님 자랑만 하니더.

왜 시집 식구 흉을 보노? 오죽하믄 흉을 보겠니꺼? 아버님맨치 이래 메느리를 이뻐하시믄 입에 곰팡이가 피도 흉 안 보제요, 자랑도 흉도 다 시아부지 하기 나름이씨더. 지 말이 맞제요, 아버님.

시아버지는 그 말이 맞는다는 표정인지 싫다는 표정인지 묘한 표정을 짓더니 *그르나?* 하고 대답인지 물음인지를 내뱉는다. *그름요.* 신나서 팔짱을 끼고 삼대가 나란히 집으로 향한다. 그렇게 역사는 비좁은 골목을 구불텅구불텅 지나 고속도로를 신나게 달리고 있었다.

시누이의 시집살이

그렇게 미움과 좋은 정이 씨줄 날줄로 얽힌 나날도 흘러가고 시누이가 시집을 간다. 시누이 남편은 근사하게 잘생기고 집안도 재산도 많다. 아이가 다니는 유치원 엄마의 시동생인데 집안도 아주 반듯한 집안이고 선을 본 다음 서로가 좋아서 일사천리로 일이 진행되고 결혼식을 했다. 결혼해서도 별일 없이 살면 얼마나 좋을까만은 시누이의 까탈스러운 성격이 드디어 문제를 일으킨다.

늘 투닥투닥 싸움을 하고는 친정으로 전화해서 찔끔찔끔 눈물을 짜낸다. 토닥토닥 매일을 토닥이며 아이들 보고 참고 살라고 토닥인다. 그러던 어느 날 시누이에게서 전화가 온다. *언니, 잘 있게이.* 밑도 끝도 없이 잘 있으라니? 섬뜩한 예감이 들어 옷을 입은 채로 택시를 탄다.

경기도 부천까지 택시로 간다. 요금이 많이 나오지만 지금 그걸 생각할 겨를이 없다. *아저씨 죄송하지만 빨리 쫌 더 빨리 가주소.*

빨리 쫌요. 재촉에 재촉을 거듭해 시누이 아파트에 도착해서 엘리베이터를 탄다. 엘리베이터 안에서 시누이를 만난다. 깜짝 놀란 시누이 *언니!* 하며 놀란 눈으로 쳐다본다. *먼 일이야? 대체.* 손에는 검은 봉지 하나를 들고 있다.

엘리베이터에서 내려 집으로 들어간다. 시누이가 든 봉지를 풀어보니 그 안에는 하얀 옷 한 벌과 버선까지 들어었다. *이게 머야! 응 아무것도 아이야.* 집에 들어가 집안을 돌아보니 깨끗하다. 원래도 깔끔한 성격이지만 티끌 하나 없이 깨끗하고 아이들도 보이지 않는다.

언니! 그동안 고마웠네이. 시상에 언니 겉은 사램은 없어. 나는 우리 집안 같았으믄 벌써 몬 살고 죽었을 걸쎄. 그른데 언니는 참 속도 좋아. 시집와 보이 그거 알겠어. 그른데 나는 도저히 인제 몬 살겠어. 그래서 냉장고에 애들 먹을 반찬 1주일분 맹글어 뒀고. 애들 유치원 급식비 3개월 치도 미리 냈고 동서한테 애들 부탁한다고 말하고 애들도 그 집에 데려다줬어. 그래고 집안도 구석구석 대청소도 다 했고. 나는 이 옷 입고 여기서 저기 뛰어내리믄 구름 위에 내려앉듯이 나폴 내려앉을 것 같네.

말을 마친 시누이가 방으로 들어간다. 그 사이 주위를 둘러보고 냉장고를 열어보니 반찬통도 가지런하고 내밀대에는 오리탕을 한 냄비 끓여놓고 완벽한 준비를 한 것 같다. 둘러보고 있는 사이 소복을 갈아입고 버선까지 신고 머리를 풀어헤치고 나오는데 꼭 전설의 고향에서 나오는 귀신같다. 오싹한 느낌이 머리를 쏴 지나간다.

지끔 머 하는 거야? 언니! 고마웠네. 여게서 인제 뛰어내릴 거야. 어이가 없어서 옷을 잡아서 북 찢어버린다. 앞섶이 주루룩 다 터진다. *언니 왜 그래? 나 살기 싫어. 진짜 살기 싫단 말이야!*

짐승처럼 소리를 지르며 울부짖는다. 방으로 들어가 옷을 가지고 와서 찢어진 옷을 벗기고 새 옷을 입힌 다음 손목을 잡아끌고 데리고 나온다. 택시를 태워 집으로 데리고 온다. 안 오겠다고 뻗대지만 억지로 택시에 태워 집으로 온다. 남편에게 모든 걸 말하고 모르는 척하라고 얘기한다.

밤에 시누이 남편이 전화를 걸어온다. *집사람 거기 갔습니까? 먼 말 하시니껴? 고모부. 아, 아 아니요. 알았습니다. 별일 없으시지요? 그럼 이만 끊겠습니다.* 그렇게 전화가 끊긴 후 잠잠하게 사흘이 흐른다. 사흘째 되던 밤 갑자기 시누이 남편이 왔다. 시누이를 숨길 시간도 없이 들이닥친다. 시누이가 마루에 앉아있는 걸 본 시누이 남편은 얼굴이 붉으락푸르락한다. *빨리 내려와! 지금 애들만 두고 여기 와서 이러고 있으면 어쩌자는 거야! 제정신이 아니구먼, 뭘 잘한 게 있다고 친정으로 와!*

목소리가 천장을 뚫고 날아간다. *거게 서서 그래 화내지 말고 마리에 올라오시이소. 가야 됩니다. 집사람 데리고 가야 내일 제가 출근하고 애들도 보고 할 거 아닙니까? 여기 안 왔다고 그러더니 이거 이러시는 거 아닙니다. 머가 이러시는 거 아이란 말이껴? 왔*

다고 하면 안심할 걸 안 왔다고 딱 잡아떼서 제가 얼마나 걱정한지 아십니까? 여게 있다고 했으믄 지끔맨치 또 이레 데리러 올 겐데 왜 여게 있다고 긁어 부스럼 만드니껴. 고모부 어데 얘기나 들어봐요. 우리 애들 고모가 멀 울매나 잘몬했는데 그릏게 목심을 버릴 생각을 할 만큼 고모한테 함부로 했는 동 말 쫌 해 보시제요? 그만 일로 무슨 목숨까지 들고 나옵니까? 다들 그러고 삽니다. 우리 어머니 비위 하나도 못 맞추는 사람입니다. 그런 사람이니 저도 관심 끄는 수밖에요. 그래서요? 그래서는 뭐가요? 우리 어머니 같은 사람이 어디 있다고 생각해서 그래싰니껴? 고모한테 어머니하고 당신하고 물에 빠지믄 어머니 건지지 당신 안 건진다고 말했다민서요? 그러고 일방적으로 무조건 고모가 잘몬했다고 밀어 붙인다제요?

당연한 거 아닙니까? 시어머니 잘 만나서 집 사줘 돈 걱정 없이 빵빵하게 잘 먹고 잘사는데 어머니 비위 하나 못 맞추는 사람이 답답합니다. 그건 고모가 답답한 게 아이고 고모부가 답답 하이더. 지금 뭐라 하셨습니까? 생각해 보시제요? 우리 고모는 시어머니 비우도 하나 몬 맞추는 답답한 사램이라고 치자고요. 그래믄 그른 답답한 사램 하나 설득 몬 하는 고모부는 대단한 사램이라고 생각하시니껴? 그야…. 말을 하다가 입을 닫는다. 고모부, 사램이란 상대적이지 일방적이지 않니더. 내 어머니는 다 잘하고 내 아내는 다 몬한다는 사고를 버리지 않는 한 고모가 아무리 노력해도

안 될 거란 거 맹심하시야 될게씨더. 그럼 결국 이게 우리 어머니와 제가 잘못해서 일어난 일이란 말입니까? 지가 보기엔 99% 고모부 탓이라고 생각하니더. 두 사램 하나 중재 몬 한 고모부 탓요. 참 어이없습니다. 당신 안 가! 여기서 출가외인을 이렇게 싸고도니까 이 사람이 더 도도하게 어머니와 맞서지 않습니까?

자기 아내를 향해 가시 돋은 말을 던지고 내게도 던진다. *가지 마!* 시누이 대신 내가 말을 받는다. 당황한 시누이 남편 *예?* 황당하다는 듯 나를 쳐다본다. *가지 마라고 했니더. 델꼬 가지 마소. 왜요? 모든 잘못이 우리 고모한테 있다민서요? 당연하지요. 시집왔으면 시어른 비위는 무조건 잘 맞춰야 하니까요. 그래요? 예. 그러니까 안 보내니더. 그 집안에 맞게 친정에서 교육을 몬 씨게 보내서 미안하이더. 그래이까네 친정에 두고 무조건 시어른 비우를 맞출 때까짐 교육 지대로 시켜서 보낼께요. 그래이 그냥 가이소. 후회 안 하시지요? 후회 안 하니더. 시누이 하나 정도 펑생 미게 살릴 수 있니더. 알겠습니다.*

두 말도 하지 않고 일어서서 신발을 신경질 나게 신더니 대문을 열고 나간다. 시누이는 이렇다 저렇다 말도 없이 지켜만 보고 있다. 이튿날 저녁이다. 시아버지가 전화를 걸어온다. *에미야, 니 령이를 집에 델꼬 왔다민서? 야. 니 그래 델꼬 와서 설 서방이 저래 설레바리 치도록 하믄 우얘노? 왜요? 고모부가 머래요? 령이를 니가 델꼬 가서 안 보낸다고 했다민서? 야, 안 보낼게씨더. 야가 시방*

머라 그래노, 니 지끔 지정신이라! 야, 극히 지정신이씨더, 야가, 먼 이른 소리를 하고 그래노. 우리 집안에 이혼이란 거는 내 눈에 흙이 디기도 없으이 그른 줄 알아라. 누가 이혼시킨다 그랬니껴. 쫌 있다가 보낸다고 그랬제. 그래다가 설 서방이 성질나서 맴 돌아서서 참말로 이혼하자고 덤베들믄 우쨀라고 그래노?

아버님! 몬 들은 척 모르는 척 가만히 계시이소. 야야! 니 또 먼 일을 저지를라고? 남정네들이란 여자가 친정에 가서 그래 있으믄 오기로라도 안 살 수도 있고, 산다고 해도 약점이 될 수 있다 말이따. 아버님 지가 바본 줄 아시니껴? 괜한 걱정 마시고 지가 다 알아서 하고 보낼 때가 되믄 보낼 테이 아무 걱정하지 마시고 있으시이소.

그렇게 일은 큰 불길로 번져 여기저기 다 활활 타기 시작한다. 시아버지는 다가오지도 않은 이혼 걱정을 미리 당겨서 한다. 그렇게 또 이틀이 지나간다. 세상은 무슨 일이 있든 시간은 제 갈 길만 묵묵히 갈 뿐이다.

이틀 후 시아버지한테 또 전화가 온다. 야야! 어린 아들도 있고 우쨀라고 안죽도 안 보내고 그래노? 당장 보내거라! 아버님 지 말쫌 들어보시이소. 아무 꺼도 모르시믄서 왜 그래시니껴? 그래믄 령이가 그대로 죽게 돼요? 죽다이? 그래이까 모르시믄 가만히 지한테 협조는 안 하시드래도 파토는 일으캐지 마시라고요. 그래고 고모부 전화 또 오거든 나는 아무꺼도 모르이 에미하고 알아서 상의하라고 지한테로 미루시이소. 안 그래믄 고모 죽어요.

죽어? 알았따, 머언 말인 동 알아들었따. 그래 마! 그리고 또 이틀 후 시아버지하고 대화가 통하지 않는지 고모부가 또 집으로 찾아온다. 제가 잘못했으니 집사람 집으로 보내주십시오. 잘못이란 눈 씻고 찾아봐도 못 찾을 표정으로 얼굴을 화장하고 와서 입에서만 잘못이란 말을 내뱉는다. 잘못? 잘못이란 표정은 한 방울도 안 보이시니더. 고모부 걍 돌아가소. 우리 고모도 안 가겠다고 하고 지도 올케언니 된 도리로서 보내고 싶지 않니더. 그러지 말고 보내주십시오. 애들도 엄마 찾아 울고불고 난리가 나고 저도 이렇게 꼴이 말이 아닙니다. 전쟁이라고요. 저도 출근을 해야 애들하고 먹고 살잖아요? 그건 전부 고모부 개인에 대한 일이제 우리 고모하고 상관 하나도 없니더. 아이들도 둘 다 설씨 씨고 고모부 출근하고 몬 하고도 설씨 집안 일이제 이 집안하고 아무 상관없으니 다른 데 가서 알아보시는 게 좋을께시더. 참말로 이러실 겁니까? 고모부가 그랬잖니껴. 메느리 자격 없다고 본인 입으로 말해 놓고 인제 와서 먼 말씀이껴? 그 집 가문에 맞게 공부가 되기 전에는 절대로 안 보낼 테이까 그래 알고 돌아가시이소. 그래도 우리 집안도 양반 집안이라 자존심은 있니더. 그릏게 가정 교육이 안 된 사램을 우째 그 집안에 보내서 나무 집안까지 망치게 할 수는 없잖니껴? 그래이 하나하나 다시 잘 갈채서 그 집안에 이 정도믄 됐다 싶을 때 보내드릴테이 가서 기다리소. 절대로 몬 보내이 그래 시간 뺏기지 말고 얼릉 가소! 자존심이 상할 대로 상한 고모부는 자기 아내를 향해 애원한다.

미안해 다시는 안 그럴게. 집에 가자, 애들이 울고불고 난리가 났어. 엄마 보고 싶다고. 그게 내하고 먼 상관이야. 언니가 하는 말과 내 생각은 똑같애. 헛물 캐지 말고 돌아가. 나 다시는 설 씨네 문지방 안 넘을 거야. 그 잘난 집안에서 살아갈 자신이 없어. 여기가 편해. 그래이 돌아가 줘. 두 말도 안고 일어서서 나간다. *고모 잘했어. 끝까지 그릏게 밀어붙여. 이분에 지믄 영원히 기선제압 당해. 애들 말한다고 맴 약해지지 말고 모든 건 내한테 맡기고 지끔 맨치 있어. 알았네. 언니 말대로 할게.*

아침저녁으로 시아버지는 전화해서 노심초사를 던진다. 벌써 집 나온 지가 얼마냐 어린것들은 어떻게 하느냐 근심이 넝쿨로 벋어 하늘을 다 덮고도 남는다. *에미야! 인제는 보내야 안 되나. 내사 불안해서 잠이 안 온다. 너 시어미도 밤에 통 잠을 몬 자. 불안해 죽겠단다. 저러다 진짜로 이혼하는 거 아이냐고. 아버님 하나만 여쭤봄씨더. 령이가 죽는 게 나요? 이혼하는 게 나요? 둘 다 안 되제. 그래믄 안죽 쫌 더 기다리시소. 지가 다 알아서 처리할 거이까. 그릏제만….* 말끝을 흐리면서 전화를 끊곤 하지만 안 봐도 훤히 다 보인다. 불안해서 안절부절 냉수만 들이켤 시부모님이. 그렇지만 이건 애초에 뿌리 뽑지 않으면 독초의 싹은 계속해서 자랄 것이고 급기야는 독초 때문에 시누이가 목숨을 버릴 것이다.

더군다나 중매한 나로서는 시누이 남편의 묵은 관습을 단단히 뜯어고쳐야 하기에 전쟁을 중단할 생각은 없다. 반드시 승리의 깃발을 꽂을 것이다. 그렇게 또 시간은 흘러 사흘이 지나자 시누이 남편이 또 찾아온다.

왜? 또 오셨니껴? 형님은요? 내 여게 있네. 왜? 남편은 아무렇지도 않게 방에서 문을 열고 나온다. 자기 여동생이 집에 와 있는 걸 탐탁지 않게 생각하지만, 아내의 고집을 알기에 묵인하는 정도다. 남편이 마루로 나오자 시누이 남편은 울상이 되어 사정한다.

형님! 잘못했으니 한 번만 용서하고 집사람 보내주십시오. 제가 다 이해하고 집사람 힘들게 하지 않겠습니다. 그러니 한 번만 용서하시고 보내주세요. 아이들이 지금 꼴이 말이 아닙니다. 둘 다 저희 엄마만 찾고 밥도 잘 안 먹고 집안이 엉망입니다. 출근도 제대로 못 합니다. 다급하고 진심 어린 말로 정중하게 애원한다. 말을 다 듣고 난 남편은 실망할 말을 던진다. *집사람한테 물어보게 난 모르네.* 아내한테로 일을 슬쩍 밀어준다.

고모부! 지끔 고모부는 집안 엉망이란 것 때문에 그래고 아이들 때문에 고모를 델꼬 간다고 하는 거잖니껴? 고모부 필요함 때문에. 진심으로 뉘우치는 게 아이고 고모부 필요 때문에 고모를 델꼬 가믄 또다시 고모부 집안 식구들의 언어폭력이 가해지믄 또다시 똑같은 상황이 벌어질 것 투명 담맨치 보이는 일인데 그른 밑지는 장사는 안 하니더. 참말 진심으로 내가 상황을 판단해서 맴에

서 우러나와 진심으로 고모한테 미안하다고 사과하는 맴 사랑하는 맴 생기지 않으믄 분명히 말 하제만 안 보내니 그래 아소. 그러면 이찌헤야 합니끼? 고모부가 더 잘 알잖니껴? 제가 말주변이 없어 말씀을 잘못 드렸나 봅니다. 죄송합니다. 어떻게 해야 집사람을 보내주시겠습니까?

진심으로 뉘우칠 때요. 지금 뉘우치니까 데리러 온 겁니다. 아이요! 고모부 말 중에는 뉘우침보다는 필요해서 고모부 생활이 불편해서 그걸 해결하기 위해 데리로 온 것으로밲에 보이지 않니더. 가셔서 잘 생각해 보소. 인제 시작인데 앞으로 핑생 살민서 우리 고모하고 같이할라믄 집안에서 본인이 어떻게 현명하게 해야 할지 생각이 서믄 말씀하시소. 지금도 뉘우치고 있습니다. 앞으로도 잘하겠습니다. 그런데 뭘 어떻게 해야 합니까? 지가 그래믄 한 가지 제안을 할 테이 들으실 수 있니껴? 지 말대로 약속을 지킬 수 있음 보내드림써더. 알겠습니다. 무엇이든 시키는 대로 하겠습니다.

고모가 시어머니 간섭 때문에 힘들어 죽겠다고 고모부한테 하소연하믄 지끔매로 고모한테 '어머니 비우 하나도 몬 맞춰'가 아이라, 그러게 우리 어머니 왜 그래. 유난스러운지 몰라서 내가 봐도 해도 너무해. 내가 기회 봐서 어머니한테 그래지 몬 하시게 말할 테이까 조끔만 참아줘. 당신 같은 메느리가 어데 있다고. 정말로 우리 어머니 왜 저래 낡은 사고로 사시는지 진짜 당신 속상하겠다. 내가 해결할 테이 나를 믿고 조끔만 참아줘, 하민서 고모 맴을 다독여 주실 수 있니껴?

우리 어머니는 잘못하시는 게 없습니다. 항상 집사람이 문제지요. 됐니더. 여게까지. 그냥 돌아가소. 고모부는 우리 애들 고모매로 부족한 아내를 델꼬 사시믄 안 되겠니더. 고모부 어머님매로 완벽한 메느리 얻어서 다시 장가가서 사소. 말이 됩니까? 완벽한 사람이 어디 있습니까? 있제요. 말도 안 됩니다. 어째 완벽한 사람이 있어요. 고모부네 어머님은 잘못하시는 게 없는 완벽한 사램이잖니껴? 예. 우리 어머님은 지극히 현명하시고 지혜로우십니다. 그거 보시이소. 고모부 어머님매로 지극히 현명하고 지혜로운 여자를 찾으소. 아주 완벽하고 현명하고 지혜로운 여자요. 우리 고모는 죽었다가 깨어나도 그룹게 현명하게 지혜로운 그 집안 사램들 틈에서는 살 수 없을 것 같니더.

지금 저희 어머니를 욕하시는 겁니까? 천만의 말씀 당치도 않는 말씸을? 감히 그룹게 현명하고 지혜로운 대 성인을 우째 지가 욕을 하다이요. 지는 그래 대단한 사램 반 틈에도 모자래니더. 넘 평범해서요. 계속 그렇게 빈정대지 마시고 집사람 데려가게 해 주세요. 아이. 포기하소. 우리 고모 절대로 안 보내니더. 무슨 권리로요? 호적엔 엄연히 제 아내로 되어있습니다. 제 아내 제 마음대로 데려가겠다는데 왜 막으십니까? 고모부 아내 아이들 엄마 이전에 고모 개인 삶이 먼저씨더. 먼 자격은 그다음에 자격 따지소. 그래고 시누이의 보호자 올케 자격으로 몬 보내니더. 장인어른 장모님 형님도 진짜 이상하시군요. 왜 모든 걸 처남댁한테 일임하시고 모르는 척 계시는지? 그래믄 찾아가서 따지시던가? 왜 그래시냐고.

나 원 참. 제가 안 따졌겠습니까? 장인어른 장모님한테 쇠갈비까지 사 가지고 가서 말씀드려도 쇠갈비는 받으시고 말은 안 받아들이세요. 당신들은 모르쇠를 고집하며 모든 일은 형님하고 상의하라시니 이런 경우가 어디 있습니까? 여게 있잖니껴. 독재십니다. 독재라? 독재 맞니더. 독재하지 않으믄 안 되니더. 이 일은 지가 독재로 다스리지 않으믄 절대로 안 될 일이씨더. 머 문제 있니껴? 문제가 있는 게 아니라 집사람만 보내주시면 독재를 하시든가 민주주의를 하시든가 상관 않겠습니다. 아이요. 이 일에만 독재씨더. 고모부가 고모 포기하시는 게 빠를 거 같니더. 아까도 말씀 드랬지만 우리 고모를 그 집안에 보낼 수 없다고요. 고모도 글 쓰는 거 좋아 하이까 프랑스로 유학이나 보내서 하고 싶은 거 하민서 살도록 할라고 알아보고 있니더. 조만간 보낼 것이까 그래 알고 다른 길을 택하시이소.

집사람 생각입니까? 집사람 인생을 왜 처남댁이 감 놔라 대추 놓으라고 마음대로 좌지우지하십니까? 직접 들어보실라니껴? 시누이를 불러들인다. 미리 무슨 말을 하든지 그렇다고만 대답하라고 단단히 일러둔 터라 두려움 없이 시누이를 부른다. 고모 일로 나와 봐. 시누이가 아무렇지도 않게 밖으로 나온다.

당신 생각이야? 머가? 프랑스 유학 간다는 말. 응. 미쳤군. 제정

신이야! 아이들은 어쩌고. 내가 왜 애들까지 신경 써야 해? 뭐라고? 할 말 없어. 가! 그래고 여게 와서 언니 괴롭히지마. 당신은 당신 이익을 위해 내한테 대하지만 우리 언니는 언니 이익을 위해서가 아이라 진정으로 나를 위해 대하니까. 언니한테 함부로 말할 자격 없어 당신은. 돌아가. 여게는 우리 집이야. 당신 집에서나 당신이 좌지우지해. 여게 우리 집까지 와서 이럴 자격 없어. 가!

야무지고 차진 말을 던져놓고 뒤도 안 돌아보고 방으로 들어간다. 나는 속으로 잘했다고 외친다. 짝짝짝짝 마음속으로 손뼉을 친다. 잠깐 여행 계획이던 것을 프랑스 유학 간다고 둘러댄 것이다. 그 말이 계획 중인 것처럼 손뼉은 마주치며 고모부를 두려움으로 끌고 가는 데 작전 성공을 하고 있다. 시누이가 나가자 표정이 일그러진다. 매우 급한 표정이 구름이 하늘을 덮듯이 그대로 얼굴에 쫙 깔린다.

한 모금도 안 마시던 차를 끌어당겨 단숨에 들이킨다. *언제 갑니까? 모레요.* 여행 삼아 다녀오기 위해 예매해 놓은 표를 고모부 앞에 내민다. 표를 확인한 고모부는 얼굴이 황갈색으로 변한다. *그럼 벌써 모든 절차가 끝난 겁니까? 괜히 말했니더. 설마 출국 정지시킬라고요? 맴대로 안 될 게씨더. 그만 돌아 가시서 냉수 마시고 속 차리고 우리 고모하고 비교도 안 될 완벽한 여자 찾아서 어머니 비우 맞추고 잘 사소. 돈이고 명예고 자식이고 남편도 자신이 살고 봐야 되는 거 아이껴? 우리 고모 이대로 두믄 언제 목심을*

스스로 끊을지 몰래서 불안해서 몬 보내니 포기하소. 지가 고모네 집에 택시를 타고 갔을 때 만약 대중교통을 이용했어도 이미 고모는 이 사상 사램이 아닐 거였제요. 우리 아이들 고모, 지가 보기에는 그 정도믄 어데 가도 대우받고 살 수 있니더. 경우 있고 얼굴 예쁘고 성격이 쪼매 급하기는 하제만 사램이 고모부 어머니처럼 완벽한 사램은 드물 게씨더. 그래고 결혼할 의사도 없는 걸 지가 고모부가 사램이 좋아 보이서 소개를 했니더. 원래 글을 쓰고 싶어 공부하로 외국에 가고 싶어 하는 걸 억지로 보낸 게 지 불찰이었니더. 그래서 우리 고모는 지를 원망하니더. 그래이 더 늦기 전에 지끔이래도 하고 싶은 일 하고 살도록 도와줄라 그래니더. 그래이 고모부도 인제 그만 이쯤에서 놓아 주길 바래니더. 고모를 더 올가미에 옭아 매어놓고 죽음을 생각하게 하지 말란 말이씨더. 어머니께서는 매일 오셔서 고모가 물건 하나를 사도 참견하고 낮잠을 자도 참견하고 집 안 청소 반찬까지 일일이 다 일일이 참견하신다면서요?

시호랑이 길들이기

13

그거야, 어머니께서 저희 생각해서 그러시는 것이지 어떤 부모가 자식 잘못되게 하려고 그리하겠습니까? 고모부, 부모가 자식을 행복하게 살게 두려면 자식이 싫어하는 일을 안 하는 게 자식을 행복하게 살게 해주는 거라고 생각하니더. 아무리 많은 돈을 주고 잘해줘도 정신적으로 그것이 힘들믄 그거는 자식을 위하는 것이 아이제요. 돈은 없으믄 안 쓰믄 되제만 사램이 보기 싫으믄 잠시도 몬 보니더. 더군다나 그 사램이 시어머니일 때는 질식해 죽을 수도 있니더. 오죽하믄 소중한 자기 목심을 버랠라고 모든 준비를 다 마치고 죽을 때 입을 옷까지 다 사 와서 죽을 생각을 했겠니껴? 아내가 그릏게 힘들도록 몰랐다거나 내버려 뒀다믄 그건 남편으로서 자격 박탈이씨더. 두 모자가 사램 하나 죽게 맹글지 말고 이쯤에서 놓아주소. 지도 아버님 어머님 남편한테까지 온갖 소리 다

들어 가민서도 지는 령이를 살래는 게 우선이라고 생각해서 욕 먹을 각오하고 델꼬 왔고, 또 안 보낼 게씨더. 령이 목심이 우선이제 그까짓 체민, 욕먹는 거는 사램이 살고 나서 하는 일이라고 생각하니더. 그래서 시아버지 시어머니께서 시집으로 돌래 보내라고 매일 전화 받는 것도 힘들고 해서 생각다 몬 해 유학이나 보낼라 하니더. 그래이 우리 이쯤에서 인연을 끊고 사시더. 서로 악연이었다고 생각하는 게 좋을 것 같니더. 그동안 우리 모자래는 고모 때문에 고모부 고상 많으싰니더. 얼릉 집으로 가시서 좋은 배우자 만내서 행복하게 사시고 우리 고모도 잘살게 빌어주소.

시누이 남편은 고개를 숙이고 듣고 있더니 고개를 들어 하늘을 쳐다본다. 심각함이 얼굴에 노을처럼 번진다. *참말로 당황스럽습니다. 결혼이 장난입니까? 이까짓 사소한 일로 결혼을 깨고 유학하러 갈 거면 왜 결혼을 했습니까? 사소한 일이라고요? 왜 했냐고요? 그 원인 제공은 고모부한테 있네요. 뭐라고요? 제가 무엇을 잘못했다고요? 제가 바람을 피웠습니까, 노름을 했습니까? 오직 가정만 생각하고 열심히 산 사람한테 지금 무슨 말씀하십니까?*

그래요? 그래믄 아내가 힘들어서 목심을 버릴 만큼 괴로워하고 있는데 힘들어하는 것도 모르고 아내가 이 지경까지 왔으믄 왜 그리 된 건지 아내에게 물어보고 위로해 주는 게 먼저인데 머 바램을 피웠냐고요? 노름을 했냐고요? 사소한 일이라고요? 아이들이 장난으로 돌멩이를 던져 개구리는 그 돌에 목심을 잃을 뿐 했는데

며 장난으로 던진 돌에 왜 목심을 잃냐고 하믄 더는 할 말이 없니더. 그래고 왜 결혼했냐고요? 아내가 죽을 준비를 다 하는데도 모르고 살민서 아이들 돌팔매쯤으로 생각하는 고모부가 사람이니껴? 죽기는 왜 죽습니까? 뭘 죽을 만큼 제가 잘못했다고? 거 보세요, 아내가 괴로와서 죽음을 생각할 지경이 되었는데도 무엇 때문인지 살피기는커녕 이 정도로 냉정하니 제가 고모를 나무란 것도 후회되니더. 참 그런 대단한 집안이고 대단한 아니, 엄청난 집안인지 몰랬니더. 그저 평범한 행복을 가꾸민서 살라고 보냈는데 너무나 지혜와 현명함이 가득한 집안이라 숨통이 맥혜 치여서 죽을 거 같애서 더는 몬 사는 게제요. 현명함과 지혜가 조끔 모자래는 집안이었으믄 아이들 키우고 남편하고 누구보다 행복하게 살았을 거씨더. 자꾸 그렇게 비비 꼬지 마시고 어떻게 하면 집사람 마음을 돌릴 수 있는지 알려 주십시오. 절대로 몬 돌리니더. 왜요? 지끔지 맴 하나도 몬 돌리시민서 우째 고모 맴을 돌래요. 처남댁 마음을 돌리기는 어렵습니다. 그래믄 고모 맴 돌리기는 포기하소. 집사람하고 얘기 좀 하게 해 주세요. 그거야 어렵지 않제요.

시누이를 불러들인다. 언니 왜? 고모부가 고모하고 얘기하고 싶다네. 나 할 말 없어. 할 말 있으믄 언니하고 해. 내 말은 끝났어. 뒤도 안 돌아보고 다시 나간다. 뒷모습에 대고 소리를 지른다. 참말로 기가 막히네. 본인 일을 왜 처남댁하고 해? 그러나 고모는 나가버린다. 그러자 다급한 마음이 생기는지 무릎을 착 꿇고 애원을 뱉는다. 좀 도와주십시오. 제가 다 잘못했습니다. 제발 프랑스로 떠나는 것만 못 하게 해 주십시오. 아니면 한 달 연기라도 좀 해 주십시오. 이대로 떠나면 저하고 아이들은 못 삽니다. 아이들은 앨범을 꺼내놓고 엄마 보고 싶다고 울고 사진을 그러안고 울다 자고 아침에 일어나면 또 엄마 보고 싶다고 웁니다. 밥도 잘 안 먹습니다. 아이들이 불쌍해서 도저히 볼 수가 없습니다. 죽으라면 죽는 시늉이라도 할 테니 한 번만 도와주십시오. 제발 부탁합니다.

다급해서 매달리는 고모부에게 나는 차분하게 조곤조곤 말했다. 고모부 지끔부텀 하는 지 말을 잘 들으소. 나도 이 집 식구가 아이고 시집와서 사는 사램이씨더. 그랬제만 사램이 사램다울 때 사램이 되는 거씨더. 그게 무슨 말입니까? 지가 이 집으로 시집와서 남편이 첫 월급을 타 가주고 왔니더. 그른데 그 월급을 1주일 쓰고 나이 한 푼도 안 남았니더. 지는 상의할 사램이 없어 시아버님한테 내려갔니더. 그리고 아버님한테 아버님 지는 몬 살겠니더. 다짜고짜 몬 살겠다는 철딱서니 없는 메느리한테 아버님은 깜짝 놀래시민서 대체 먼 일인 동 얼릉 말해 보그라, 했제요. 그래서 아버님 오빠가 월급 타 왔는데 1주일 쓰고 나이 돈이 한 푼도 없니더. 다음 월급 탈라믄 안죽 멀었는데 우째 사니껴? 그랬디이만 아버님이 머라고 하싮는 동 아시니껴? 그래 에미야 요새 젊은 아 들 하고 싶은 것도 많고 쓰고 싶은 것도 많은 거 내 안다. 그릏제만 우째 하고 싶은 거 다 하고 쓰고 싶은 거 다 쓰고 사노? 더군다나

애비는 공무원이따. 너 큰아부지인 형님이 고위 공무원이었따. 그 시대에 일본에서 대핵교를 나왔다. 그른데 형수님이 하도 돈을 헤프게 쓰이 비리를 저지르다 모가지 짤래고 말았다. 그래 모가지 짤래이 퇴직금도 한 푼 없이 맨몸으로 좇기 나더라. 니 내 말 맹심하고 듣거래이. 애비한테 돈 얘기 절대로 하믄 안 된다. 그래믄 비리를 저지를 수백에 없어. 그래 공무원하다 모가지 짤래 나오믄 아무꺼도 할 게 없다. 그래믄 니 우째 살래? 그래이 사고 싶은 거 있으믄 내한테 말하고 돈 필요하거든 내한테 말하거라. 애비 모가지 짤래믄 패가망신이따, 알았나! 했제요. 그래고는 돈을 찾아서 지한테 주민서, 아나 여겠다, 우선 이걸로 애비 월급 탈 때까짐 애께 쓰그라. 했제요. 그릏게 서울에 와서 있다가 친구들한테 그 말을 했디이만 친구들이 배꼽을 잡고 웃었니더. 그리고 지보고 참말 철딱서니 없다고 하디더. 그 담부텀 아버님은 내 목소리만 흐려도 에미야, 니 목소리가 왜 그릏노 또 돈 떨어졌나? 히민서 놀랬제요. 그래고는 당장 돈을 보내줬니더. 그뿐 아이씨더. 우리 어머님 인품 보실라니껴? 지가 금방 시집오이까 아버님께서 요새 아 들은 동정 같은 거 달 줄 모르제? 하고 물으시니 어머님이 젙에 계시다가 왜 몰래 요새 아들 옛날 우리보다 머든 동 잘 하제. 하고 대답했니더. 그래이 아버님은 그걸 진짜 믿고 두루마기를 제게 주시민서 그르믄 어데 한분 이거 동정 달아 온나 보자. 하싮제요. 제가 어리둥절해 하이 어머님께서 따라 나오시더니 동정을 감쪽같이 달아서 제게 주시민서 너 시아바이 갖다 줘라. 하싰제요. 그걸 듣고 아버님께 드랬디이만 야, 니 참말로 제법이따. 요새 아 가 우째 이른 걸 힐 줄 인단 말이로! 히고 감탄을 했제요. 그래서 제가 아버님 이거 비밀인데 사실은 어머님이 달아 주시민서 제가 달았다고 하고 아버님께 드리라고 했어요. 했디이만 아버님께서 그것도 니 능력이따. 하시민서 웃으싰니더.

또 우리 큰아이 돌잔치를 영주 시댁에서 동네 사램들을 다 불러 모아 했제요. 방으로 마루로 동네 사램이 꽉 찼는데 어머님께서 지보고 에미야 된장 쫌 끓에라. 하시기에 어머님 된장 머 넣고 끓이니꺼? 했디이만 무꾸 썰어 넣고 된장 풀고 끓에라 하시기에 정지에 가서 무꾸 썰고 된장 풀고 또 방에 들어가서 어머님 무꾸 썰어 넣고 된장 풀었니더. 또 머 넣어야 되니꺼? 했디이만 냉장고에 메레치 있다. 메레치도 쪼매 넣고. 하시기에 메레치를 넣고 또 들어가서 그담에 또 머 넣어야 되니꺼? 하자 거 두부도 쪼매 썰어 넣어라. 하시기에 야, 하고 나오는데 아랫집 아지매가 에고 이 집 큰메느리는 음식을 척척 잘하는데 작은메느리는 할매가 있는 집에서 자라 음식도 할 줄 모르제? 하고 묻는 소리가 났니더.

정지로 갈라고 하는데 어머님 목소리가 들렜니더. 요새 아 들이 멀 몬 해 자가 양반 집안에서 자라서 우리 집안 가풍 익히느라고 머든 동 저래 물어보고 하제 지 맴대로 하는 거는 하나도 없니더. 괘이 양반 양반 찾는 둥 아시니꺼? 하는 소리를 듣고 지는 하마터면 들고 있던 국자를 떨어뜨릴 뿐했니더.

또 한 분은 아랫집에서 단무지 맹글어 놓은 것 얻으로 왔다길래 어머님이 안 계시는데 지가 단무지를 꽤 많은데 그냥 다 퍼줬제요. 형님이 어머님한테 여쭤보지도 않고 이제 어머님한테 꾸중 듣게 생겠다고 해서 잔뜩 겁을 먹고 있었제요. 그른데 어머님이 오시고 형님이 그 이야기를 했제요. 그랬디이만 어머님 말씸이 안 그래도 그거 멀 사램 있으믄 줄라꼬 했디이만 잘했다. 하시길래 지는 그걸 진심인 줄 알았니더.

그른데 나중에 시누이가 달래서 어머님이 남겨 두었는데 내가 아랫집을 주었다는 걸 알았니더. 전화 소리를 우연히 엿들었는데. 그 단무지 아랫집에 달라 그래서 내가 주고 없다. 내년에 또 담가 주마. 하고 전화로 시누이한테 하시는 그 소리를 듣고 지는 우리 시어머니를 천사라고 생각했니더. 이일뿐 아이라 지는 실수투성이씨더.

그른데도 늘 이해하고 감싸주이 지가 진심으로 부모님을 공경하는 맴이 들디더. 이릏게 우리 시댁 식구들은 메느리가 아무리 잘 몬해도 스스로 뉘우치도록 하고 이해해 주시는 시부모님이씨더. 우리 시댁 집안 인격이 이 정도씨더. 그른 집안에서 자란 고모를 머? 어머니 비우하나 몬 맞춘다고요? 예로부터 효부는 부모가 맹근다고 했니더. 우리 고모가 지매로 철딱서니 없지는 않을게씨더. 어른들이 자식을 이해하고 보다듬어야제, 우째 자식을 소유물로 생각하고 사랑은 한 알갱이도 없니껴?

적막하도록 듣고 있던 설 서방은 죄송합니다. 정말 죄송합니다. 시키는 대로 무엇이든 할 테니 도와주십시오! 매우 급함에 앞뒤 가릴 사이도 없이 허둥거리는 모습이 웃기게 보인다. 어찌해야 합니까? 처남댁요. 우째해도 맴 돌리기는 늦었제만 새로 결혼하더래도 지 말에 귀 기울이시믄 도움이 될 테이 들어보소. 예, 무엇이든 말씀해 주세요. 다 듣겠습니다. 이건 맴을 돌리는 문제하고는 별개 문제씨더. 고모부가 또다시 결혼에 실패하지 않으시려믄 맴둥지를 깨고 새로운 사고를 가져야 할 듯싶어서. 예, 예, 무슨 말씀이든지 다 듣겠습니다. 만약에 고모부 아내가 그릏게 시어머니 흉을 볼 때는 맞장구를 쳐주고 다독여 주고 당신 같은 사램이 없다고 어머니를 같이 욕해주고. 고모부 어머니가 메느리를 사정없이 잘못을 지적하고 욕하시믄 같이 동의를 해 주시야 되니더. 그래고는 어머니가 심하다는 생각은 안 들겠지만 혹 자꾸 메느리 잘못을 지적하시믄 극약 처방이 필요하이더. 어떻게요?

갑자기 극약 처방이란 말에 눈을 번쩍 뜬다. 그렇다면 지금까지 자기 어머니가 얼마나 며느리 잘못을 많이 지적했는가를 보여주는 행동이다. 그 일도 괴로운 일일 것이다. 극약 처방 내려줘도 고모부는 절대로 몬 할 게씨더. 왜? 그렇게 생각하시지요? 어머니 말씀이 전부 현명하고 지혜롭다고 생각하니까. 그래도 말씀해 줘 보십시오. 그래믄 어머님이 메느리 아들 두고 친정에 갔다고 욕을 하시

거든 어머님한테 말씸하소. 맞아요, 어머니 참말 이것저것 잘하는 게 아무것도 없어요. 그래이 이혼을 해야겠다고. 이혼하고 어머니 말씸을 잘 듣는 여자로 구해야겠다고. 그래이 어머니께서 여자 구할 동안만 아이들을 쫌 키워달라고. 하고 맞장구를 쳐주민서 이혼을 한다고 해 보소. 아무리 메느리가 밉다고 해도 당신이 아이를 키워가민서 이혼시킬 시어머니는 이 시상에 없니더. 자신의 불행을 자초하민서 남을 미와하지는 않거든요. 일방적으로 미와할 수는 있어도 그 미움이 자신한테 폐를 끼치믄 아무도 미움을 지속하지는 않제요. 그게 인간의 본성이잖니꺼.

아! 그렇겠네요. 그런 극약 처방이 있었네요. 사실 제가 봐도 우리 어머니는 너무 잔소리가 심한 건 사실이에요. 그렇지만 어머니를 잘못이라고 말할 수는 없잖아요, 어머닌데. 그래서 늘 집사람을 잘못이라고 같이 밀어붙였어요. 제가 지혜가 부족했네요. 독으로 독을 치료하는 처방전을 몰라서 쓸데없는 부스럼을 더욱 성나게 하는 처방전을 썼네요. 어리석었습니다. 앞으로는 그리 한번 해가면서 잘 다스려 보겠습니다. 신의 한 수입니다. 고맙습니다.

이제야 진심으로 깨닫는다는 느낌이 든다. 그래 모든 사람이 몰라서 무례함을 저지르고 상처를 주는 경우도 많은 것이다. 중간에서 힘들었을 고모부를 생각하니 가엽다는 생각이 든다. 어머니와 아내 사이에서 얼마나 힘들었을까? 그렇지만 방법을 몰라서 그렇게 한 것이지 아내가 미워서 그런 것도 아닐 것이다. 거기에서 피해를 보는 건 아내뿐 아니라 아이들과 가족 모두 피해를 보는 것이다.

잘 알겠습니다. 고맙습니다. 제가 오늘은 이만 갔다가 내일 다시 오겠습니다. 무례함을 용서해 주세요. 저를 믿고 집사람을 시집보냈는데 제가 부족해서 이리 분란을 일으켜 죄송합니다. 갑자기 태도가 달라진 고모부는 일어나서 부리나케 간다. 무슨 결심이 선 듯하다. 아내를 못 데리고 집으로 간 설 서방은 단단한 결심을 주먹에 쥐고 자기 어머니를 찾는다.

어머니 지금 우리 집으로 좀 오셔야겠습니다. 갑자기 무슨 뜬금없이 싫다. 내가 왜? 나는 니 댁 보기도 싫다. 지금 집사람 집에 없습니다. 어디 여행 갔나? 아니요. 이혼하려고요. 아무 말이 없다. 한참 있다가 다시 말을 잇는다. *지금 뭐? 이혼? 왜? 싸웠나? 살다보면 싸우기도 하고 좋기도 하지 그렇다고 이혼을 해? 에미가 이혼하자고 하든? 니가 하자고 했어?*

어머니는 아들의 이혼 한다는 말을 듣고는 심장이 벌렁거린다. 친구 하나가 며느리가 아이 둘을 두고 집을 나가는 바람에 두 손자를 대신 키우느라 절절매고 있는 걸 보았기 때문이다. 그렇다고 고아원에 맡길 수도 없고 언제까지 키워야 할지 끝도 없어서 너무 힘들다며 매일같이 신세 한탄하는 걸 보았는데 자신이 그런 위치가 될 걸 생각하니 아찔하다. 아무리 며느리가 밉고 싫더라도 집에서 아이만 키워주면 그것만 해도 좋은 일이란 생각이 간절하다.

아들을 만나러 단숨에 달려간다. 그리고 꼬치꼬치 캐묻는다.

어머니 말씀도 너무 안 듣고 어머니 속을 너무 썩이는 것 같아서 좀 나긋나긋하고 어머니 마음에 쏙 드는 여자를 구해야겠어요. 원 뻣뻣해서 어디 감히 어머니 비위도 하나 못 맞추면 우리 설씨 집 며느리 자격 없어요. 그래서 제가 다른 여자를 좀 만났더니 그걸 알고 친정으로 가버렸어요. 뭐야? 다른 여자 좀 만났다고 친정으로 훌딱 가버려? 아이들은 어쩌고? 아이들은 두고 갔어요.

이참에 고개 숙이지 말고 버릇 잘 들여라. 한 번 친정에 가기 시작하면 자꾸 가게 되고 남자가 한 번 숙이면 자꾸 숙여야 하는 법이야. 직장 다니는 남자가 다른 여자 좀 만날 수도 있고 그렇지 그까짓 일로 친정을 가. 어린 제 새끼들까지 두고? 독하게시리. 단단하게 버릇 들여야 한다. 절대로 사정하지 마라. 불편해도 참고 두 무릎 꿇고 싹싹 빌기 전에는 절대 받아들이지 마라. 내 말 알아듣지?

설 서방 어머니는 며느리가 미워 말을 그렇게 하지만 속은 새까맣게 타고 있다. 혹시라도 영영 안 돌아오면 어쩌나 하는 조바심이 온몸을 감는다. *예, 어머니 안 그래도 안 받아들이려고요. 그래 잘 생각했다. 약해빠져서 마음 흔들리지 말고 밀고 나가. 예 어머니 말씀대로 안 받아들이려고 합니다. 벌써 간 지 꽤 됐어요. 프랑스로 모레 공부하러 떠난다네요. 그래서 잘됐다 싶어서 지금 사귀는 여자를 데리고 오려고요. 사귀는 여자를 데리고 오다니?*

예 지금 제가 사귀고 있는 여자는 착해요. 어머니 마음에도 드

실 겁니다. 그 여자도 아이가 둘 있긴 한데 저도 둘 있으니까 괜찮고요. 그 여자는 어머니 말을 잘 들을 것 같아서요. 그러니 결혼할 때까지만 아이들 좀 키워주세요. 그 여자 사정이 있어서 내년이나 되어서 결혼하기로 했으니 그동안 어머니가 살림 좀 맡아 해주시고 아이들 좀 키워주세요. 너 지금 무슨 말을 하고 있어? 제정신이냐? 뭐? 애가 둘 딸린 여자하고 재혼한다고? 내가 미쳐 죽어. 미쳐 죽지. 집구석 다 됐구먼. 다됐어. 멀쩡한 며느리 놔두고 뭐 애 둘 딸린 과부하고 재혼을 해! 니가 돌았나?

아니 어머니 전들 좋아서 하겠어요. 아이들 키우고 저도 살아야 하잖아요. 아들한테는 제 친어미가 낫지. 누가 남의 자식을 제대로 키운다던? 더군다나 제 자식이 둘이나 있으면 제 자식 챙기지 니가 낳은 아이들 제대로 키울 거라고 생각하나? 그러면 어떡해요? 애 엄마는 이 여자 만나는 거 알고 보따리 싸서 친정에 갔고 제가 가서 빌어도 안 온다는 걸요. 그리고 프랑스로 떠나는 비행기 표까지 벌써 끊어 놓아서 마음 돌리기는 틀렸는데요. 그리고 그 여자하고 결혼하기로 약속도 했고요. 중요한 건 그 여자는 순종파라 어머니 마음에 꼭 드실 거예요. 지금 집사람보다 훨씬 고분고분하고 마음씨도 착해요.

그런 여자가 혼자 살아? 그런 썩어빠진 소리 고만해! 니가 미쳐도 단단히 미쳤구먼. 내 눈에 흙 들어가기 전에는 그 여자하고 재혼은 안 돼! 그러면 저 어린 애들을 어떻게 해요. 뭘 어떻게 지 친어미가 키워야 하지. 친어미는 마음이 돌아오기는 글렀어요. 더군다나 모레 비행기로 가면 프랑스까지 찾아갈 수도 없고 끝났어요. 그러니 어머니도 깨끗이 집사람 잊으시고 이 여자랑 재혼하게 허락해 주세요. 어머니도 어차피 마음에 안 드시잖아요. 이 여자는 아주 착하고 순종파라니까요. 이 여자 보시면 어머니 마음에 쏙 드실 거라고요.

미친 소리 마라! 인제 보니 네놈한테 문제가 있었구나. 네놈이 밖에서 딴 여자를 보고 다니니 어떤 여자가 시어머니나 시집 식구가 곱게 보이겠나. 이제야 며느리 하는 짓이 이해가 간다. 에이 못난 놈! 결혼한 지 얼마나 됐다고 그것도 애 둘이나 딸린 과부하고 쯧쯧! 내 뱃속으로 낳은 내 새끼가 맞는지 모르겠다. 내가 니 같은 놈을 낳고도 아들 낳았다고 좋아서 미역국을 먹었다니 내가 미친 년이다. 며느리 얼굴 이쁘지 아들을 못 낳았나 딸을 못 낳았나. 살림을 못 하나. 왜 밖에서 그래 애까지 딸린 여자를 넘겨다 봐. 남의 새끼까지 딸린 걸 왜 집에 들여? 어림없는 소리 집어치워라!

어머니는 괜히 나만 가지고 그래 어머니도 못마땅해하셨잖아요? 시끄럽다 인제 보니 못마땅한 원인 제공을 네놈이 해 놓고 왜 나한테 떠넘겨. 아무튼, 애 딸린 과부는 절대로 안 된다. 지금 니 댁 어디 있어? 오빠네 집에요. 날 한번 만나게 해다고. 뭐하시게요? 글쎄, 만나게만 해줘. 마음 돌리게 하려면 만나지 마세요. 이제 제가 싫어요. 고집도 세고 어머니 말씀도 안 듣고 저도 싫어요. 그리

고 모레 떠나는 여자 만나서 뭐하시게요?

안 되겠다. 지금 당장 니 댁 있는 곳으로 앞장서! 싫어요! 앞장서! 싫다니까요! 다 끝난 일을 왜 새삼스럽게 그래요. 뭐가 끝나 아직 이혼한 것도 아닌데 아직은 내 며느리다, 앞장서 어서!

설 서방은 못 이기는 척 어머니를 태우고 아내가 있는 곳으로 향한다. 한편 시어머니는 큰일이란 생각에 가슴이 마구 방망이질을 해대고 있다. 외국으로 떠날 생각까지 했다면 마음이 돌아선 게 분명한데 아들이 애 딸린 과부하고 놀아나니 어떤 여자가 그걸 용서하고 집으로 돌아와 살지.

또 용서하고 살라고 말할 처지도 못 되지 않는가. '하룻강아지 범 무서운 줄 모른다'고 아들이 이러는 줄 알았다면 자신이라도 며느리를 토닥거리며 감싸야 했었는데 며느리가 크게 잘못하는 것도 없는데 너무 냉대하고 함부로 대했다는 생각에 후회가 홍수에 흙탕물 일듯이 일어나서 어떻게 며느리를 대할지 생각이 안 난다.

이놈아 무조건 빌어! 앞으로 절대로 다시는 그 여자 안 만난다고 빌어. 또 사돈들 있는데 빌지 말고 데리고 나와서 둘이 있을 때 싹싹 빌어. 외국으로 떠나면 니가 데리러 가지도 못하고 이 아 들하고 다 어쩔 셈이야. 일단 못 가게 막아야 한다. 알아들어? 그 과부는 절대로 안 돼. 나를 무덤에 묻고 그 여자를 집에 들이면 모를까 내 눈 뜨고 있는 한은 절대로 안 돼. 야무진 꿈 깨 이놈아! 알아들어? 미친놈 같으니라고!

어머니는 수단과 방법을 가리지 않고 며느리 마음을 돌리기에 모든 힘을 다 쏟고 있다. 설 서방은 처남댁 말이 이렇게 약발이 있나 싶어 내심 놀란다. 진작 한 번쯤 이랬으면 성격 별난 자신의 어머니가 잘해 주었을 텐데 너무 미련하게 살았다는 생각에 피시식 웃음이 나온다. 웃음이 어머니께 들킬까 얼른 입을 다문다.

한편 시어머니까지 동행한 설 서방을 보니 무슨 심상찮은 일이 벌어진 걸 직감한다. *우째 오싰니껴?* 나는 일부러 최대한 냉정한 어투로 말한다. *우리 며늘아기 좀 보러 왔습니다. 먼 일이신동? 지한테 말씸하시제요. 아니 미안하지만 직접 우리 아가를 만나 할 말이 있어서 그러니 좀 만나게 해 주세요.*

속으로 불안하면서도 한편 안심도 된다. 며느리를 보러 사돈집까지 방문할 때는 뭔가 단단한 각오를 한 보따리 싸서 오지 않고는 올 일이 없기 때문이다. *우리 아이들 때문에 이리 사돈집까지 폐를 끼쳐 죄송합니다. 다음에 또 찾아뵙겠습니다. 우선 우리 아가하고 할 얘기가 있어서 그러니 얘기 좀 잠깐 하게 해 주시지요. 여기서 하기는 그렇고 좀 불러 주세요. 죄송합니다.*

저렇게 예의범절 반듯한 양반이 왜 그리 며느리한테 함부로 해서 아들 며느리 사이를 갈라놓는지 인간의 양면성은 어디까지인지 알 수 없다는 생각을 하면서 시누이를 불러낸다. *고모 이리 나와 봐.* 하자 시누이는 나오지도 않고 *싫어.* 한다.

나는 또 말한다. *싫어도 시어머님이 여게까짐 오싰는데 먼 일인*

지 들어보기나 해야지 그래믄 몬 써. 하고 소리를 지르자 시누이는 *알았어, 언니.* 하고는 문을 열고 나온다. *아가 잠깐 내가 할 말이 있다.* 하고는 시누이를 데리고 설 서방과 그의 어머니가 나간다. 무언가 비장한 각오를 했기에 사돈집까지 와서 며느리를 데리고 나가지. 좋은 예감이 뒷모습에 비친다. 설 서방은 시누이와 어머니를 태우고 집으로 향한다.

나 내래 줘! 집에 안 가. 세워요! 아내가 소리를 지르거나 말거나 묵묵히 운전대는 집을 향하자 시어머니가 갑자기 아이스크림보다 달콤함을 묻혀 말을 한다. *아가 내가 할 말이 있다. 내 말도 좀 들어봐라.* 전에 없이 부드러움을 묻혀서 말이 금방 눈처럼 스르르 녹아버릴 것 같다. *지는 할 말 없니더. 내가 할 말이 있다.* 전에 없이 부드러워진 시어머니다.

저렇게 부드러워진 시어머니가 할 말이 뭔지 들어나 보자 싶은 생각이 들어서 묵묵히 집으로 따라 들어간다. 아이들은 어디 갔는지 안 보인다. 작은집에 맡겼다고 묻지도 않는 말을 남편이 한다. 궁금하지만 궁금하지 않은 척 *하실 말씀하시제요, 얼릉 지는 가봐야 되니더.* 지겟작대기같이 뻣뻣한 말을 걸친다. 시어머니는 전에 없이 조심스러운 말로 일장 연설을 늘어놓는다.

아가 그동안 미안하다. 시에미가 되어서 며느리 마음도 하나 몰라주고 모든 일은 내가 잘못해서 일어났으니 이 시에미를 용서하고 집으로 들어와서 아이들 키우고 살이라. 니같이 살뜰하게 살림

잘하고 이쁜 며느리가 어디 있다고 이 시에미가 보석을 돌로 알았구나. 참말로 미안하다. 한 번만 마음을 돌려주면 안 되겠니. 니 남편이나 시집 식구는 꼴도 보기 싫겠지만 아이들은 니 속으로 낳았으니 아이들을 보고 말이다.

참말로 이 시에미가 부족했구나. 미안하다. 미안해. 정말로 미안해. 내 빌라면 무릎 꿇고 앉아서라도 비마. 한 번만 마음 돌려먹고 프랑스 가는 거 포기하고 집에 들어와서 아이들 키우면 안 되겠니? 이 시에미가 죽을죄를 지었구나. 아무것도 모르는 무식한 시에미를 많이 배운 니가 이해 좀 이해해 주려무나. 이해하기 어렵겠지만 아이들을 봐서 말이다.

전에 없이 이상스러울 만큼 아니 비겁하리만큼 굽실거리며 용서를 비는 시어머니가 불쌍해 보인다. *생각해 볼게요. 아니 생각할 게 아니고 지금부터 가지 말고 여기 있어 주면 안 되겠니? 니 친정에는 내가 내일이라도 가서 용서를 구하마. 다 내 탓이라고. 이 늙은이를 용서하고 저 어린 것들 남의 손에 크면 눈치 덩어리 된다. 그저 어린 것들은 지 에미가 키워야 기도 살고 지실도 안 들고 잘 크는 법이다. 그러니 이 못난 시에미하고 애비는 미워도 저 어린것들을 위해서 집에 들어와라. 어른인 우리가 잘못해서 저 어린것들 에미 없는 자식이 되게 하면 벌 받는다. 부디 마음 좀 돌리고 아이들 키워라.*

점점 이해가 가지 않는 말과 행동에 어차피 이혼할 생각은 아니었으니까 한번 믿어볼까 싶은 생각이 머리에서 몽실몽실 뭉게구름처럼 피어오른다. 안 그래도 아이들이 보고 싶어 얼마나 혼자 울었던가. 남편은 어디론가 나가서 안 들어온다.

어머님 말씀 알아들었으니 한분 생각해 볼게씨더. 이만 지 가니더. 일어서는데 시어머니는 더 다급한 목소리다. *그래 마음대로 해라. 그렇지만 왔으니 내가 커피 한 잔 끓여주면 먹고 가거라. 아니요. 그냥 갈래요. 그래도 못된 시어미 용서하는 마음으로 먹고 가거라.*

하는 수 없이 자리에 앉는다. 이게 무슨 있을 수도 없는 일이 일어나고 있다. 어떻게 이런 천지가 개벽할 일이 일어나고 있는지 도무지 알 수가 없다. 그동안 아이들 보느라 힘이 들어서 저러는가. 아무튼, 그렇다고 하더라도 변한 건 좋은 일 아닌가. 생각을 주섬주섬 거둬들이고. *그래믄 먹고 갈께요.* 하고 손님처럼 다시 소파에 앉는다.

시어머니는 일부러 그러는지 시간을 자꾸 끈다. 커피 열 잔은 끓여낼 시간인데 가지고 오지를 않는다. 그렇다고 독촉할 수도 없지 않은가. 벽을 쳐다보니 아이들이 방글방글 웃고 있다. 갑자기 보고 싶어진다. 그러나 지금은 이것쯤은 참아야 한다고 하는 올케언니의 말이 가슴을 열고 들어온다.

안죽도 커피 멀었니꺼? 아니 다 됐다. 나이를 먹으니 행동도 굼뜨구나, 답답하지? 생각지도 못한 말이 시어머니 입에서 나온다.

참말로 무슨 일인가 있는 게 분명하다. 또 독촉하자 마지못해 시어머니는 커피잔을 들고 온다. *자 여기 앉아서 한 잔 마셔라. 늙은이가 타서 맛이 없겠지만 내 처음으로 타 주는 거니 마셔 보아라.*

따뜻한 말까지 섞어서 끓여낸 커피를 물끄러미 쳐다본다. 무슨 일이기에 시어머니가 아닌 다른 사람이 되었단 말인가! 생각까지 숟가락에 타서 젓는다. 숟가락을 내려놓고 마시고 다시 일어선다. 그런데 쓸데없는 말로 자꾸 시간을 끈다는 느낌이 든다. *내 애비를 혼냈다. 너 같은 사람을 아내로 둔 걸 자랑스럽게 생각하지 못하고 친정으로 가도록 했다고 혼을 냈으니 너도 용서하고 들어와서 아이들 키우고 재미있게 살아라. 애비도 나도 성격은 급하지만 그래도 정은 있는 사람들이다.*

살다 보면 화나는 일도 생기고 속상하게 하는 일도 많고 이해 안 되는 일도 많지만 그게 다 시집살이려니 하고 이해하고 시에미가 좀 모자라는 말을 하드래도 니보다 못 배운 노인네라서 저런다 생각하고 젊은 니가 좀 이해 해다고. 그러고 다시 집으로 들어와서 아이들 돌봐야지.

시호랑이 길들이기

14

숙명과 운명

령이는 시어머니 목소리에는 울음이 섞여 있음을 직감했다. 그 울음을 억지로 삼키고 또 말을 이어갔다. *에미야! 그 어린 것들이 매일같이 지어미만 찾고 밥도 잘 안 먹으려고 하고 공부도 안 하고 시무룩하게 구석에 처박혀 있는 게 안쓰러워 못 보겠다. 우리 죄지. 저 어린것들이 무슨 죄가 있나. 그러니 다 용서하고 다시 아이들 키우고 살아라. 내가 너무 무심했다.*

아무리 생각해도 이해가 되지 않는 말만 한다. 국산 말을 하는데 국산인 나는 왜 이해가 안 되는지 도무지 알 수가 없다. *어머님 무심이 아니라 너무 간섭이 심하셨제요. 지가 시집온 지 10년 시월인데 어머니만 보믄 가슴이 마구 지멋대로 뛰고 숨이 맥혀 죽을*

것 같았니더. 친정 올케언니한테 말도 해 봤제만, 지보고 그릇이 작다고 나무래민서 그릇 키우라고만 하고 지 심정을 이해해 주지 않았니더. 그래서 인제는 어데도 기댈 데가 없었니더. 그래다가 언니한테 끌래 와서 이래 못다한 공부나 할라고 하이 지를 이해해 주시고 어머님 맴에 쏙 드는 메느리 얻어서 행복하게 사시길 바래니더.

며느님 지금 무슨 그런 소리를 하고 그래요. 나한테는 아무리 좋은 며느리라도 우리 손자 손녀한테는 며느님이 최고 엄마지요. 그러니 나와 아범은 보기 싫고 밉더라도 아이들 봐서 한 번만 마음을 돌려주시길 이렇게 부탁합니다. 나와 우리 아들이 백 번 잘못했으니 어린것들 봐서 한 번만 용서해 주세요, 며느님. 이렇게 싹싹 빕니다. 하면서 비는 시늉을 하는 건지 진심인지 말을 내놓고 있는데 현관문이 와장창 소리를 지르면서 열린다.

아이들과 남편이 들어온다. *엄마! 엄마!* 두 놈은 달려들어 목을 그러안고 팔을 잡아당기고 난리가 난다. *엄마 어디 갔다 오셨어요? 보고 싶어 죽을 뻔했어요.* 두 놈 모두 품에서 떨어질 줄 모른다. 얼굴에 뽀뽀하고 목을 그러안고 몇 년 만에 처음 보는 것처럼 난리다. 아이들을 보니 집으로 갈 생각인지 뭔지 눈물이 나서 주체를 할 수 없다. 그 모습을 보던 시어머니가 또 한 마디 던진다.

봐라! 저놈들을 니가 안 키우면 누가 제대로 키우겠니? 그러니 제발 저 어린 것들을 니 손으로 살뜰히 키우거라. 그동안 죄를 지

은 애비나 시에미는 밉더라도 용서해 주고. 말을 마친 시어머니는 부엌으로 가서 밥을 하기 시작한다. 하거나 말거나 신경을 안 쓴다. 어느새 된장찌개를 끓이고 밥을 식탁에 차린다. *얼굴이 반쪽이구나. 내가 내일 쇠꼬리라도 하나 사서 고아 오마.* 전에 없이 다정다감한 모습이 낯설다. 진작 저랬으면 얼마나 좋았을까?

남편은 오빠네 집으로 전화를 한다. 전에 없이 나긋나긋하다. *그동안 폐를 끼쳐 죄송합니다. 한번 찾아뵙겠습니다. 그리고 집사람은 오늘부터 집에서 아이들하고 잘 살 테니까 지켜봐 주십시오. 이만 끊습니다.* 한 마디 소리를 지르고 싶지만 아무 말도 하지 않는다. 사실 아이들을 놓고 간다는 것도 자신이 없는데 오히려 남편의 행동이 잘됐다 싶다. 조금 있으니 시어머니가 또 아들한테 친정집으로 전화를 걸어 달란다.

남편은 전화를 걸어 시어머니를 바꿔준다. 시어머니는 아주 친절한 목소리다. 사람이 저렇게 두 얼굴로 변할 수 있다는 게 신기했다. 그러나 아무 말도 하지 않고 조용히 듣고 있다. *우리 잘못으로 그동안 사돈댁에 폐를 끼쳐서 죄송합니다. 우리 아들이 저를 닮아서 성격이 좀 급해서 며늘아기한테 함부로 말하고 저도 살뜰하게 며느리한테 못 해준 점 사과드립니다. 아들한테 단단히 타일러 두었으니 앞으로는 그런 일 없을 겁니다. 다시 한번 죄송합니다.*

그날 이후 령이의 시어머니는 완전히 더덕처럼 더덕더덕하던 성격이 도라지처럼 매끈매끈하게 변한다. 어떻게 저렇게 변하나 싶을 만큼 며느리 눈치를 보면서 잘한다. 남편 역시 아내에게 전에 없이 다정다감하다. 고모부 어머니는 수시로 아들을 체크한다. *그 여자하고 관계 딱 끊어라. 다시 그 여자 만나는 걸 에미가 알면 안 살거다. 사내가 딴 여자를 보면 부처도 돌아앉는단다. 어쩌려고 그래 애가 둘이나 딸린 과부하고 놀아나나 이 혼 빠진 놈아. 에미가 내가 보기엔 용서하는 게 아닌 것 같다. 우선 지 새끼 때문에 저러고 있지 언제 프랑스로 떠날지 모르니 각별하게 대해 줘. 그 여자는 단칼에 자르고. 어머니가 저 여자를 미워하시는데 내가 어떻게 정이 갑니까? 어머니 그러지 마시고 딱 한 번만 그 여자 보고 나서 말씀하시면 어떨까요? 그 여자는 어머님이 모든 것 다 참견해도 어머니를 이해할 어머니보다 더 지혜롭고 완벽한 여자입니다. 에이 미친 언청이 같은 놈의 새끼! 시끄러워 당장 그 여자 절대 만나지 말고 에미한테 더 잘해. 저는 어머니 비위 하나도 못 맞추는 여자하고 살기 싫습니다. 하자, 이놈아 에미 만한 여자도 없어. 내가 그동안 너무 바보짓을 했어. 귀한 며느린 줄도 모르고. 에미한테 문제가 있는 게 아니고 내한테 문제가 있었으니 내가 에미한테 잘해줄 거다. 그러니 앞으로 그런 걱정일랑 쇠말뚝에 매어놓고 정신차려. 프랑스 간 다음에 땅을 치면서 통곡하지 말고.*

설 서방도 이참에 어머님의 별난 성격이 좀 누그러져야만 자신이 어머니와 아내 사이에서 편하게 살 수 있다는 생각에 어머니를 단단히 다짐하게 확인하는 거였다. 그간 둘 사이에서 너무 힘들었다.

퇴근하기가 싫어서 공원에 앉아서 시간을 보내다 밤늦게 집에 들어갔고, 두 사람 말 모두 듣기 싫어 이불을 뒤집어쓰고 피곤하다고 자던 세월이 너무 어리석었단 생각이 들었다.

야속하기만 하던 처남댁이 이렇게 고마울 줄이야. 황송해서 절이라도 올리고 평생 은혜를 갚으며 살아야겠다고 다짐한다. 그렇게 꿈같은 시간이 흐른다.

어느 날 조금 기분 나쁜 아주 조그만 일에 령이는 농담 삼아 *올케언니한테 전화해야겠다고* 하니 남편이 기겁한다. *제발 잘못 말했으니 올케언니한테만은 말하지 말아 줘.* 하고 바로 고개를 숙인다. 이렇게 한바탕 전쟁은 지나가고 두 사람은 놀랄 정도의 변화를 가져온다. 남편이야 당연히 잘 해주지만 시어머니가 전에 없이 며느리한테 눈치를 보면서 절절매는 게 이상해서 령이는 남편한테 물어본다. 모두 올케언니의 전략이란 이야기를 다 듣고 둘은 얼마나 크게 웃었는지 자기들 방에 있던 아이들이 다 뛰어나온다.

한편, 딸이 시댁으로 돌아갔다고 하자 시호랑이는 그 말과 동시에 기차를 타고 서울로 온다. *도대체 우째 된 영문인 동 쫌 알자. 참말로 해결이 된 거라 우째 된 일인 동 말 쫌 해봐라. 참말로 내 살다 보이 빌 일을 다 본다. 우째자고 니는 무작정 령이를 친정으로 델꼬 와서 간이 부은 짓을 하노. 내가 애가 다 타서 죽는 동 알았다. 너 시어마이도 빙이 다 났다. 빙이 왜 나시니꺼? 야야! 시집살이하다 보믄 잘할 때도 있고 싸울 때도 있고 그릏제 그릏다고 시*

댁에 말도 안하고 친정으로 델꼬 와서 그래 오랫동안 안 보내고 있으이 우뜬 보모가 속이 안 탈노? 그래다가 이혼할까 봐 참말로 나도 사는 게 사는 게 아이었따. 그래 오래 안 보내고 있다가 이제사 시집에 디가믄 시집 식구들 눈 밖에 나믄 우쩰라고 그래노. 하고 걱정이 태산이다.

나는 말했다. 아버님, 지가 바본 줄 아시니껴? 령이 시집에서 시어머니하고 고모부하고 우리 집에 와서 싹싹 빌민서 데리고 갔니더. 안 그래믄 지가 보낼 줄 아니껴? 택도 없니더. 지가 누구 메느린데. 천하에 호랑이 아버님 메느리 아이껴? 그 시아버지에 그 메느리제, 지를 왜 그래 몬 믿니껴? 령이 남편 고모부가 및 분씩 찾아와 엄포를 놓다가 협박을 하다가 그래도 그 집 시댁 가풍에 맞게 교육 씨게서 보낸다고 큰소리를 뻥뻥 쳤제요. 너무 어이가 없었니더. 지는 그까짓 시집 한 개도 안 중요하이더, 령이가 중요하제. 그 시집을 지가 은제부텀 알았다고요. 그래도 아버님께서 협조를 해주시는 바램에 해결이 잘됐니더. 아버님은 맴이 약해서 절대로 지 맨치 몬 하시니더. 그래 우째 그짝에서 와서 싹싹 빌었단 말이로? 설 서방이 바램이라도 피왔나? 바램 피왔으믄 절대로 안 보내제요.

그래믄? 그 집 시어머니가 너무 벨라서 고모를 괴롭히길래 거짓 뿌렁으로 이혼시키고 프랑스 유학 보낸다고 비행기 표를 보여주이 놀래서 숙이고 들어오더라고요. 진짜로 프랑스 보낼라 했더나? 그랬제요, 니 메쳤구나, 아 들은 우째고 이혼하고 유학을 가! 니 지

정신이라 클날 뻔했구나. 아버님 흥분하지 말고 들어보소. 고모부가 진심으로 뉘우치는 것 같애서 그 집 시어머니 버릇 고칠 명약을 처방해줬디이만 그 약발이 잘 받아서 두 모자가 와서 파리맨치 싹싹 빌고 다시는 안 그래겠다고 모시고 갔니더. 내사 먼 말인 동한 개도 몬 알아들을따. 아버님은 그냥 메느리 말만 잘 들으시믄 자다가도 떡이 생기시니 이뿐 메느리 말만 잘 들으시믄 되니더. 우쨌거나 들어갔으이 내 한숨 돌렸다만 너무 그래지 마라! 아버님 시상은 같이 어울레 사는 게지 지끔이 조선 시대로 착각하시믄 안 되니더. 그래다가 조선이 망하고도 아직 그 사대부 정신으로 메느리는 무조건 복종하고 하라는 대로 해야 한다는 사고를 가주고 살다가는 크지도 않은 코 다 뭉그래지니더. 어른들이 생각을 바꾸지 않으믄 시상이 바꿔지 않니더. 어른들은 위엄이라고 착각하시제만 아니씨더. 어른들이 사고를 바꾸시믄 가정에 평화도 오고 화목도 오제 아랫세대들이 쪼끔 잘몬해도 이해해 주고 잘 가르쳐 주고 그래야 짧은 인생 행복하게 사니더. 멀리 볼 필요도 없이 우리 집 보시이소. 호랑이 같던 아버님께서 천방지축 제 이야기를 잘 들어 주시고 이해해 주시니까 우리 집이 울매나 행복하이껴? 아버님 한 분이 맴 잘 먹으이 온 가정이 평화롭듯이 그 집안도 시어머니가 돈 쫌 많다고 유세 부리믄 언제든 또다시 령이를 델꼬 올게씨더. 그래이 걱정하지 마시고 시골 내래 가서 젊으싰을 때 놀러도 마이 댕기시고 단산 다방에도 마이 댕기시고 하소. 아니믄 이웃에 어룹

거나 불쌍한 사램 있으믄 도와주시믄 아버님은 더 인격자가 되제요. 그 돈 안 쓰시고 두시믄 돈에 곰팽이가 썰어서 버리게 되니더. 내 돈 걱정을 니가 왜 하노? 존경하는 아버님이니까 하제요. 남이믄 돈에 좀이 썰던지 곰팡이가 썰던지 머하로 간섭하니껴? 아버님 이쁜 메느리가 아버님 돈 좀도 곰팽이도 안 썰도록 관리해 드레야제. 아버님 무서와서 식구들이 관리 몬 하니더. 또 야가 왜? 내가 멀 무섭게 했다고 그래노? 아버님 본래 도둑놈은 자기가 도둑놈이라고 하지 않고, 착한 사램은 자기가 착하다고 말하지 않는 뱁이씨더. 아버님만 모르제요. 온 가족이 아버님하고 대화 안 할라고 하는 거. 니를 통해서 할 말 다 하민서 멀 안 해.

그래니까요, 소통은 고속도로맨치 직통이 좋제 돌아 돌아 흙바램 일으키민서 가는 시골길 운전하는 거 좋아하는 사램 누가 있니껴? 저는 입이 없나 왜 돌아 돌아 니한테 미루노 미루기를! 아버님 소리 질러서 말하기 싫대요. 이누무 새끼들 저 필요한 거는 다 알가 가고 교육시키고 해노이 머? 소리 질러서 싫다고 괘씸하게! 그거 봐요, 아버님 지끔도 화가 펄펄 끓어 머리 위에 가마솥 뚜껑이 금방이라도 열리게 생겼니더. 그래이 누가 아버님하고 말 섞을라 할니껴?

그래믄 니는 우째 그래 내한테 할 말 몬 할 말 다하노? 지는 그른 아버님이 좋거든요. 겉으로는 그래도 아버님은 지혜도 많으시고 아량도 넓으시고 영주에서 아버님 따라올 인품이 어데 있니껴?

그래이 가치 싸우더래도 지는 아버님이 좋니더. 그래 니매로 해 봐라. 내가 자식인데 왜 대화를 안 하는 둥, 그러게 왜 아버님은 자식들을 그래 낳아 놓으싰어요? 어머님처럼 비단결맨치 야들야들하게 놓지. 야가 야가! 누가 자식을 그래 놓고 싶어 놓는 사램이 누가 있노? 그래이 자식 이게는 부모 없다고 아버님이 저 주시야 인품 좋다 소리 들제 낳아서 키우고 교육 시키고 결혼까지 시키고도 대우를 몬 받는 이유를 곰곰 생각해 보시믄 우째 하는 게 아버님한테 이익인 동 저울 눈금 기우는 게 보일게씨더.

알았다, 내 생각해 보마. 그래고 부탁이 있니더. 먼 부탁? 아버님이 최고로 존경받을 일 알캐 드릴까요 말까요? 야야 알캐 조야제, 먼 동 말해 보그라. 서울에서 사우들이 오믄 용돈을 한 50만 원씩 논갈라 주시이소? 머 돈을 왜? 아버님이 용돈을 그래 고모부들 주시믄 고모부들이 아버님을 울매나 존경할니꺼? 싫다! 말 겉지도 않은 말 하지 마라. 야가? 정신 빠진 말 하지 마라. 내 돈이 썩어도 왜 사우를 주노 내 손자 내 아들 줘야제. 아버님 지 말씸 잘 들어 보실라니꺼?

또 먼 말을? 소리 지르지 마시고 안 들으실라믄 싫다고 하시믄 되니더. 또 먼 말을 할라꼬? 잘 생각해 보소. 아버님 현금이 우체국에 많다는 소리 오빠한테 들었니더. 가가 그래드나? 야, 그릏제만 돈이란 잘 쓰믄 복이 되고 몬 쓰믄 화가 된다고 했제요. 아버님 그 돈 안 쓰시고 어느 날 갑자기 돌아가시믄 그 돈이 다 어데로 가

니껴? 모두 어차피 자식들과 어머님한테 가는 건데 그 돈 받고 자식들이 아버님 무덤에 가서 재산 남기 주고 가서 고맙다고 절할 줄 아시니껴? 또 절을 한다고 해도 아버님이 아시니껴? 그래이 아버님은 바보 같은 짓을 하시는 거씨더.

야가 듣자 듣자 하이 바보가 머로 시애비한테. 아버님 바보라는 말은 바라볼수록 보고 싶다는 말이씨더. 전에도 갈채 드렸는데 또 잊어뿌랬니껴? 아, 그릏나! 나는 또, 그른데 니는 우째 내가 모르는 걸 그래 마이 알고 있노? 그래이 지 말씸 끝까지 들어보시라이깐요. 고모부들 1년에 두어 번 시골에 아버님 뵈러 오는데 그때마다 사우들 논갈라주믄 아버님한테 큰절이래도 하제요. 그래고 집에 가믄 고모들한테 울매나 잘할니껴? 그래이 고모들 기도 살래주고 고모부들한테 우리 장인어른 최고라 소리도 듣제 안 주고 가주고 있다가 돌아가시믄 그게 돌이제 돈이란 말이이껴?

가만히 듣고 있던 시호랑이 눈썹이 꿈틀한다. *그래 니 말도 일리는 있다. 그릏제만 쪼매씩 한 30만 원씩만 주믄 안되나? 아버님 지가 살아보이 살짝 손해 보고 사는 게 아둥바둥 사는 거보다 훨씬 행복하디더. 아둥바둥 살아봤자 이익될 것 없고 주위에 인심 잃고 인색한 사램 취급만 받제 아무짝에도 씰데없는 거드라고요. 내가 한 발짝 손해 보믄 때로 열 발짝 이익 볼 때가 더 많은 것 같디도. 그래이 아버님! 기분 쓰는 길에 크게 기분 쓰시지 쫀쫀하게 그래시니껴? 야가! 지 돈 아이라고 쫀쫀하다 그래나? 니가 울매나 살았다*

고 살아 보이 그릏다고? 참말로 니 웃겐다. 그게 아이제요. 천 년을 살아도 짐승맨치 살믄 짐승이고 십 년을 살아도 사램같이 살아야 시램이라는 말이제요. 그래고 돈을 누가 지 달라고 하니껴? 사우들 주시고 대우받으시라는데 알캐드래도 아버님은 훌륭한 인격 깎이는 소리를 자꾸 메느리한테 하고 그래시니껴? 그래도 쪼매 줄이서 주자. 그래믄 치와 뿌소. 또 주라 그래놓고 치와 뿌라는 말은 머로? 그래 쩨쩨하게 주믄 감동도 안 오고 주는 길에 인심 쓰시믄 되제요. 장터 마담한테는 푹푹 주민서 자식 주는 거는 머 그래 아깝니껴?

야가 야가! 내가 단산 다방 마담한테 주는 거 봤나? 다 들어서 알고 있니더. 또 노인회 회장이 일러바치다? 노인회 회장님 아니어도 정보통은 많니더. 알았다, 그래믄 명절 때 50만 원씩 주마 그래믄 됐나? 역쉬! 아버님은 이 시상에서 누구도 쨉이 안 되니더. 그래이 하늘에서도 아버님 그릇을 알고 돈을 그래 마이 주신 거 아이껴? 아버님 바보! 최고씨더.

시호랑이는 그렇게 며느리 이야기에 동의하고 시골 가는 기차에서 며느리 말을 들은 일에 또 후회하고 있다. 30만 원씩만 준다고 강력하게 말할걸. 그렇지만 이미 물은 흘러가 버렸다. 그래 모르겠다, 한잠 자자. 기차 속에서 자려고 해도 잠이 오지 않는다. 집에 도착해서 아내에게 며느리의 말을 전하니 아내는 *갸 말이 언제 틀랜 때가 있디껴? 맞는 말을 했구먼. 돈 뒀다 머할라꼬, 자식들 그*

래 주믄 좋제. 하고는 며느리 편을 든다.

그제서야 시호랑이는 그래 며느리 말에 동의하길 잘했다고 생각을 또 뒤집는다. 흔들의자처럼 흔들리던 걱정이 멈추는 것 같은 생각이 든다. 그렇게 시호랑이는 맞는 말인지 틀린 말인지 경계에 서서 시간을 흔들흔들 왔다 갔다 제자리서 흔들리며 보내기에 바쁘다. 또 한바탕 파랑 같은 시간이 지나가고 또 며느리한테 완패를 당했다는 생각과 며느리가 현명하다는 생각이 머릿속에서 샅바를 잡고 씨름을 하고 있다.

편애

시할머니는 손자며느리를 눈에 넣어도 안 아프다며 귀여움으로 둘둘 만다. 첫아이가 태어나자 시골에 와서 아이의 돌을 하라는 지엄한 명령이 떨어진다. 친정엄마도 없는데 시골에 가서 아이 돌잔치를 하는 것이 마음에 내키지 않는다. 하늘 아래 엄마 없는 설움이 이렇게 절절하게 다가올 때가 있으리라는 걸 미처 몰랐다. 마음 같아서는 그냥 아이의 돌도 조용히 보내고 싶다. 그러나 시아버지의 지엄한 명령이니 별다른 방법이 없다.

시호랑이는 아이를 가졌을 때도 유난스럽게 굴었다. 신문에 모유를 먹이는 것이 아이 건강에 좋다는 기사를 보시고 오려서 거기다가 *꼭 지켜야 한다.* 라는 글씨를 써서 봉투에 동봉해 보내올 정도였다. 그리고 전화로 *요새 아들 전부 우유 멕이고 모유 안 멕일라 그랜다민서? 그릏제만 이 들은 모유를 먹어야 건강하고 튼튼하게 크이 꼭 모유를 멕이길 바랜다.* 수시로 말씀하셨다. 그렇게 손자에 대해 각별하니 어쩔 수 없이 시골에서 돌을 하기로 하고 시골로 아이를 데리고 내려간다.

친정에서 엄마 대신 외숙모가 떡을 해서 이고 사돈집으로 온다. 시할머니는 맨발로 뛰어나간다. *에고 사돈요. 이래 딸을 이쁘게 키와서 준 것만도 고마운데 멀 이래 또 이고 오시니껴?* 외숙모가 머리에 이고 온 떡을 냉큼 받으면서 인사를 입이 닳도록 늘어놓는다. 시할머니는 외숙모를 옆에 앉히고 손부 자랑을 늘어지게 한다. 시어머니가 들어오면서 한마디 거든다.

멀 이래 마이 해 오싰니껴? 벨것도 아닌 것 가지고 멀 그래니껴? 지 엄마가 살아 있으믄 잘해 줄 낀데 부끄릅니더. 철딱서니 없는 걸 시집 보내놓고 한 분 찾아뵙지도 몬 하고 민구스릅니더. 잘몬하드래도 잘 좀 가르쳐주소. 외숙모의 말에 할머니는 *먼 말을 그래하시니껴? 야는 버릴 게 한 개도 없니더. 머든지 다 잘 하니더. 이른 딸을 키워 보내주시서 참말로 고맙니더.* 입에 침이 마르도록 인사를 늘어놓는 할머니 곁을 떠나면서 형님이 좀 보잔다.

형님은 부엌에 나오더니 화를 벌컥 낸다. *동서는 복이 참 많다. 무신 말씸을 하시니껴? 우리 아들 돌 때는 저 멀리 전라도에서 엄*

마가 떡을 이고 왔는데도 본 척 만 척해서 엄마가 서운해서 돌아가셨는데 동서네 외숙모가 오시니까 맨발로 뛰어나가 받으시고 칭찬이 늘어지잖아. 어떻게 저래 편애를 하는지 몰라.

형님 그거는 형님은 어머님이 오싰고 지는 외숙모가 오싰스이 지가 엄마 없는 게 불쌍해 보있나 보제요. 했다. 그러자 형님은 그게 아니라고 한다. 그것뿐이 아니야. 청소하는 데도 내가 할 때 방 먼저 안 하고 마루 먼저 한다는 이유로 지겟작대기로 마구 때리시던 할머니가 동서는 청소해도 그냥 두라고 말리시잖아. 그리고 동서가 와서 밥상을 들여갈 때는 하나도 안 남기고 다 드시고는 동서가 반찬을 해서 맛있다고 하시잖아. 똑같이 내가 반찬을 해서 할머니 상에 놓고 동서가 들고 갔을 뿐인데 어떻게 저러실 수가 있는지 나는 이해가 안 가. 먹을 것이 있어도 꼭 동서만 찾고 빈말이라도 나한테는 먹어보라 소리도 없다니까. 가만히 참고 있다가도 이럴 때는 참말 화난다. 그렇다고 말대꾸 한마디 못 하고. 시아버지도 동서가 어떤 때는 소리를 더 지르는데도 아무 말씀 안 하시고 나는 원래 목소리가 큰 건데도 버르장머리 없이 시애비한테 대든다면서 역정을 내시잖아. 삼촌은 엄마 치맛자락 잡고 따라다니면서 동서 일할 줄 모른다고 시키지 말라고 하고 거짓말로 심부름 보냈다고 둘러대고 방에 들어가 쉬라고 한 적이 한두 번이 아니잖아. 내가 이 집 맏며느린데 이게 말이 돼? 동서가 오면 시할머니 시아버지 시어머니 시누이들까지 모두 동서라 하면 반기니 무슨 조

홧속인지 모르겠어. 정말 화난다니까.

설마요 그랠 리가 있니껴? 반갑제만 맏메느리이까 속으로 이뻐하시겠제요. 히긴 동서가 무슨 죄가 있노. 우리 집 식구들이 문제지. 다 내가 박복하고 동서가 복이 많아서 그렇지 생각하고 참다가도 오늘처럼 눈앞에 이런 일이 닥치면 나도 모르게 화가 속에서 치밀어서 푸념해본 소리야. 동서가 뭐 어쩌겠어. 철도 눈치도 없는 동서가. 어쩌면 그게 동서가 사랑받는 이유인지도 모르지. 하고 싶은 말 다 하고 숨김없고 꾀도 눈치도 없는 동서가 나도 어떤 때는 질투가 나면서도 동서가 좋은데. 괜히 동서한테 속 풀이했구먼. 화가 마이 나시겠니더.

형님의 말을 들으니 형님이 딱해서 저녁에 시 한 수를 쓴다.

삶은
그늘 아래서 갈대처럼 울음을 사그락거리는 것
삶은
그늘이 좋아 한 계절 햇빛이 좋아
또 한 계절 살아가는 것
삶은
계절마다 뿌리를 내릴 때마다 바람에
몹시 흔들리는 것

삶은

밑둥이 잘려나가는 고통을 겪은 후

새순이 돋는 것

삶은

흔들리고 찢어지는 상처를 치유하면서 사는 것

삶은

흔들리는 부평초처럼 불안을 먹고 사는 것

삶은

꽃이 필 때는 열매 맺을 때를

생각하며 사는 것

삶은

세상 끝 어디인지도 모르고 끊임없이

개울처럼 흘러흘러 가는 것

삶은

어디서나 잠깐 등불을 켰다가

이내 사라지는 바람 앞에 촛불 같은 것

삶은

고통을 마주하고 다독다독 견디며

죽음이란 건널목을 건너가는 것

삶은

외롭기로 작정하면 어서든 다 외롭고

기쁘기로 작정하면 언제나 다 기쁜 것

삶은

하루하루 목숨을 지우는 것

삶은

고통과 설움의 땅 훨훨 지나고 나면

다시 햇살이 오는 것

삶은

뿌리 깊은 벌판에 서 있는 허수아비처럼

두 팔로 바람을 막아가는 것

삶은

캄캄한 어둠을 밀어내며 환한 빛을 캐는 것

삶은

영원한 슬픔도 영원한 기쁨도 없는 것

삶은

캄캄한 터널을 지나 빛을 마중하러

끊임없이 노력하는 것

삶은

신의 손을 마주 잡고 신이 이끄는 대로

걸음을 걷고 있는 것

삶은

기다리지 않아도 계절이 오고 가며 익히는 것

어느 가슴엔들 슬픔 없는 삶이 꽃필 수 있으랴
인생이 불공평하다고 탓하지 마라

바람이 있기에 꽃이 피고
벌 나비들의 수고가 있고 꽃이 져야
열매가 열린다
떨어진 꽃잎이 슬프다고 울지마라

저 숲, 저 푸른 숲에
죽을힘 다해 우는 매미야
부디 울지마라

인생이란 희극도 비극도 아닌 것을
산다는 건 그 어떤 이유도 없다
그냥 잠시 들렀다 가는 세상이란 역
그러니까 버스 정류장 같은 게 인생이다

세상 사람들 이야기는 부와 명예일지 몰라도
부와 명예는 뜬구름 같은 것

불지 않으면 바람이 아니고

괴로운 일 없이 사는 인생 없느니
화살처럼 흐르는 세월
잠시라도 남 탓하고 살 시간조차 없다
세상에 그 어떤 것도 무한하지 않아
내 젊음의 한때도 그저
잠시 스쳐 가는 바람이니

그대 삶을 탓하지 말고
초월이라는 말을 생각해 보라

13권으로 계속